COLLECTION FOLIO

Olivier Bleys

Pastel

Gallimard

Olivier Bleys est né en 1970. Pour écrire *Pastel*, il a sillonné les terres du bleu d'Albi à Marrakech et à Tombouctou. Son roman a reçu le Grand Prix Georges Rinck 2000 et le prix François Mauriac de l'Académie française 2001.

L'auteur de ce roman a été l'hôte de la Villa Mont-Noir, résidence d'écrivains européens soutenue par le Conseil Général du Nord.

Que toute l'équipe de la Ville et son directeur, Guy Fontaine, soient chaleureusement remerciés de leur accueil, de leur présence et de leur disponibilité.

À Valérie M., un chat parmi nous.

« Le jaune apporte toujours une lumière et l'on peut dire que, de même, le bleu amène toujours une ombre. »

GOETHE
Traité des couleurs

I

La passion de la couleur était ancienne chez Simon Terrefort.

Certains prétendaient qu'elle s'était éveillée dans le sein de sa mère Éléonore, épouse d'un teinturier renommé : à les croire, les robes aux teintes vives que la jeune Albigeoise lâchait sur son ventre nu, les jours de grand soleil, avaient baigné l'enfant dans des climats de couleurs dont son œil naissant s'était épris.

Un homme de médecine allait plus loin, en soutenant qu'il était passé dans le sang de Simon quelque chose des pigments employés à la teinturerie — ces plantes broyées ou bouillies, ces racines pilées dont les mains d'Éléonore gardaient longtemps l'empreinte, au point qu'on l'avait surnommée « la fille aux doigts d'arc-en-ciel ».

Quoi qu'il en fût, Simon avait paru à la naissance, le deuxième de mai 1423, affligé d'une considérable tache de vin, de la surface d'une feuille de chêne ou davantage. Elle répandit partout le bruit que l'enfant était né « marqué par la couleur ».

« Dame, la figure du petit est tout éclaboussée ! » s'exclamèrent les matrones en baignant le nouveau-né dans une cuve de bois. « C'est comme une toile à teindre, quand on y laisse des plis », intervint un apprenti qui écopa d'une fameuse gifle.

On fit tout le possible pour effacer cette marque voyante. Comme une paysanne qui avait aidé aux couches savait une recette, les femmes descendirent sur les rives du Tarn cueillir certaine plante à l'odeur de miel, pour en réduire la fleur dans un mortier. Mais la bouillie ainsi obtenue, appliquée sur le visage du bébé, ne fit rien contre la souillure, si même elle n'en raviva pas sensiblement la teinte.

Avertie, la mère se montra fort inquiète, et davantage le père qui lisait dans cette cocarde, selon la tradition, la trace d'une envie de sa femme : « À quoi avais-tu donc la tête, pour faire la sienne comme celle d'un rouge-gorge ? »

Malgré tout, lorsqu'on leur présenta l'enfant qu'on venait de langer, la grimace des parents tourna lentement au sourire. Certes, le visage du nourrisson était mangé pour plus de la moitié par un laid nævus, qui commençait à l'oreille, avalait le menton et suivait jusqu'au front l'arête du petit nez, mais la couleur, un rouge vermillon nuancé de mauve, en était superbe, d'un éclat et d'un uni propres vraiment à éblouir le connaisseur.

Maître Lucas déclara avec fierté qu'aucun de ses bains de garance ou de cochenille, si honorés auprès des drapiers, n'avait jamais produit de sang aussi vif. « Avec pareille enseigne, notre gars, bien sûr, fera carrière dans le teint ! » prédit l'artisan qui riait à belles dents. La mère enchérit : « N'est-ce pas aussi qu'il porte à vie les couleurs de son nom ? » Sur cette dernière pensée qui rappelait le fond écarlate de l'écu familial, toute l'assistance se répandit en acclamations et vint chaleureusement serrer la main du père.

On coucha le nourrisson coiffé d'un joli béguin de dentelle dans un berceau de bois et toute la ville fut bientôt instruite qu'en la maison de Lucas et d'Éléonore, un futur maître de teinture venait de voir le jour...

Des années s'écoulèrent, sans laver l'étrange macule sur le visage de Simon mais en révélant bientôt sa grande sensibilité aux couleurs. L'enfant n'avait pas six ans que son père, en professeur diligent, lui enseignait déjà les secrets de son art.

Il s'agissait d'abord d'éveiller ses sens à la nature, aux mille ressources qu'elle offre au teinturier amoureux des couleurs. Maître Lucas conduisait Simon dans de longues promenades, à travers les champs et les coteaux toujours verts qui environnent Albi. Chaque plante, chaque animal faisait l'objet d'une leçon, donnée très simplement, avec des mots que l'enfant pouvait comprendre. Le sage teinturier appelait l'attention de son fils sur le suc noir, bientôt bleuté, que laissaient autour de leur bouche les baies de myrtille ; ou bien c'étaient les noix cueillies au pied de l'arbre, dans l'humus tendre, dont il révélait le secret en frottant longuement le brou contre sa paume.

« Rien n'est vain dans la nature, enseignait Maître Lucas à son élève, chaque plante possède des vertus qu'il faut connaître et cultiver. Ainsi, il s'en trouve pour guérir les plaies, pour blanchir les dents, pour donner au cuivre des chaudrons l'éclat du soleil. D'autres parfument délicieusement notre nourriture. Mais les plus estimables à mes yeux, celles qui font l'ornement de mon jardin, sont les plantes porteuses de couleur.

— Et dans ce pré, père, en cueilleriez-vous ?

— Sans doute. »

Alors, en manière de jeu, l'enfant soumettait au teinturier quelques touffes de duvet arrachées aux ronces, des brins d'herbe du fossé : « Ça, par exemple ? » demandait Simon, partagé entre le goût de piéger son père et l'effroi d'y parvenir. Mais le teinturier, qui croyait bon d'instruire son fils dans l'utilité de toute chose, n'avait jamais manqué de répondre : « ça » pouvait donner, avec application, quelque gris de cendre ou quelque blond filasse, bien qu'à la vérité, le mérite en fût d'abord d'éloigner les guêpes et d'apporter aux laitues un condiment apprécié.

« Père, je veux apprendre. M'enseignerez-vous la couleur ?

— Je te l'enseignerai, promettait le maître. Et je t'instruirai aussi dans l'art d'écrire et l'usage de lire... Bien peu, chez les gens du teint, possèdent ce savoir. Cependant, je tiens en grande estime celui qui lit, de même que le marcheur honore le cavalier. Tu sauras les lettres, voilà tout mon espoir ! »

Le jour tombait quand le père et le fils revenaient de promenade, leur grande corbeille débordant de plantes dont Simon se répétait à voix basse les noms et les propriétés.

L'enseignement de Maître Lucas ne consistait pas qu'en savants exposés. À quoi bon, en effet, connaître les procédés des couleurs, si l'on n'entendait rien à l'art de les marier, ni aux messages subtils qu'elles délivrent, fondues dans un velours ou rutilant sur une panne de soie ?

Le second chapitre des études de Simon s'ouvrit devant un vitrail de la cathédrale d'Albi. L'heure des vêpres avait sonné, et le puissant soleil des moissons donnait à plein dans les rouges et les jaunes de la composition de verre. De vibrants fuseaux de couleur s'élançaient à travers la nef pour s'étendre, en majesté, au pied du maître-autel. On eût dit une épée de lumière fendant le poitrail vide de l'église. Maître Lucas prit la main de Simon et le guida jusqu'aux couleurs, déposées sur les marches du chœur comme un parterre de fleurs.

Là, le teinturier retroussa une manche de l'enfant, prit son poignet et le porta très doucement jusqu'au fil d'un beau bleu qui coulait en bordure des rouges magnifiques. L'enfant, yeux écarquillés, regardait ses ongles se nuancer lentement à l'approche de la couleur. Le ton de rose fanée qu'ils avaient pris d'abord, s'habilla en chemin d'une pâleur violette, pour finir paré du bleu tendre et duveteux des myosotis. Simon ne put contenir un cri à l'instant où le bout de ses doigts plongea franchement dans la couleur.

Maître Lucas s'inclina vers l'enfant avec la gravité du professeur :

« Qu'éprouves-tu ? Froid ou chaleur ? »

Simon regarda sa main, la peau cadavéreuse, les ongles aux reflets d'écailles : un membre sans vie dérivant dans la profondeur d'une eau claire.

« Le froid, répondit le garçon.

— C'est froid parce que c'est bleu. As-tu regardé les naufragés dont l'océan bleu couvre parfois les récifs, après la tempête ? Leur peau est pâle et hérissée, ils semblent avoir enduré le froid. Pareillement, c'est dans le ciel bleu que s'attroupent les nues pour faire la grêle.

— Pourtant le soleil s'y tient, qui est âme de feu !

— Oui, mais il s'y tient à la manière d'un soldat cerné par l'ennemi. Jamais le soleil ne s'épanche dans les champs glacés de l'azur, jamais sa substance ne se déverse sur nos têtes comme l'eau grise des nuages... Le soleil vit au ciel en exilé ! »

Simon sentit un frisson lui remonter l'échine. Sa main baignée de bleu s'engourdissait.

« Essaye le rouge, à présent », demanda le teinturier.

L'enfant fit selon son vœu. Alors, autour de cette

main encore frissonnante et glacée parut s'enrouler une écharpe de flamme.

« Le rouge, mon enfant. Sens-tu comme il brûle ? Son trait est pareil à la langue des dragons ! Le bleu porte une haleine froide qui soutient l'esprit, au lieu que le rouge porte une haleine chaude qui allume le corps. C'est pourquoi l'encre bleue sert aux écritures, et le vin rouge attise nos entrailles !

— Père, pourquoi sommes-nous teinturiers de rouge ? »

Des rides malicieuses s'ouvrirent aux tempes du maître.

« Je le suis pour la raison que mon père l'était, et tu le seras parce que je le suis. D'ailleurs, sache-le, il n'est de couleur honnête que le rouge ! Ceux qui teignent bleu sont des traîtres et des imposteurs, dont la vilaine cuisine ne mérite pas le nom d'art ! »

L'enfant réfléchissait, ses mains jouant à la frontière des deux couleurs.

« Le bleu pourtant est fort aimable ! »

La grosse main du père se referma avec autorité sur celle du fils. Maître Lucas entraîna Simon loin de l'autel.

« C'est assez pour aujourd'hui... Nous reviendrons à l'heure où le soleil fait éclore la rose de pudeur sur le front de sainte Ursule. Traversé des derniers rayons du jour, ce vitrail régale les yeux de flammes délicieuses. Allons, hâte-toi ! »

L'enfant suivit le teinturier dont les chaussons glissaient sans bruit sur les dalles. Tout en marchant, il regardait derrière eux, vers l'autel nimbé de couleurs que leur passage avait agitées et qui tremblaient, musicales, sous l'archet de lumière. Le rouge en majesté accrochait l'œil, mais une impression plus riche, plus intime l'attachait au bleu... « Le bleu naît du ciel », songea Simon en levant la tête vers la voûte de la cathédrale, son azur clouté d'or. La voûte était haute, si haute et si étroite qu'elle semblait tirer à elle les fenêtres fléchées. Un essor prodigieux appelait les piles, les arcades et toute l'église vers le firmament étoilé. Simon serra plus fort la main de son père. « Le bleu naît du ciel », se répéta-t-il au bord du vertige.

Quand le menton de Simon s'habilla d'un peu de barbe, Maître Lucas jugea le temps venu de le mettre à l'étude. Après la couleur libre de la nature, il voulut instruire son fils dans la couleur préparée, celle qu'on extrait, à force d'industrie, des plantes bouillies ou macérées.

L'atelier de teinture s'ouvrit alors à l'adolescent. Là, dans l'ombre épaissie par la chaleur des préparations, Simon étudia les procédés qui mariaient durablement le teint à l'étoffe. Son père lui enseigna à nourrir le feu sous les cuves, à les gouverner convenablement en alternant longues cuissons et relâches de plusieurs heures. Il fallait parfois couvrir les bains, ou bien verser dedans des poignées de cendre qui faisaient rugir l'eau en brodant une légère écume. On ne maniait pas la pelle, ou râble, à la façon d'une cuillère, mais en imitant le castor qui nage tantôt à l'air, tantôt sous l'eau. De cette manière, on était sûr d'exposer jusqu'aux plis les plus intimes de l'étoffe à teindre.

C'était un grand savoir, et, malgré sa volonté d'apprendre, Simon ne montra pas d'emblée les dispositions attendues. Les premiers jours, son ignorance et sa gaucherie lui firent au contraire commettre mille sottises. On ne comptait plus les bains gâchés par sa faute, qu'on vidait dans la rivière sans y avoir risqué même un mouchoir.

Maître Lucas en ressentait beaucoup de peine, et, doutant de faire jamais un teinturier de cet élève lamentable, se résignait à l'idée d'une autre carrière pour son héritier : ramasser les fruits, passer le râteau sous les arbres — toutes besognes taillées pour les esprits simples. Lorsque ses camarades de la corporation lui demandaient les nouvelles, le teinturier devisait des cours de la garance, de la grêle menaçante ou d'un chaudron à curer mais observait un silence têtu sur son fils, naguère un sujet de fierté.

Simon, de son côté, n'avait pas de mots assez durs contre les peines qu'il endurait. Volontiers peignait-il l'atelier comme un comptoir de l'enfer, et l'art de teindre comme l'instrument des démons pour supplicier l'humanité : quoi, c'était à de telles besognes, sordides et épuisantes, qu'on devait l'éclat des soies et des brocarts ? Il fallait cet air suffocant, cette crasse et cette puanteur, pour extraire le secret des plantes ?

Cette révélation, venue après l'enseignement gracieux de la nature, lui semblait une offense ; pire : une trahison.

Avec les jours, pourtant, Simon s'était amélioré. Certes, l'apprenti se rendait encore coupable de maladresses, mais bénignes, et surtout la leçon en était tirée. Si par exemple Simon laissait à deux reprises tomber la pelle dans la cuve, sa main s'affermissait et ne lâchait pas le manche une troisième fois.

Ce fut ainsi, sur le fond d'erreurs répétées, que Simon vint à n'en plus commettre, et gagna enfin la maîtrise de son art.

Maître Lucas avait trop de métier pour ne pas sentir la nouvelle assurance de son élève. Mais il avait trop de finesse aussi pour lui en faire le compliment. Aussi conserva-t-il ses manières rudes et, tandis que Simon faisait de rapides progrès, prétendit le contraire pour fouetter son amour-propre.

De l'aube jusqu'à la nuit, Simon s'activait dans l'atelier sous l'œil sévère du teinturier. Rien de ce qu'il entreprenait n'évitait la censure de son père : empoignait-il un sac de chaux, Maître Lucas lui reprochait ses mains mouillées qui feraient durcir la poudre ; trempait-il des écheveaux de laine, il l'accusait de risquer les plus beaux avant d'essayer le mélange. « Trop tôt », dénonçait le maître si Simon dérangeait un bain encore frais ; « trop tard », jugeait-il un moment après.

Même à la pisse dont Simon arrosait les cuves

pour hâter la fermentation, Maître Lucas trouvait à redire : elle était trouble et manquait sans doute de mordant. « Tu pisses mal ! tonnait l'artisan. Un bon teinturier, sache-le, ne mange pas de gibier parce que cela fait l'urine lourde, mais abondamment des fèves qui la rendent commode aux bains. »

Ce traitement fit qu'en peu de temps, Simon avait perdu tout goût pour la teinture. La seule vue des cuves lui était un tourment, et il n'imaginait rien de moins enviable qu'une vie à leur service.

Un matin, le jeune homme trouva l'aplomb de parler à son père :

« Père, je dois vous dire ma décision.

— Moi aussi, j'ai quelque chose à t'apprendre.

— Je renonce à teindre.

— La corporation a jugé tes tissus. Ton travail a été apprécié. Tu es fait compagnon. »

À cet instant, toute colère s'éteignit en Simon. Comme Maître Lucas lui offrait sa main, un sourire monta sur le visage de l'adolescent. Les deux hommes s'étreignirent.

« Je te veux avec moi, poursuivit le teinturier. Tu laisseras les corvées et te dévoueras entier à l'art de teindre. Plus de cuves à brosser, de chiffons à blanchir ni de fientes à trier... Mais que le bain soit mûr ou l'étoffe prête, que deux poignées de couleur conviennent mieux que trois pour faire le vermillon, toi seul en seras juge. Ne crois pas gagner au change... Un teinturier ne s'allonge que dans sa tombe. Il craint de dormir comme le malade de veiller : et si son bain s'échauffait pendant la nuit ?

Et si les couleurs venaient mal, perdant le travail de tout un jour, faisant dix pièces de soie bonnes à moucher les bœufs ? C'est fâcheuse vie en vérité, une vie de peine et de labeur. Aimes-tu cette vie-là ?

— Je l'aime, père !

— Alors tu es fou, et c'est bien. Ne laissons pas fuir le sablier : tu as beaucoup à apprendre. Noue ce tablier et suis-moi près des cuves. »

De ce jour, il ne fut plus question de corvées ni de remontrances. À l'atelier, le maître et son compagnon travaillaient d'intelligence, dans une secrète complicité, et avec un élan qui fit de leur art, en peu de temps, l'un des plus estimés de la ville.

II

En devenant compagnon, Simon avait pris pied dans une nouvelle vie.

C'était à présent un homme fait, dont les épaules bâties, les bras blonds et renflés comme des fûts de sapin, promettaient à travers la chemise. Dans les moindres travaux du métier de teindre, il sentait, comme un guerrier sent le cheval obéissant entre ses jambes, ce corps à la membrure solide, aux ressorts puissants, capable sur son ordre de lever de lourdes pelles, de serrer une vis ou de tourner un chaudron. Ses bras donnaient une force neuve dont il n'avait pas encore pris la mesure, si bref avait été l'épaississement de sa chair d'enfant.

« Notre gars mûrit », disait Maître Lucas à sa femme Éléonore.

Dans sa voix roulait un grain d'amertume. Le teinturier n'était plus seul à savoir le métier : dans certaines tâches, celles qui tendaient le muscle, son fils le valait, bientôt le doublerait.

« Oui, il mûrit, approuvait la fille aux doigts d'arc-en-ciel. Simon est aujourd'hui en âge de prendre femme... Le temps sera bientôt de faire nos visites aux familles du voisinage.

— Plus tard, après l'hiver. Avec ce grand froid qui souffle du Quercy, nos bourgeois s'habillent de neuf, et à double épaisseur. Il y a de la besogne pour dix bras ! »

La saison promettait, en effet.

Le bruit avait couru qu'au moulin de Figues le fils était auprès du père, aussi les drapiers dont les commandes tiraient en longueur reprenaient-ils espoir. On croyait bien qu'avec deux hommes aux cuves, sans compter les journaliers appelés pour de menues besognes, le travail irait mieux. Éléonore rassurait les marchands : ils n'auraient plus, comme naguère, à souffrir que Maître Lucas fît longuement son choix d'une plante à bouillir ou d'une écorce à piler. Au demeurant, l'atelier n'avait-il pas grandi pour loger son compagnon ? N'avait-on pas baptisé de nouveaux chaudrons, équipé un deuxième séchoir ?

Les drapiers soupçonneux tiraient sur leurs pipes de bois :

« Quand serons-nous servis ? Le jour que les ânes chanteront les vêpres ?

— Avant la Noël, messires.

— C'est sûr ?

— Sûr et solide comme piquet en roche ! »

Il n'en fut rien. Réformé, étendu, devenu par le nombre de ses bains et l'activité de son personnel l'un des premiers d'Albi, l'atelier de Maître Lucas resta dans son habitude, qui était de faire languir la clientèle.

À moins d'une saison, on ne pouvait compter sur la livraison d'une couleur ordinaire ; c'étaient trois que réclamait une couleur élaborée, telle la pourpre des toges antiques, extraite d'un coquillage, dont le secret était perdu sauf chez Maître Lucas : « Demandez-moi la couleur du nuage, se vantait le teinturier, celle de la pudeur sur la joue de l'ange, celle du mufle du lion. Je fais serment de l'imiter. » Et le maître tenait parole...

Les cuves du moulin de Figues savaient rendre les couleurs de la nature comme celles de l'imagination. Mais ce miracle était paresseux : souvent, après des semaines ou des mois sans service, les drapiers dépêchaient leur fils aîné auprès du maître. De jeunes gens arrivaient au moulin pourvus qui d'un panier de coings, qui d'un lièvre, et cherchaient à comprendre le train de la maison. Le soir même, ils rapportaient à leur père comment ils avaient trouvé Lucas assis devant un baquet de coquelicots, n'ayant fait autre chose, en deux heures de soleil, que de froisser des pétales entre ses paumes.

« Rien d'autre ? fulminaient les drapiers.

— Rien, assuraient les fils.

— C'est donc qu'il nous promène ! Eh bien, je m'en vais de ce pied lui conter mon histoire. Gageons que du bâton dont je lui rosserai les côtes, Maître Lucas tiendra de belles couleurs ! »

Le drapier s'armait du bâton, faisait à grande allure le chemin de la boutique au moulin mais, entré sans s'annoncer, se figeait sur le seuil : Éléonore était là, passant le tampon sur les tissus déjà pliés. « Vous voici ! souriait la fille aux doigts d'arc-en-ciel, votre commande est prête. J'allais vous la porter ! » Le drapier confus prenait son ballot et retournait chez lui.

À la faveur de l'été, saison chômée pour la teinture, Maître Lucas fit agrandir l'enseigne et la rehausser d'or. Un claveau de même esprit fut sculpté au-dessus de la porte, dans une brique tendre qui blondissait joliment au soleil d'août. Le nom du fils apparut à côté de celui du père, les deux commencés par de splendides initiales que surmontait la nouvelle devise de l'atelier : *Sufficit ad id natura, quod poscit.*

« C'est-à-dire ? » s'enquit Simon qui savait peu de latin.

Maître Lucas le renseigna avec bonté :

« C'est-à-dire : "À ce qu'elle exige la nature pourvoit." Il faut répondre à ceux qui placent l'art de teindre après la culture des champs et l'élevage des animaux, parce que ceux-ci font vivre le corps et que celui-là ne paraît utile à rien. Je soutiens moi qu'en inventant les couleurs, Dieu a montré leur nécessité. Sinon, pourquoi en avoir couvert la nature, en telle profusion que sont les fruits bons à manger, l'eau bonne à boire ? Les couleurs seraient-elles partout si nous n'en avions pas besoin ?

— La nature exige les couleurs, donc la nature y pourvoit...

— En vérité ! Retiens ces paroles pour les servir, avec le soufflet qu'ils méritent, aux insolents qui font de notre art un sujet à sourire. »

Simon tira un jet de salive.

« Qu'ils osent seulement, il leur en cuira !

— Ils oseront. Ils te pointeront du doigt en se bouchant le nez et crieront : "Voilà l'homme qui passe ses jours agenouillé dans le crachat des cuves, à tordre des linges puants et à ratisser la fiente ! Je n'en voudrais mie pour gardien de mes porcs !" Les enfants suivront ta femme avec des tambours et des grelots, les chiens seront lâchés sur ton mulet comme ceux des méchantes gens après les aveugles. »

Les poings de Simon se serraient, blancs de colère.

« S'ils font cela... »

Éléonore qui apportait un broc prit la conversation à la volée.

« Tu ne peux rien, Simon. Cette vie est celle que Dieu a faite aux teinturiers. Beaucoup méprisent notre art pour s'allier à l'ordure et à la pestilence. Pourtant, ton père tient à sa porte les lieutenants du roi, il fait traîner leurs éperons dans la boue du séchoir. Nous sommes moqués à la face du monde, mais secrètement loués, et recherchés. C'est le prodige qu'obtiennent nos couleurs à nulles autres pareilles. »

Cette leçon de sagesse n'inspira qu'un soupir au

jeune Simon. Jetant un coup d'œil sur l'enseigne, il tourna le dos et s'en fut vers les cuves.

« Notre gars est à l'âge difficile, commenta Éléonore. Je crains qu'avant peu, il ne lui prenne de vouloir changer d'air...

— Simon restera, gronda Maître Lucas. Quoi, j'aurais porté toute cette affaire, bâti ce nom qui fait tirer chapeau jusqu'en Espagne, pour le bénéfice d'un fils ingrat ? Plutôt sucer l'ortie ! Vingt ans j'ai cultivé ce gars en espoir de fruit... Il appartient à la terre qui l'a nourri !

— Puisse le Ciel t'entendre ! Pour moi, je sais que la nature dispose des enfants selon son caprice, faisant les uns en besoin de racines, les autres en humeur de voyage. Les temps changent, Lucas... »

Le teinturier prit la porte de fort méchant esprit.

« Oui, les temps changent. Les fils partent et les femmes discutent. Je ne suis pas sûr d'aimer cet air-là ! »

Par les efforts unis du père et du fils, l'enseigne de Maître Lucas allait bientôt gagner un renom prodigieux.

Dès la troisième année, il n'était pas un bourgeois de la cité d'Albi, simple clerc aux besicles de fer ou officier du roi richement renté, qui n'abritât dans ses coffres un tissu signé de la fameuse maison. Certains s'étaient fait tailler une chemise, sans col ni revers de manche, pour épargner le coupon ;

d'autres, une somptueuse houppelande avec les étoffes les plus rares et les mieux cotées. Tous vantaient la solidité du teint, son unité et sa profondeur, qui faisaient du petit atelier albigeois le rival des illustres fabriques italiennes.

« Quelle splendeur que ce taffetas "sang de gazelle" ! Regardez comme il chante, à la lumière ! Certainement les saints du paradis n'ont pas d'autre costume !

— Et ce drap de Brabant ? Est-il "fleur de bruyère" ou "pelage de lion" ? Dame, ce Lucas est sorcier, pour réussir des couleurs qui trompent l'œil ! »

De tels propos s'entendaient couramment chez les drapiers de la *Plassa*, cette place étroite, du côté de l'église Saint-Julien, où foisonnaient les échoppes. La faveur des tissus de Lucas avait convaincu les marchands de leur réserver le premier rang sur l'étalage, aux dépens des toiles concurrentes qui n'occupaient plus que de sombres étagères. On ne jurait que par le chiffre « au caméléon », dont Lucas, contre tout usage, imposait la marque sur toute pièce qu'il avait teinte.

« Pourquoi le caméléon ? grognaient les commis préposés à la coupe. Cette bête entre lion et chameau apeure la clientèle. Les Pères n'en font-ils pas l'enseigne de la fausseté, celui dont les yeux voient derrière quand ils semblent tournés devant ? Ne le rapproche-t-on pas aussi du courtisan qui épouse la couleur du monde ? »

Le teinturier répliquait tout à trac :

« Caméléon je suis, parce qu'il est dans mon art d'imiter toute couleur ; caméléon encore, parce que j'ai la nature pour modèle et pour moyen. Telles viennent les couleurs dans la fleur ou le fruit, telles je les fixe sur le drap. Vous fâchent-elles ? Fort bien, je les reprends !

— Non pas, non pas, intervenait le drapier. Mon commis ignore ce dont il parle. Au vrai, nous goûtons fort les tissus au chiffre du caméléon. Tous ceux que vous teindrez seront payés comptant, et au prix supérieur. »

Maître Lucas tournait le dos et sortait sans saluer.

La raideur du teinturier eût pu chasser la clientèle.

Or, le contraire se produisait. Plus souvent l'atelier boudait les commandes, plus les acheteurs venaient nombreux et empressés. Une compétition semblait même ouverte chez les bourgeois : il s'agissait d'être servi avant les autres. La préférence de Maître Lucas était reçue comme une marque d'estime, briguée aussi passionnément qu'en d'autres lieux, l'accolade d'un prince ou le sourire d'une reine.

Ainsi, quand les drapiers renonçaient à réclamer les tissus, n'était-il pas rare de voir leurs clients prendre la relève. Ces messieurs venaient au moulin de nuit, crainte d'être connus, et siégeaient un long moment sous la fenêtre de Maître Lucas pour plaider la cause d'une pièce de soie ou d'un rouleau de brocart. L'enchaînement était toujours semblable :

les bourgeois commençaient par le prendre de haut, menaçant d'envoyer leurs gens mettre l'atelier à sac si on ne les livrait pas sur-le-champ ; puis, comme rien ne répondait, leur discours glissait de l'injonction à la requête, de l'invite à la prière, jusqu'à ce que, toute fierté oubliée, ils vinssent à joindre les mains et à supplier. Alors Simon, sa mère, ou quelqu'un du logis sortait avec un bol de soupe et relevait le pauvre homme agenouillé sur un pan de sa cape. « Cela ne fait rien à l'affaire, expliquait ce bon samaritain, Maître Lucas n'est pas homme à marcher au sifflet. Patientez, votre pièce viendra et, si c'est tard, elle n'en sera que meilleure. D'ailleurs, il me semble l'avoir vue ce matin au séchoir ! »

Que les riches fassent ainsi révérence à un simple artisan donnait beaucoup d'aise aux pauvres gens. Lucas n'était pas le dernier à en rire :

« Regarde-les, mon fils, des bœufs à la mangeoire ! Cela prouve assez l'artifice qui fait le prestige des grands. Si teindre est assez pour tenir messeigneurs à sa botte, je prédis qu'un jour, les troubadours faiseurs de chansons porteront le sceptre du monde.

— Cela ne se peut, mon père !

— Tout se peut par la sottise, qui court toujours devant l'intelligence ! Mais c'est assez philosopher. Surveille ce bain où sont trempés les fuseaux de laine : il s'échauffe. »

Pareille notoriété devait bientôt franchir l'enceinte de la cité.

Quand les tissus au caméléon firent leur entrée au marché de Pézenas puis, en flottes régulières, sur les places de Toulouse et de Bordeaux, les commandes passèrent au chiffre supérieur. Ce n'étaient plus quelques toises de drap qu'on confiait au teinturier, de quoi satisfaire des besoins domestiques, mais d'énormes lots, avec chacun assez d'étoffe pour tapisser de neuf les murs d'une maison. Après les drapiers venus mendier plus de marchandise, ce fut au tour du grand négoce de faire le siège de l'atelier. On vit des hommes puissants, dont les navires emportaient des tissus par quintaux, implorer le maître de signer avec eux un contrat d'exclusivité. L'opinion de Lucas ne variait guère :

« Si je teins davantage, la qualité perdra.

— Engagez des compagnons !

— Et que voulez-vous que j'apprenne à des étrangers, quand il m'a fallu quinze ans pour instruire un fils ? »

Le négociant riait, sa main fougeant une bourse pleine d'or.

« Vous voulez de l'argent ? Bonhomme ! Je vous enrichirai ! Même Jean Baudier, ce drapier aux quinze vignes et deux mille livres d'avoir, fera auprès de vous l'effet d'un claquedent.

— L'argent, pour quoi faire ? J'ai assez pour garnir mon lit, mouiller ma cruche et faire en toute saison, si les eaux sont basses et trahissent mon moulin, l'hommage à sainte Cécile d'un cierge de belle cire.

Faut-il davantage ? Posséder sans besoin, c'est gagner des rides. »

Comprenant qu'il ne tirerait rien d'une pareille tête de bois, le négociant finissait par jeter le gant et quittait l'atelier avec un haussement d'épaules.

La quatrième année vit le triomphe du moulin de Figues.

La clientèle s'était encore élargie. Elle accueillait désormais les très humbles, argentés juste assez pour s'offrir un mouchoir, et les très riches, qui ne croyaient pas de leur rang d'accourir avec les autres, et pour cette raison s'étaient fait attendre.

Ainsi culmina la carrière des tissus au caméléon : ils devinrent populaires comme le Maître Patelin des farces, Mélusine la fée ou Dame Tartine. À l'égal de ces figures légendaires, Lucas le teinturier fit souche dans le folklore du temps. On dessina des cartes à son effigie, qui portait chapeau souple devant une cuve fumante. Des marionnettes le représentèrent, sous l'habit desquelles le maître vivait mille aventures au pays de Berlue. Son nez fort accrochait, aussi en fit-on l'ornement de serrures, de ciseaux de tailleur, de vaisselle peinte et même d'un roi sur l'échiquier rouge et blanc.

Le teinturier jugeait sévèrement ces égards innocents :

« Je suis Maître Lucas et point Lancelot le preux. Jamais n'ai vaincu de dragon, ni devisé avec prêtre

Jean en son royaume d'Afrique. Je teins, c'est bien assez. Qu'on me laisse en paix! »

Cette époque prodigieuse fut appelée à Albi la « saison d'arc-en-ciel ». Peuplées d'hommes et de femmes en toilette neuve, les rues de la ville chatoyaient comme prairie de printemps : d'une épaule à l'autre jouaient les frais bouquets de verts, les rouges espiègles, les jaunes souriants. Les tissus tombaient en plis mats ou dictaient au soleil le caprice changeant d'une moire. On lisait partout l'écusson des familles, brodé au fil nu pour les bourgeois sans héritage, au fil d'or pour quelques-uns.

Si belle semblait la ville aux couleurs de Maître Lucas qu'on craignait d'en passer les murs : le monde n'allait-il pas décevoir, privé de ces livrées éclatantes? « Au-dehors tout est cendre, cendre et fumée! » disaient les marchands retournant de voyage.

Alors on barrait les portes, on armait les guets, et les bourgeois béats ouvraient leurs coffres pour admirer dans leur gracieux réveil la robe de brocart, le pourpoint de velours auxquels Maître Lucas avait donné la vie.

III

Si haute qu'elle fût, la fortune de Maître Lucas n'avait pas servi son disciple autant qu'il pouvait l'attendre.

Certes, l'enseigne était double et les yeux du caméléon logeaient deux signatures, mais dans l'esprit des Albigeois la valeur était chez le maître et non chez le compagnon. On acceptait l'entremise de Simon, comme d'ailleurs d'Éléonore, pour les questions de commerce ; il en allait différemment des questions de teinture, où l'avis du jeune homme n'était guère écouté. Décider du pigment approprié pour le bain d'une étoffe chère, écrire la recette du blanc « cou de colombe » relevaient du maître et du maître seul. Maintes fois, Simon avait connu l'humiliation d'un drapier appelant Lucas par-dessus son épaule, bien que lui-même eût proposé son arbitrage. On ne croyait pas qu'un ancien apprenti, occupé naguère à rincer les chaudrons, pût en quelques années se remplir du vaste savoir de son métier. Pis : pour beaucoup qui n'avaient pas franchi le seuil de l'atelier, Simon était encore cet enfant chargé des travaux de peine, et l'on attribuait l'élévation de son initiale près de celle du père à une faveur excessive, peut-être imméritée.

Comme de raison, le malentendu pesait lourdement sur l'humeur du compagnon. Il est pénible d'entendre louer un autre, quand on sait la part qu'on a eue à l'ouvrage. Découvrir qu'une pièce dont lui revenait tout le mérite appelait des éloges sur Maître Lucas remplissait Simon d'amertume ; si de surcroît son père omettait de rétablir la vérité, la plaie d'orgueil s'ouvrait toute grande.

« Père, le camail teint pour l'évêque vous valut forte louange. On dit qu'en témoignage de son plaisir, Monseigneur vous fit présent d'un épervier de chasse, plus une escarcelle d'or. J'ai part à cette récompense !

— Crois-tu ? demandait Lucas sans douceur. Je pense, moi, que vingt ans à te servir la soupe, à te payer sabots et chausses, t'ont fait pour longtemps mon débiteur. »

Simon vaincu retournait à ses cuves, mais revenait bientôt, armé de neuf :

« Il est juste pourtant qu'un travail valeureux profite à son auteur !

— Es-tu certain de sa valeur ? Oui, parce que tu écoutes les flatteurs qu'un compagnon doit fuir, les donneurs de pourboire qui sont pour nous comme le Judas de l'Évangile ! Sache qu'un client mesure son plaisir à l'argent qu'il débourse, et couramment dira d'une teinture médiocre qu'elle est belle parce qu'il l'a payée cher. Gardons-nous de tels mensonges !

— Vous dites vrai, cependant... »

Maître Lucas faisait sonner la pelle contre la paroi de la cuve.

« Cependant tu me lasses ! Pourquoi es-tu toujours à causer, questionner, faire ici et là le débat du monde au lieu de suivre ton métier qui est de teindre ? Au teinturier de mérite, la couleur fait toute réponse, il n'est rien qu'il ne trouvât chez elle. Apprends la couleur, chéris-la : elle te prouvera la vanité de l'argent, des égards, de tout ce dont l'homme commun fait son miel.

— Vous parlez sagement, père. »

Déjà penché sur un bain de garance, Maître Lucas n'entendait pas la nuance de regret enfouie dans la voix de son fils, ni comment les pas du compagnon retournant aux cuves hésitaient, semblant débattre d'aller ce chemin ou un autre, dedans ou dehors.

Seule Éléonore, témoin silencieux de ces conversations, sentait la détresse de Simon et comprenait quelle pente dangereuse elle préparait pour l'atelier.

Les événements devaient bientôt confirmer ses craintes.

Souvent, Simon finissait la journée dans un petit jardin, à l'arrière de la maison, où Maître Lucas cultivait les simples. Le teinturier l'appelait son « laboratoire » car il y menait des recherches sur les recettes de couleur. Un mortier, un pilon, une vieille lame rouillée, deux ou trois baquets de bois aux parois rongées de teinture formaient tout son outillage : c'était au moyen de ces instruments rudimentaires qu'il avait créé la « paonace » ou nuance de pivoine, le teint marbret jaunet et d'autres couleurs, bientôt en faveur dans tous les ateliers d'Albi.

Le jardin baigné d'ombre et de silence était la retraite préférée de Simon. Là, assis à même la terre, le jeune compagnon laissait errer ses pensées jusqu'au crépuscule. Son esprit visitait le souvenir du jour écoulé, ces heures uniformes passées à piler des graines, à chauffer ou à refroidir la mixture nauséabonde des cuves. Alors, une dépression se faisait en lui, quelque part au siège de la poitrine. Il sentait le cœur lui manquer et des larmes venir, aussi têtues qu'au bout d'une herbe la perle de rosée. Simon regardait ses mains crevassées et songeait : « Ces mains ont travaillé. Elles ont plongé dans le bouillon de couleur et tordu longuement l'étoffe sur le moulinet du séchoir. Pour quelle reconnaissance ? Une assiette de pois et une mesure de bière. Voilà tout mon salaire ! Mais jamais un salut ni une approbation... »

De sombres idées tournaient dans l'esprit de Simon comme l'eau d'une mare autour d'un bâton. Certaines, s'envenimant, le décidaient à des actions brutales : soutenir sa cause devant la corporation, traiter avec la concurrence... Mais la vraisemblance du mal qu'il pouvait causer, s'il réalisait la moindre de ces intentions, le faisait aussitôt renoncer.

Changeante comme un chiffre de dé, son humeur

épousait alors l'excès contraire. Simon se prenait à rêver d'une vie nouvelle, celle d'un maître comblé de fortune et d'honneurs. Il eût fallu, en somme, compléter le savoir de son père d'un meilleur talent d'affaires : avec le goût de teindre et l'esprit de compter, nul doute que le moulin de Figues eût transformé sa destinée. Et Simon d'imaginer les caresses de la prospérité, avec des champs et des moulins travaillant pour son compte, des teinturiers transpirant tout le jour à enfler son bien — les hôtels, les valets, les chevaux peignés ! Le prévôt de la corporation, Maître Boniface, lui ferait révérence. Le grand argentier de la Couronne le prendrait à son service, commandant les teintures les plus somptueuses sans mesure de temps ni de prix.

Au vent de ces pensées, le compagnon se sentait fort et conquérant. S'il avait un génie, eh bien ! il le ferait connaître, et le plus obtus des drapiers, le plus rassis des bourgeois sauraient bientôt quelle maîtrise était sienne.

« Je serai teinturier ! » affirmait Simon en bombant la poitrine. Et, déjà souriant, il courait aux cuves sermonner les commis négligents.

Les semaines s'ajoutaient aux semaines sans changer l'étrange état d'esprit du jeune homme.

Chaque soir ou presque, Simon se retirait dans le jardin avec la mine de qui veut mourir ; il en revenait moins d'une heure après, radieux et volontaire.

Cette humeur en dos de chameau intriguait Maître Lucas. Voilà pourquoi le teinturier, qui posait le face à face en remède universel des maux de famille, arrêta un jour son fils à l'entrée du jardin.

« Simon, chaque soir tu vas et tu viens comme un moine à la vessie malade. Je ne te demande pas le compte de tes journées, mais puisque les commis se sont plaints et que des bains ont croupi par ta faute, mon devoir est de t'interroger ! »

Simon était dans son humeur sombre. Il commença par s'écarter crânement.

« Laissez-moi, père ! Je vais où bon me semble ! »

La bonhomie du teinturier l'empêcha de lever la main sur cet insolent. Néanmoins, il prit le bras de Simon et serra fort.

« Dis-moi seulement ce qui t'attire dans ce jardin, où il n'y a rien à faire qu'à cueillir la mauve et semer l'épinard ! »

Simon croisa les bras et ne répondit pas. Maître Lucas eût bien rompu là cet échange difficile, mais la voix forte de son fils avait attiré l'attention, et il ne voulait pas paraître céder devant le monde.

« Bien, tu fais ta tête de bois... Dans ce moment tu me ressembles, et je crois bien que c'est le sang qui parle ! Au reste, je n'ai pas besoin de tes aveux pour flairer là quelque juponnaille. Sans doute le jardin est-il le lieu d'un rendez-vous ? N'est-ce pas, tu y vois une dame ? Une dame à qui, maroufle, tu fais escalader le mur pour une étreinte sans sacrement ! Eh bien, fais-la-moi connaître au lieu de pratiquer dans l'ombre ! J'ai le cœur large et, reine ou bohémienne, je fais vœu de l'accueillir comme le mérite ta promise. »

À ces paroles curieuses, Simon fronça ses longs sourcils.

« Père, vous vous égarez... Je ne connais pas de fille.

— Ta, ta ! À quoi bon couvrir le piège, maintenant que le gibier est pris ? J'ai rencontré ta mère dans une étable, l'ai connue derrière un tonneau, cela a-t-il gâté notre mariage ?

— Sur ma foi... »

L'accent était sincère et troubla le teinturier. Maître Lucas fit un pas en arrière pour étudier son fils. Il retrouvait la pose, main au menton et œil mi-clos, inaugurée devant certaines préparations qui teignaient jaune bien que nourries de rouge.

« Alors quoi ? » hésita le vieux maître.

Simon dodinait de la tête avec incrédulité. Il haussa les épaules et quitta l'atelier.

Cette scène resta longtemps dans l'esprit du père et du fils. Pendant plusieurs semaines, Simon ne parut pas au dîner et fut aux cuves comme un automate ; Lucas, quant à lui, perdait jusqu'au goût de teindre.

Comme il est fréquent dans les ménages, ce fut la femme qui trouva l'issue de cette mauvaise passe. La fille aux doigts d'arc-en-ciel pénétrait suffisamment ses deux hommes pour comprendre qu'ils n'en sortiraient pas seuls. À moins d'un prompt secours, la fâcherie s'installerait, avec les pires conséquences pour l'atelier.

Éléonore résolut donc de démêler l'affaire, acceptant par avance les deux issues possibles : soit la paix revenue dans la famille, qui sauverait les tissus au caméléon ; soit son éclatement définitif, Simon partant sur les routes et Lucas fermant boutique. « À bubon enflé il faut porter le fer ! » clamait cette courageuse.

La chose se joua un matin d'automne, de ces matins de brume où êtres et paysages gardent des contours indécis, facilitant l'œuvre de ceux, prêtres ou laboureurs, qui entendent leur donner forme nouvelle.

À peine Éléonore eut-elle passé sa robe et noué dans son dos la tresse des jours de peine, qu'elle vint trouver Lucas endormi et lui bailla une grande gifle en travers du visage. Cette action produisit son effet : le teinturier ouvrit des yeux de cauchemar, toussa en quintes doubles et demanda dans le patois des réveils en sursaut s'il y avait feu au moulin, Anglais en ville ou si la première note de la trompette d'Apocalypse avait joué.

Sans répondre, la fille aux doigts d'arc-en-ciel poursuivit ses brutalités. Lucas ne put faire autrement que de quitter le lit et, selon l'ordre qu'il en reçut, de trotter vers la porte de Simon où il donna trois coups.

« Qui est-ce ? » demanda une voix ralentie de sommeil.

Le maître regarda sa femme car, en telle humeur d'obéissance, il ne savait quel nom répondre.

« C'est ton père ! s'écria l'épouse, ton père qui veut te voir et n'attendra pas d'être aux cuves ! Montre-toi sinon, foi d'Éléonore, nous dirons à la hache de manger de ce bois ! »

Cette menace joua sur le fils mieux encore que la raclée sur le père. Le dernier mot n'avait pas été prononcé que la porte s'ouvrait toute grande, révélant Simon en robe de lit et les pieds encore pris dans une couverture.

« À la bonne heure ! approuva la fille aux doigts d'arc-en-ciel, maintenant que vous êtes debout, je vous commande de descendre en cuisine, de vous asseoir sur un banc et de régler face à face, en hommes que vous êtes, le différend qui vous fait depuis vingt jours étrangers l'un à l'autre. »

Ainsi fut fait. On posa un banc, on s'assit dessus et, sous l'œil aigu d'Éléonore qui brandissait un tisonnier, on s'expliqua.

Les questions furent honnêtes, les réponses sincères : il ne pouvait en aller autrement, considérant la grande volonté avec laquelle l'épouse et mère remplissait sa fonction d'arbitrage, brisant un pot ou une faisselle chaque fois qu'il lui semblait surprendre un mensonge. L'entretien se déroula comme suit :

« Père, je dois confesser quel martyre fut pour moi le travail de teinture pendant cette dernière année. Mes efforts n'étaient jamais compris, ni mon nom honoré, malgré tout le zèle que je montrais à pratiquer cet art.

— À mon tour, fils, je dois dire le doute où me jeta notre dispute de tantôt, tant j'ai senti mon ignorance de ta nature profonde et de tes vrais désirs.

— En vérité je fus troublé, père, par votre soupçon qu'une femme était dans ma vie. De femme je n'ai eu, ni voulu, et crois que l'art de teindre m'a fâcheusement éloigné des passions de mon âge. »

Les aveux ayant été jugés suffisants, la fille aux doigts d'arc-en-ciel prescrivit un nouveau tête-à-tête dont l'objet serait de trouver une issue à la situation. Accordés sur ce but, le père et le fils s'apprêtaient à quitter la cuisine quand Éléonore les fit rasseoir, armée cette fois d'une broche à volaille.

« Pas si vite ! gronda la teinturière. Ce n'est pas demain ni ailleurs mais céans et aujourd'hui qu'il faut trancher le nœud. Faites court, la cuisinière est en chemin et rien n'est plus nuisible que le bavardage de cette sorte de gens ! »

Lucas et Simon s'exécutèrent. La discussion reprit, plus longue et plus ardue — tant il est vrai qu'une confession, pour peu qu'on s'y engage, vient à fruit plus tôt qu'un règlement de dispute.

Enfin, les deux hommes parvinrent à la conclusion que Simon devait prendre femme et, du même élan, cueillir son indépendance. Chef de famille dans une teinturerie à son enseigne, sans doute le compagnon trouverait-il remède à sa peine d'orgueil comme à son mal de cœur. Une poignée de main scella cet honnête marché.

« Bravo ! » fit Éléonore avec un hochement de tête, signe de son sobre contentement.

Ce simple mot enchanta les deux hommes qui se félicitèrent bruyamment de tenir, l'un pour épouse, l'autre pour mère, une femme d'un tel mérite.

IV

On se mit aussitôt en devoir d'appliquer les sages desseins formés sous le regard d'Éléonore.

Il s'agissait de trouver une enseigne : Maître Lucas mit la chose au débat de Maître Boniface, le prévôt de la corporation, qui répondit posséder un atelier propre à recevoir le compagnon.

« C'est près de Canavières, expliqua le prévôt. Une belle maison sise en bord de rivière, qui a façade sur rue pour la boutique, et du côté des champs une grande salle où les cuves tiendront à l'aise. Je me fais fort d'obtenir l'outil et la matière pour commencer votre saison. Maître Étienne quitte le métier et se trouve fort embarrassé de ses pelles et de ses chaudrons. »

L'offre parut loyale à Simon qui en retint le principe. On entra alors dans le menu de l'affaire : pour loyer de son occupation, le compagnon s'engageait à verser vingt livres à la signature de l'acte puis, chaque saison, la moitié de ses profits de teinture.

« La moitié, quand même ! » protesta timidement le compagnon.

Maître Boniface parut contrarié qu'on mît ce point en discussion.

« Jeune homme, vous devez peser votre chance d'avoir un teinturier pour père, et plus encore un maître. Beaucoup qui ont votre âge sont nés d'un laboureur ou d'un portefaix. Placés en apprentissage, ces garçons sont restés des années sans pouvoir tenir leur bien. Vous jouissez d'un avantage : goûtez-le ! Mais ne faites pas marcher le ventre avant la tête, et songez à teindre bien avant de teindre cher !

— Voilà qui est parler ! applaudit Maître Lucas. N'est-ce pas, Simon, que la leçon de Maître Boniface est belle ? Puisse-t-elle faire lit de ton étrange appétit de fortune, où je ne vois rien de bon pour le métier de teindre ! »

Puis, sans prendre l'avis du compagnon qui cherchait sa réponse :

« Bien, Maître Boniface, l'affaire est entendue ! Faites dresser les contrats par le garde-scel, Simon les signera dès que possible... »

Des poignées de main s'enchaînèrent.

Si donc l'enseigne fut promise assez diligemment, il devait en aller autrement de la fiancée — plus difficile à trouver, il est vrai, qu'un carré de murs ou qu'un lot de garance.

Pour cette deuxième enquête, Simon pâtissait d'un défaut de naissance : c'était cette tache de vin sur son visage. Les femmes l'avaient en abomination : « Arrive, garçon, que nous te fassions figure blanche de chrétien ! » aboyaient les commères au lavoir. « Pour me vendre celui-là, il faudrait pendre à son cou la couronne de France et les cloches de Rome ! » plaisantaient les nourrices en promenade.

Ce qui rebutait les femmes n'était pas tant la tare physique, à cette époque de maladies souvent enlaidissantes. Non, le plus insupportable à leurs yeux était que la tache sur cette figure rappelât tant, et fût comme l'extension obscène des ongles souillés de teinture. Ces phalanges marquées à jamais de la couleur du travail humiliaient les artisans, comme l'inscription indélébile de leur état d'ouvriers manuels. Alors, que dire d'un visage affichant la même crasse, d'une figure portant sa honte en étendard !

Cet obstacle parut d'abord insurmontable. Lucas et Éléonore visitaient les familles de voisinage, mais recevaient partout la même réponse, un refus sans nuance :

« Quoi, vous voudriez marier notre fille à un garçon qui fait métier de roussir le linge ? Avec ça, une figure d'éclaboussé, les ongles si vilains qu'ils gâtent sa chemise ? Plutôt l'offrir au diable !

— Halte-là, Jacquemot ! répondait vertement Maître Lucas, tu parles de mon fils et non d'un de ces brassiers qui dorment dans le foin et se font des maux d'entrailles avec ta viande à vers !

— Des asticots ? Dans ma viande ?

— Pour sûr, et en telle population qu'elle danse couchée sur le pain !

— Va au diable, fils de quatre fesses !

— Va devant, ribaud ! Rufus ! Pelé ! Éplucheur de pois gris ! »

À force d'échecs, Lucas et Éléonore démordaient peu à peu de leurs prétentions sur la fiancée de Simon. Ils apprenaient en même temps à surfaire l'héritage de leur fils. L'atelier de Canavières était embelli pour mieux plaire : « Douze cuves ! exagérait Lucas. Un revenu de dix livres pour le premier mois ! — De vingt livres ! » enchérissait Éléonore, jugeant qu'à tout commettre péché de mensonge, mieux valait le tailler beau et fort...

En visitant des familles moins cotées avec des enchères plus grasses, les parents de Simon espéraient bien semer la graine. De fait, le fruit ne s'en fit pas attendre : les pères furent nombreux à promettre leur fille aînée, certains allant même jusqu'à offrir les puînées en deuxième lot, qui pourraient par exemple épouser les commis du moulin de Figues ou faire l'entretien du nouveau ménage. « Prenez ma fille ! bramaient les pères avec l'accent du bonimenteur, elle est bonne et saine et fera beaux enfants. Si j'ai dix sous dessus les cent livres dont vous parliez tantôt, en prime je vous baille ma femme à rente ! »

Lucas et Éléonore connaissaient toutes les difficultés du monde à freiner ces enragés, en particulier s'ils faisaient métier de trafiquer et possédaient l'art du marchandage. Rien ne les dissuadait alors de négocier leur première-née comme un peigne ou un dé à coudre, avec des « Tope là ! » et des « Je te fais prix de cœur » pour en hausser le cours.

« Il faudrait présenter les enfants, savoir s'ils se goûtent », intervenait parfois la fille aux doigts d'arc-en-ciel, indignée qu'on discutât l'avenir de Simon comme un cageot des halles.

« Les présenter, pourquoi ça ? demandait le père. Moi, je n'ai connu ma mie qu'au jour des épousailles, et c'était bien fait car, si l'on avait pris mon avis, je n'en aurais pas voulu pour tableau de latrines ! »

Si tout de même on arrivait à l'accord, le marché n'était pas conclu pour autant : restait à convaincre la future fiancée.

Or, le goût de ces demoiselles, formé dans les pages sucrées du *Roman de la Rose* et dans le rêve de chevaliers à la mâle figure, suivait rarement le vœu des pères : présentées à Simon, elles éclataient en sanglots ou bien se réfugiaient dans les jupes de leur mère en criant qu'elles se jetteraient au fond du puits plutôt que de passer l'alliance. Le père traitait un moment avec la rétive — il faut parfois tirer la longe pour faire marcher le bœuf — mais, pourvu d'un cœur, finissait par céder : Simon n'aurait pas sa fille...

Quand la famille Terrefort eut couru toutes les maisons du bourg où était jeunesse à marier, il fallut bien accepter l'évidence : le compagnon ne ferait pas d'épousailles.

Lucas plia le beau manteau qu'il avait porté lors des visites, Éléonore rangea le linge qu'elle brodait secrètement pour l'armoire du ménage et Simon, plus peiné qu'il ne le laissait voir, noua son tablier de teinture afin de retourner aux cuves.

Une affaire au moins suivait son cours, c'était l'accord conclu avec Maître Boniface. Le prévôt de la corporation montrait beaucoup d'empressement à faire les aménagements de l'atelier de Canavières, ce qui, aux yeux de Maître Lucas peu versé dans l'esprit des affaires, disait simplement sa volonté d'appuyer Simon.

« Tu dois l'estimer de sa bonté ! Maître Boniface est un homme riche, il n'a aucun besoin du bénéfice de ta teinture. N'est-il pas admirable qu'il soutienne ainsi un jeune compagnon ?

— Certes, répondait Simon embarrassé, pourtant, un ami m'a représenté... C'est-à-dire que j'ai cru... Enfin, ne doit-on pas soupçonner une duperie derrière tant de hâte ? »

Maître Lucas prenait la mouche, comme si l'accusation l'avait visé au propre.

« Ah çà ! Prie que Maître Boniface jamais ne t'entende, sinon il pourrait à bon droit t'enlever sa confiance ! Je crois sur ma foi que ta raison s'est envolée — sans doute le mauvais air des cuves t'a-t-il gâté la cervelle ? Maître Boniface est le meilleur homme qui se puisse voir, le plus loyal, le plus honnête ! C'est un cœur d'agneau !

— Pourvu qu'il en soit ainsi, père... »

La méfiance du compagnon n'entrava en rien le cours de l'affaire. Trois mois après l'entrevue de Simon et de Maître Boniface, le contrat était prêt et n'attendait plus que la signature des deux hommes. On convint de pactiser le vingt-cinquième de mars, jour de l'Annonciation, sur le site même de l'atelier de Canavières : Simon prendrait possession des murs pour la nouvelle saison.

Le jour attendu arriva. Simon avait passé son seul pourpoint, manière d'habit de polichinelle confectionné avec des chutes de tissus teints par l'atelier. Brossés jusqu'à écorcher la peau, ses doigts étaient presque blancs sous la manche de dentelle.

« Tu es beau, mon fils, dit Éléonore en l'embrassant. Ce pourpoint t'habille comme une aile d'ange ! Aussi, pour le réconfort de ta pauvre mère, garde-toi de le salir en galopant sur la route poussiéreuse ! »

Maître Lucas fit des recommandations plus solennelles :

« Fais bonne lecture du contrat avant d'écrire ton nom. Maître Boniface a toute ma confiance, mais je me défie comme poisson avarié du garde-scel. Cette canaille nous a maintes fois confié à blanchir des chemises sans col et souillées de sang, celles qu'il vole sur les épaules des pendus. »

Simon hocha gravement la tête. Comme l'heure avançait, il embrassa une dernière fois ses parents et prit au petit trot la route de Canavières.

Une vie d'homme coule rarement de la source à l'estuaire sans rencontrer une fois l'Occasion.

L'Occasion se présente souvent, elle profite quelquefois. Il en est qui, voyant s'approcher cette femme dont les cheveux masquent le visage, oublient de saisir l'unique mèche qu'elle a derrière la tête, et manquent l'Occasion. Il en est d'autres, plus aguerris, qui savent s'en rendre maîtres : l'Occasion les comble de ses dons.

L'heure était venue pour Simon de connaître l'Occasion.

Sur le chemin de Canavières, elle prit le visage d'un cavalier qui remontait au galop la trace poussiéreuse. L'homme élançait son cheval sans garder ni l'avant ni l'arrière, Simon rêveur donnait la bride lâche au sien, aussi les deux firent-ils connaissance de la manière qu'on pouvait prévoir : celle, fort abrupte, de jouteurs au tournoi.

En un instant, les chevaux s'étaient trouvés front contre front, chassant les cavaliers de selle. Lancés par-dessus leur monture, les hommes se donnèrent en l'air une sorte d'étreinte, bras et jambes entrecroisés, avant de mordre brutalement la poussière. Une cape se déchira, un chapeau prit son vol vers la hauteur d'un arbre où il resta pendu. « Malepeste ! » jura Simon qui voyait le ciel à la place de la terre. « Ventredieu ! » pesta l'inconnu en mouchant le sang qui pleuvait de ses narines.

Quand l'un et l'autre se furent assurés qu'ils habitaient encore ce monde, un regard passa entre eux.

Simon vit un bourgeois dans le milieu de l'âge, moins épais que la violence du choc ne l'eût laissé croire, mais assez bâti pour se dégager seul du cheval roulé sur ses jambes. Une barbe en pointe d'asperge donnait un air d'Espagne aux joues maigres et hâlées.

Aux yeux de l'inconnu, le garçon qui se tenait devant lui, malgré son pourpoint et sa chemise de bon drap, ne pouvait être qu'un vilain. Les ongles roses trahissaient le fouleur de raisin ou l'ouvrier tanneur ; plus encore, la monnaie grise tombée d'une poche. Il prit le ton convenable à cette sorte de gens :

« Eh bien, garçon, as-tu les yeux ouverts, pour te jeter ainsi à la tête des gens ?

— Mille grâces, messire, mais vous arrivez vite !

— Parce que j'ai à faire et ne tarde que trop ! Allons, aide-moi à monter en selle ! »

Simon s'empressa auprès du cavalier, offrant ses mains jointes sur lesquelles vint s'appuyer un talon boueux.

« Ton nom ? poursuivit l'inconnu sans douceur.

— Je suis Simon Terrefort, fils de Maître Lucas. »

L'homme dégagea sa botte encore prise dans les mains du garçon. Son regard appuyé d'épais cils noirs alla franchement au compagnon.

« Maître Lucas le teinturier ?

— Si fait », répondit Simon.

L'un fut surpris d'être connu, l'autre étonné de connaître. Les deux hommes s'envisagèrent d'un nouvel œil. Simon remarqua le manteau fourré de vair et la chemise galonnée d'or. À l'oreille, percée, brillait une tête de diamant dont les feux aigus empêchaient d'y laisser longtemps le regard.

Quant au cavalier, ce qui lui apparut de neuf chez le garçon fut le feu coquelicot sous lequel disparaissait pour moitié son visage au menton querelleur.

« Eh bien, te voilà arrangé, avec ta face de soiffard qui a dormi sur le plancher de la taverne !

— La nature m'a fait ainsi... »

Un sourire étroit creusa le visage du cavalier. Cependant, l'expression des yeux s'était adoucie.

« Mon nom est Joachim Fressard, reprit l'inconnu, je fais le négoce du pastel en pays de Béarn, et à présent ici. C'est pourquoi l'on m'appelle "le pastelier". Dis-moi, Simon, es-tu du même bois que ton père ? Ce bois dont on fait les catapultes et les machines à pendre ? Le diable me cuise si j'ai compris cet homme-là !

— Ainsi, vous êtes allé chez Maître Lucas ?

— J'y suis allé, oui, et n'irai plus ! C'est malheur d'être né d'un tel homme ! »

Simon s'inclina avant de reprendre, la voix choisie :

« Il faut excuser mon père ! L'art de teindre occupe toute sa vie, il n'est personne pour le distraire d'une cuve en travail. Moi-même, je suis auprès de lui comme une ombre, quelquefois il m'asperge d'eau en croyant rincer le sol.

— J'étais pourtant venu avec de bonnes paroles, mais elles sont allées comme la fumée au vent. J'ai bien senti que ton père n'écoutait rien...

— Peut-être écouterai-je, moi ? »

La main du pastelier, qui avait pris la bride, la

laissa pour venir taquiner sa boucle d'oreille. Ses associés avaient appris à lire ce geste, indice d'une réflexion prudente ; Simon n'y vit qu'une sorte de coquetterie.

« Quel intérêt as-tu à l'affaire, garçon ?

— Je n'en ai mie, et ma signature au bas d'un acte vaut celle du dernier des gredins qui portent briques et mortier pour les tours de la cathédrale. Cependant, je traite avec Maître Boniface : c'est le prévôt de notre corporation, un patron influent qui possède plusieurs ateliers et voudrait m'établir dans l'un d'eux. »

Les courtes lèvres du pastelier se tendirent comme un arc au-dessus de belles dents.

« Tu veux ta propre affaire ? Voilà qui plaît à voir... Je gage toutefois que Maître Boniface ne te laisse pas son atelier par charité ? Sans doute demande-t-il un loyer ?

— En effet, je lui dois sur toute pièce teinte la moitié de son prix. »

Joachim fronça les sourcils d'un air réprobateur.

« Toussaint ! La moitié ! »

Puis, saisissant paternellement l'épaule du compagnon qu'il attira près de lui.

« Je peux t'établir, moi aussi, et pour seulement le quart de tes gains... »

La tache au visage du compagnon s'alluma d'émotion.

« Vous garderez la quarte partie du profit ?

— Comme j'ai dit. »

Puceau en affaires non moins qu'en amour,

Simon crut bon d'imiter la prudence. C'est-à-dire qu'il croisa les bras, cambra les reins et ferma un œil à demi, dans la posture du maquignon jugeant une bête. Fressard éternua pour ne pas rire.

« C'est que l'affaire avec Maître Boniface est bientôt faite ! risqua le teinturier. Comme vous me voyez, j'étais sur le chemin de la maison qu'il veut pour moi. Nous avons prévu d'y passer contrat.

— Où se trouve cette maison ?

— Non loin de Canavières.

— Canavières, dis-tu ? Mais c'est au diable Vauvert ! Il t'en coûtera cher de livrer tes pièces, si déjà les bourgeois veulent passer commande si loin de leur toit ! D'ailleurs, l'eau est-elle pure à Canavières ? N'est-ce pas après les tanneries dont les coulées puantes infectent le fleuve ? »

La grimace de Simon fit assez voir qu'il n'avait pas pris tous les contours de l'affaire. Le pastelier reprit, soleil aux dents :

« Moi, j'ai une maison sur la berge du Tarn, après le Castelviel. Elle est à deux portées d'arc d'Albi, et possède assez de plancher pour recevoir des cuves, un séchoir, tout l'appareil de teinture. Veux-tu y pendre ton enseigne ? Je prendrai pour moi tous les frais, charge à toi d'attirer la pratique et de faire bon commerce. Et bien sûr, tu achèteras mon pastel devant tout autre...

— Il faut donc teindre en bleu ?

— Tu es contre ? Je sais que ton père fait métier du rouge.

— Au contraire, j'aime le bleu. Je veux d'ailleurs en faire une cuvée pour mon jugement de maîtrise.

— Entendu, garçon. Guide-moi jusqu'à la taverne, nous flaconnerons à la santé de nos songes... Et peut-être, en buvant le coup de l'étrier, aurons-nous l'inspiration d'un contrat ? Rien ne scelle l'amitié neuve comme deux signatures parties d'une même plume.

— Voilà qui est parler ! s'égaya Simon. Voyez, mon père est un songeur qui n'a jamais compris l'argent. Tout son gain, il le met dans le rouge, piqué qu'il est d'efforts et d'expériences. Avec de tels gens, il n'y aurait bientôt plus de lard au charnier !

— Le tien en débordera, Simon, c'est la fortune à ta porte ! »

Derechef, la tache rouge flamba sur le visage du compagnon. Si ses pensées à cet instant s'étaient formées hors de son crâne, on aurait vu le défilé le plus curieux de carrosses et de palais, de fourrures et d'équipages...

Joachim Fressard tendit son gant à Simon qui le reçut avec franchise. Les deux hommes prirent ensemble le chemin de la taverne.

Ce soir-là, Simon se montra fort réservé au dîner du moulin. Attablé devant la soupe, il la laissa refroidir sans même tremper sa cuillère. Le jambon à la tranche, la terrine de jars ne l'émurent pas davantage. Même le splendide civet, pourtant l'honneur de cette table dominicale, retourna dans son pot aussi gras qu'au service. Éléonore eut beau l'entreprendre sur son manque d'appétit, Simon gardait lèvres closes, rougissant comme une fille dans le fumet de son écuelle.

Irrité de parler pour l'instruction des mouches, Maître Lucas donna soudain du poing sur la table :

« Eh bien, messire Simon ! Est-ce le démon qui vous obstrue les voies de la parole, comme il fait aux pécheurs muets en confession ? Ou bien un sorcier vous a-t-il donné son philtre à boire, qui retient les mots dans votre gorge ainsi qu'une éponge ?

— Un sorcier ? releva, inquiète, la fille aux doigts d'arc-en-ciel.

— Oui, un sorcier, un vaudois ! tonna le teinturier. Je connais même son nom : c'est Joachim Fressard. »

Simon eut un tel saisissement qu'il fit rouler à terre une cruche posée sur la table. Un chat du voisinage plongea sur la flaque gourmande, brisant dans son élan un compotier dont les éclats fusèrent comme autant de couteaux. Toute la maison parut ébranlée.

« Vous... Vous le connaissez, mon père ? »

Le teinturier haussa ses grosses épaules, en homme qu'on veut instruire d'une chose familière.

« Tu n'étais pas né que nous avions déjà maille à partir ; et c'était maille serrée, car l'homme est un coquin...

— Un coquin ? répéta Simon, gris comme la cendre.

— Oui, un coquin, un pendard, une fripouille ! De ceux qui font amitié avec le gibet et répandent après eux l'odeur du bois brûlé ! »

Puis, se tournant vers Éléonore :

« Sais-tu que notre gars, attendu le matin chez Maître Boniface, n'y a paru qu'à none ? Le temps de trois messes pour courir cinq lieues, voilà qui s'appelle ménager sa monture ! Le garde-scel était parti, ayant autre affaire à instruire près de Mazicou. D'ailleurs, notre gars déclara tout nu en tombant de cheval qu'il avait réfléchi, que l'atelier de Canavières n'était plus à son gré, bref qu'il fallait enterrer le contrat. Figure-toi la colère de Boniface ! »

Éléonore tendit un mouchoir à son fils.

« A-t-il porté la main sur toi ? Est-ce pour quoi ta chemise est déchirée ?

— Fadaises ! s'emporta Maître Lucas. Boniface a du ventre, mais plus d'esprit encore : il sait bien qu'une rossée ne fait rien à l'affaire des vauriens de teinture. Plutôt, il fera requête devant les jurés de la corporation, et Simon sera exclu, condamné à l'amende. Honte ! Honte sur le nom des Terrefort ! »

L'effroi se lisait sur le visage rond d'Éléonore.

« Mais pourquoi se rétracter, pourquoi ce retard chez Maître Boniface ? Simon, dis-nous le fait. »

Maître Lucas lui vola la réponse :

« Sur ma foi, je crois bien que Simon a fait une rencontre sur le chemin de Canavières. Joachim Fressard est un goupil, il flaire le teinturier comme le cochon la truffe : nul doute qu'éconduit par le père, il ait joué son reste auprès du fils ! »

Maître Lucas s'empara brusquement d'une figue qu'il creva d'un coup de dents.

« Bien sûr, Joachim t'a parlé du pastel ? »

Trop ému pour dire une parole, Simon eut un faible hochement de tête.

« Fressard est un imposteur qui veut vendre sa poudre bleue à tous ceux qu'il rencontre. Je ne doute pas qu'il ait trouvé les mots pour abrutir ta jeune cervelle. Eh bien, oublie ce qu'il t'a dit ! Il n'y aura pas de pastel chez les Terrefort, parce que le pastel teint bleu et que nous sommes artisans du rouge. Passe encore pour le jaune, dont l'art cousine avec le nôtre. Mais le bleu, jamais ! »

Droit sur son banc, Simon avait autant de couleurs qu'un pain de sel. Parce qu'il n'osait dévisager Maître Lucas, son regard s'accrocha au col de sa chemise. Le compagnon dut s'y reprendre à deux fois pour faire jouer sa langue, lourde comme une pierre au fond de sa bouche :

« Père, je crois que le bleu est la couleur que je veux teindre. »

La fille aux doigts d'arc-en-ciel avait pris le côté de son fils pour faire rempart à l'humeur de Lucas. Or, la foudre attendue ne frappa pas. Le maître acquiesça d'un pesant signe de tête, celui dont l'homme de trempe reçoit l'épreuve.

« C'est ton parti ? »

Un silence s'ouvrit, aussi laid qu'une plaie au ventre. Simon répéta qu'il choisissait le bleu.

« A-t-on vu un Terrefort faire le bleu ? railla méchamment le maître. Et mon fils encore, qui est rouge jusqu'à la figure ! Ventredieu ! Que fais-tu de l'amitié de Maître Boniface, de tes parents qui jouent leur honneur ? »

Le compagnon n'osa confesser qu'en apportant sa signature à Fressard, il n'avait eu de pensée que pour lui-même.

« J'ai passé un contrat, père.

— Un contrat ? Quelle jonglerie est-ce là ?

— Oui, Fressard me loue sa maison de Signac, et tout le matériel à teindre qui s'y trouve, pour certaine part de mes gains... » (La part est moindre qu'avec Maître Boniface, manqua d'ajouter Simon.)

« Le bleu... Tu fais le bleu. Voici la poire d'angoisse... », reprit Lucas, dodinant son crâne chauve et aspirant l'air à courtes bouffées, comme après l'étouffement.

Sans un mot de plus, le maître se leva et prit raidement l'escalier de l'étage.

La nuit était tombée sur le moulin de Figues.

Simon, assis au bord du lit, attendait le sommeil comme le pêcheur attend le poisson sur un étang gelé. Près de lui reposaient un livre, une infusion d'aubépine, mais ni l'ennui du premier ni les vertus de la seconde n'avaient pesé assez sur ses yeux ouverts. L'esprit du compagnon demeurait en éveil, son corps inutilement dispos, l'un et l'autre dans ce tourment particulier qui consiste à tout pouvoir mais à ne vouloir rien.

Par moments, une idée surnageait pourtant à la conscience de Simon. Comme un nageur prend brièvement une bouffée d'air, le compagnon goûtait une émotion rapide : regret de s'être mal expliqué à son père, ou bien d'avoir tu devant Maître Boniface les soupçons qu'il formait sur l'atelier de Canavières ; plus souvent, doute sur les desseins véritables de Joachim Fressard. Mais cette prise stimulante échappait trop vite à son attention : sondant comme le poisson dont un reflet d'écaille a fugitivement rayé les ténèbres, elle le laissait vide et maussade, plus égaré qu'auparavant.

Des heures durant, Simon n'eut d'autre occupation que de suivre, à l'oreille puis à l'œil qui apprivoisait l'obscurité, les menues intrigues des souris du grenier. Elles passaient en caravanes furtives, chapelets de poils blancs égrenés par les trous du plancher ou certaines brèches des murs. À les voir ainsi en affaire, dévalant promptement un buffet puis soudain se figeant, debout sur leurs pattes arrière, Simon songeait à la passion qui animait ces petits êtres dans leur vie retirée. Toujours en crainte du chat qui pouvait surgir, de l'homme qu'elles pouvaient éveiller, les souris passaient au monde dans un frisson. « Pauvres ! Pauvres souris ! » se désola-t-il... et, passant une main sur son visage, le compagnon fut surpris d'y balayer des larmes.

La lune émergea, nappant tout l'étage d'une clarté laiteuse. Cette intrusion lui fut pénible. Laissant tomber ses jambes au pied du lit, Simon se mit en marche vers la porte. Mais la posture debout l'éprouvait. Des bouffées de vertige le firent maintes fois demander un mur avant d'atteindre la barre, maniée à bout de force.

Descendant l'escalier, ses pas rendaient le son mat du coup de poing dans un sac de farine. L'odeur du purin le guida vers l'écurie ; l'haleine du cheval, vers sa bouche où il mit le mors. « Qu'est-ce que je fais ? » se demanda Simon en passant la bride dans les boucles. Mais la difficulté d'harnacher la bête sans le secours d'une bougie absorbait toute son attention. Au demeurant, ses bras, ses jambes avaient décidé quelque chose et semblaient agir au mépris de sa pensée.

Ce fut ainsi que Simon, avec la décision du somnambule, se trouva bientôt dehors, monté sur son cheval qu'il poussait vers la campagne.

Quand les sabots battirent au grand jour des pavés, Maître Lucas fit écran de sa main à la chandelle. La flamme vacillante habillait d'ombres douces les traits de son visage.

« C'est fini, Éléonore. Notre gars s'en est allé. »

Le teinturier remonta un châle sur l'épaule de sa femme, occupée à filer la quenouille sur un tabouret. Une servante ensommeillée lui faisait pendant, les mains prises dans un écheveau dont partait le fil crépu.

« Il a pris l'air ! tenta la fille aux doigts d'arc-en-ciel.

— Ô bonne femme ! S'il ne part ce soir, il partira demain. Ce démon de Fressard a la mâchoire d'un loup, on ne peut le faire déprendre de ce qu'il mord !

— Il faut qu'il t'ait croqué au vif, oui, pour que tu lui gardes ainsi rancune ! »

Le teinturier fit un point d'honneur d'ignorer la pique. Mais son sang l'avait trahi, qui affluait soudain dans ses joues de buveur. Rodée aux façons du ménage, la servante déposa l'écheveau et partit.

« Te voilà bien frondeuse ! » reprit le maître en élargissant de ses poings la boucle délaissée.

Éléonore résista à la traction donnée mesquinement au fil.

« Mon ami, je n'aurais pas nez de femme si je n'avais flairé dans ton emportement la main d'une de mes pareilles. Sans doute Fressard avait-il une épouse que tu lui disputais ? Tu le tais comme on tait un rival... »

Maître Lucas donna du talon sur le sol, en homme qui jouit d'un bon mot. Cependant le fil à ses mains tremblait, guère moins que sa voix :

« S'il fut jamais un pour jalouser l'autre, apprends-le, c'est Joachim ! En vérité nous étions après la même fille, qui avait nom Maguelonne. L'année où Charles le Bien servi fut roi, j'étais à Orthez pour apprendre la teinture. Mon maître me fit connaître sa fille cadette, la cousette la plus charmante du voisinage. Ah ! Si tu l'avais vue ! Des yeux comme des perles, une bouche à humilier Vénus... C'était Maguelonne.

— Et après ? fit Éléonore, irritée de voir Lucas entrer dans sa rêverie.

— Après quoi ? maugréa le teinturier. Une romance de jeunesse, un amour d'hirondelle ! Maguelonne était éprise de moi, mais Fressard avait l'atout d'un métier plus haut que le mien. Le marchand de pastel fut préféré au garçon de teinture. Ils sont depuis mari et femme. »

À ce « depuis » évocateur d'enquête, et peut-être d'une passion couvée, Éléonore tira la quenouille d'un geste sec qui arracha l'écheveau des mains du teinturier. Maître Lucas s'éveilla tout penaud, et plus confus qu'un moine en habit de baptême.

« Ce sont vieilles choses, Éléonore... », soupira le teinturier.

En besoin de sévices, l'épouse fit de la laine une grosse boule qu'elle jeta dans le feu. Un moment, les flammes s'élevèrent à une hauteur prodigieuse, jusqu'à roussir le linteau de la cheminée. Il régnait dans la pièce la clarté du plein jour.

« Dis-moi, ce Fressard, a-t-il des enfants de Maguelonne ?

— Ni d'elle ni de personne, répondit Maître Lucas qui cherchait le piège. Je crois qu'il en est empêché par nature.

— Prends garde alors qu'après t'avoir ravi ta femme, il ne te prenne ton fils ! » assena la fille aux doigts d'arc-en-ciel.

Lucas fit jouer les gros os de ses mains. Un instant, l'envie le prit de faire valoir son droit par quelque bonne bourrée de poings, de celles que les gars de teinture infligent aux femmes raisonnantes. Mais, considérant qu'un tel élan était plus d'un vaurien que d'un maître, il se ravisa et tira sa salive :

« Simon a choisi le bleu. Il n'est plus mon fils. »

Éléonore sonda profondément le regard du maître sans y lire aucune indulgence. Peut-être était-il sincère...

« D'ailleurs, je n'ai plus goût de lui offrir le gîte et le couvert, poursuivit Lucas déterminé. Qu'il s'en aille ! Demain, sur-le-champ. Ce n'est pas le fils qui part, c'est le père qui renvoie ! »

La voix du teinturier était si ferme qu'Éléonore n'osa pas répliquer. Levé de son fauteuil, Maître Lucas partit à grandes enjambées vers la chambre de Simon.

« Dame très chère, daignez nous regarder en pitié ! » récita la fille aux doigts d'arc-en-ciel en serrant un missel contre son cœur.

Simon allait à bride abattue, indifférent aux branches qui griffaient son manteau avec des chuintements de vipère.

De part et d'autre de la route, entre d'épais flots d'arbres, tournaient sur leurs piles trapues les granges à colombage, les pigeonniers rustiques écaillés de faïence. L'illusion de la vitesse donnait à ces grosses bâtisses fardées de lune des tournures menaçantes : telle semblait surgir au coude du chemin ; telle autre, déplier une aile cuirassée — en fait, un appentis de tuiles — et suivre longuement le cavalier du regard. Simon ne s'en émouvait guère.

« Je n'ai que faire de vos grimaces, fantômes d'Albigeois ! s'écriait le compagnon en flaquant son chapeau sur le cou du cheval. Seul m'importe d'aller loin, où j'aurai paix de l'âme ! »

Chaque borne lui faisait donner des étriers, tant étaient forts son besoin de hasard et son vœu d'égarement. Croisait-il un carrefour, Simon s'en détournait comme d'un précipice ; trouvait-il un calvaire, une pierre gravée, il leur préférait l'horizon uniforme des bois.

Longtemps, le Tarn fut à ses côtés, familier malgré la nouveauté des rives. La lune déposait sur l'eau des bulles d'argent pâle, comme un lait tombé goutte à goutte. Puis Simon fit passer son cheval à main gauche, alors le chemin de halage s'étrécit, s'assombrit, de moins en moins lisible sous le bouillon des plantes. La bête reniflait, curieuse du fouet des herbes sur ses jambes chaudes.

« Oublie l'écurie, rosse ! Enfonce-toi au contraire, égare-nous ! »

L'ombre du sous-bois avala bientôt le cavalier et sa monture. Des obstacles apparurent, qui étaient des racines et des pierres allumant l'étincelle sous l'armure des sabots. Simon avait freiné l'allure, ne touchant plus la bride que pour guider l'animal vers les couverts les plus secrets.

Enfin, quand il fut certain d'être bien perdu,

quand autour de lui ne se formèrent plus qu'arbres sans nom et ruisseaux sans message, le compagnon descendit de cheval et poursuivit à pied.

La nuit était muette. Le fredonnement du fleuve n'avait pas pénétré jusqu'ici, au profond de la forêt. L'air à odeur de sève et d'eau croupie portait comme un vertige : marchant le bras tendu entre les troncs immenses, Simon croyait remonter la nef d'une cathédrale, encadré de hautes piles de pierre. Contre sa main, les arbres étaient des fronts butés, des cuirasses d'écorce et de vieille mousse.

À mesure qu'il avançait, toutefois, son pas se faisait plus ferme et sa marche plus dégagée. Simon découvrit une clairière à un jet de pierre. Une lumière d'un bleu fragile, vite absorbé par le buvard des feuilles, lui dessinait comme une auréole. Le compagnon s'approcha.

Une chapelle était là, forme de pierre tendre sous les étoiles. L'ombre ne laissait voir qu'un clocheton garni d'ardoise, une niche fleurie et une croix biaise, toute grignotée de rouille, peut-être déplantée d'une tombe. On n'avait pas fauché plus d'une coudée autour des murs qui portaient le pied vert. Les seules percées dans l'épaisse maçonnerie étaient un vitrail et la porte, simple vantail de bois sans ferrure, d'ailleurs ouverte à demeure par le fait d'une grosse langue de lierre. C'était ainsi qu'arrivait la lumière.

Simon retira son bonnet et passa le seuil, étroit pour ses épaules. Ses yeux imprégnés de nuit clignèrent longtemps avant d'apprivoiser la clarté du dedans. Il découvrit des chaises, un prie-Dieu de planches, un tabouret rustique qui peut-être avait servi à traire avant d'entrer ici. Sur les parois : des dessins au charbon, figuration sans talent d'un calvaire avec ses nombreux personnages drapés de sentences latines.

L'oratoire était voué à la Vierge. Une statue de madone aux mains jointes, d'un travail plus grossier qu'aucune des fresques de la voûte ou des murs, reposait sur deux clous de fer plantés au-dessus de l'autel. Ne trouvant d'autre aliment à sa curiosité, Simon s'approcha.

L'œuvre était en bois, un bois vicieux que la fraîcheur des nuits avait usé comme une poutre d'étable, faisant la Vierge grise et son manteau frangé de sciure. Sous le ciseau malhabile du sculpteur étaient venus des mains de grandeurs différentes, une robe aux plis contradictoires, mais surtout un masque qui n'eût pas déparé sur une scène de comédie, tant s'illustraient son nez fort et ses joues à rondeur de coloquinte.

Pourtant, cette statue propre à faire le piquet d'un champ de luzerne avait une grâce insolite, née de sa difformité même. Était-ce la façon naïve des larmes de la Vierge, des clous de cuivre plantés dans le bois du visage ? Était-ce le bleu du manteau, passé à grosse brosse, qui empiétait sur la robe blanche en coulures maladroites ? Simon s'étonna de n'en pouvoir bientôt détacher le regard.

Les couleurs surtout l'intriguaient. Il passa sa manche sur le bois noirci de fumée et approcha un lumignon trouvé près de l'autel.

« Par la Croix où Dieu s'étendit ! »

Une grande chaleur était entrée dans sa poitrine. Simon serra de sa main libre la main de la chandelle, qui tremblait à faire danser la flamme.

« Sur ma foi ! » bissa le compagnon dont un sourire d'enfant arrondissait le visage.

Car devant lui, couvrant cette idole de pauvre facture, cette grimace de madone qui n'eût pas juré à l'inventaire d'un chiffonnier, resplendissait un bleu magnifique, un bleu comme jamais Simon n'en avait admiré...

L'émotion fut assez grande pour tenir le compagnon pâmé jusqu'aux dernières lueurs de la bougie. Un charme semblait tombé sur lui, attachant son regard au manteau bleu de la madone.

« Vertu de ma vie, la nuit ne passera pas que j'aie montré ceci à mon père ! »

Le scrupule n'étant pas dans sa nature, Simon ouvrit aussitôt sa besace pour y coucher la statue peinte. Avec pareil témoignage des mérites du bleu, il comptait bien en imposer à Maître Lucas et, pourquoi pas, vaincre les préventions du teinturier contre la couleur du ciel.

La main du compagnon s'était déjà glissée derrière la madone quand un bruit le fit se retourner. De la femme entrée après lui, il n'aperçut qu'une traîne et le vol d'un ruban. Craignant qu'on ne le prît pour un pilleur d'église, Simon laissa la madone et se lança derrière la robe.

La fugitive avait pour elle quelques foulées d'avance, Simon, l'élan de ses vingt ans et l'échauffement d'une nuit d'aventure. Les jeux furent tôt faits : avant qu'elle pût rejoindre son cheval, l'inconnue fut arrêtée par un magistral croc-en-jambe. Une prise contraignante à l'épaule, deux clefs du poignet qui firent relâcher une dague pointue, suffirent à Simon pour mettre sa proie dans la condition qu'il voulait : étendue sur le dos, bras et jambes incapables, n'ayant d'autre choix que de faire sa volonté.

« En voilà une coquine qui m'épie en prière puis trousse son bagage sans merci ni bonjour ! Voyons quelle grimace fait l'accompagnement d'une âme si grossière ! »

Simon rejeta la capuche descendue sur le visage de l'inconnue. Un sifflement passa ses lèvres.

« Fesse du roi ! Si la lune n'était pas renommée astre des songes, je croirais ici broder mon rêve... Quelle jolie fille !

— Je suis dame, monsieur. Et comme dame, vous demande de me laisser aller. Car il est fort incommode d'être ainsi dos contre terre, et mon mari n'est pas homme à souffrir qu'on en use ainsi avec sa femme. »

Simon partit d'un rire taillé en pointe, fait pour blesser.

« Oui, voilà un berger fort redoutable, qui laisse sa brebis courir les champs au lever de la lune ! »

La captive ne releva pas, qui fit seulement un mouvement de hanches pour dégager une bourse des plis de son manteau.

« Venons au fait : j'ai sur moi l'argent pour un

pot de vin et une fille d'auberge. Prenez, et partez ! Il va de ma vie que je sois bientôt où l'on m'attend.

— Mon cheval se plaira à vous y conduire, proposa Simon d'un ton enjôleur.

— J'ai ma propre monture, qui va mieux et plus vite qu'un bidet d'embuscade. »

La langue de Simon claqua sèchement entre ses dents. Il oublia l'émoi voluptueux que lui procurait ce corps vivant sous sa maîtrise, et ne songea plus qu'à réduire à quia cette insupportable pécore.

« Oui, vous vous poussez du col, et je vous trouve bien supérieure pour une fille terrassée sur un lit d'épines ! Apprenez, ma mie, que je porte un nom illustre dans mon art, et, s'il n'appartient pas à un gentilhomme, il n'est pas non plus d'un malandrin qui trousse les filles sur l'herbe des cimetières !

— Et je crois, moi, que vous ne valez pas la corde pour vous pendre... D'ailleurs, une personne de bien ne laisserait pas une femme ainsi roulée sous ses genoux !

— Faut-il vous libérer ?

— Pardi ! »

Simon relâcha un peu son étreinte, tout en gardant une main fermée sur le poignet de la captive. Il comptait bien demander le solde de sa vanité blessée et peut-être, un baiser ou deux avant de rendre l'oiseau au feuillage. Mais l'inconnue ne dansait pas sur cet air : à peine eut-elle la jambe franche qu'elle en donna dans les côtes du compagnon, en telle rage et tel élan qu'il dut se porter en arrière. La fille lui échappa. L'instant d'après, elle avait disparu.

« Eh là ! s'écria Simon. Partir sans laisser de nom ! Comment se revoir ? »

Sa voix tombait sur les fourrés comme une flèche perdue. Simon comprit qu'on ne l'entendait pas et, plein d'amertume contre le genre des femmes, prit la direction de la chapelle en frottant son flanc contusionné.

Avaient-ils couru plus qu'il n'en avait souvenance ? Le sentier lui semblait tout différent de celui qu'il gardait en mémoire, et l'étape plus longue. Il l'eût juré : ce tronc abattu n'était pas sur la trace de l'aller, ni cette branche au dessin de faucille. Pour tout gâter, le jour venait, effaçant tout espoir de situer la chapelle d'après sa lumière bleue.

Quand un cliquetis lui révéla la présence de son cheval, Simon jugea prudent d'honorer ce signe, plutôt que de risquer l'égarement dans une forêt sans repère ni contour. Il se promit de revenir plus tard, afin d'emporter la madone.

Pesant simplement sur la selle, le compagnon lança sa monture sur la trace du retour. Ils furent au moulin sous un soleil jeune.

Le moulin de Figues avait des tournures de forteresse qu'on arme pour la guerre.

D'abord, des portes barrées : celle des piétons, calée d'une grosse pierre comme aux jours de bourrasque ; celle des convois d'étoffe ou de teinture, empêchée par un débris de meule.

Ensuite, des hommes aux postes de défense : il s'agissait des commis montant la garde devant l'atelier et qui, selon la consigne qu'on leur avait faite, informèrent Simon que la maison lui était fermée.

Un paquetage, enfin, coiffait la margelle du puits. Simon ne fut pas surpris d'y reconnaître ses chemises, son linge et ses outils de compagnon, le tout solidement ficelé d'un nerf de bœuf comme il convient pour les colis promis à long voyage.

Mais le meilleur était l'enseigne du moulin, qu'un outil brutal avait martelée aux coins, écrasant le nom de Simon et sa belle initiale. Le caméléon perdait un œil.

Gardien vigilant de la place, Maître Lucas fit son apparition à une fenêtre de l'étage. Le regard qu'il posait sur son fils était étroit comme une meurtrière. Simon se campa crânement au soleil de la cour.

« Ainsi donc, vous me donnez congé ?

— Oui, c'est le sort des compagnons sans mérite. »

Le mot porta si juste qu'il manqua faire chuter Simon descendant de cheval. À cet instant, en possession d'une arme à poudre, il l'eût certainement déchargée sur son père.

« Maître Lucas, nous n'avons pas passé de contrat d'embauchage !

— C'était un tort, aujourd'hui réparé. Je t'inscrirai au greffe de la corporation comme apprenti puis compagnon chez moi. En sus, un engagement d'un an attend ta signature. Il est daté pour prendre fin ce jour. »

À preuve de quoi, Maître Lucas appuya sur le rebord de la fenêtre une tablette de cire qu'il creusait d'un stylet.

L'affaire allait trop vite au goût de Simon. Il lui semblait du teinturier comme des huissiers de justice : ces gens-là vous tournent si bien de sceaux et de formules, de lettres et d'échéances, qu'à la fin vous en perdez le sens et couramment vos biens. Le compagnon fit son possible pour garder tête assise.

« Et s'il me déplaît, à moi ?

— Alors, ce sera comme si tu n'avais jamais travaillé ! Je nierai que tu aies eu part à l'ouvrage, et soutiendrai devant le bailli que tu ne pouvais teindre ces pièces en rouge, toi un artisan du bleu... »

Simon s'accouda à la selle pour ne pas défaillir.

« Vous, père, l'auteur de cette vilenie ?

— Je le ferai, car ton choix du bleu est ma honte ! Sais-tu que le fondateur de notre nom a fait la route de Lectoure jusqu'à Venise pour cueillir l'écarlate du chêne, ce rouge d'un mérite si rare qu'une loi le réserve aux princes de sang ?

— Je le sais, mais c'est vieux conte ! »

Maître Lucas avait suspendu l'écriture du contrat pour mieux dire son homélie. De cette façon, son stylet pointé en alternance vers le ciel et vers l'apostat qui quittait la religion du rouge, il semblait désigner le second au châtiment du premier.

« Pleuve grêle, souffle tempête, frappe foudre sur cette tête creuse ! Le père de mon grand-père a fait école du rouge ! Son fils l'a imité, et encore le fils de son fils, de suite jusqu'à moi ! Et tu passerais au bleu ?

— Si même ? »

Sentant la colère lui inonder la poitrine, Maître Lucas serra le rebord de la fenêtre comme on agrippe une branche dans le cours d'un torrent.

« Le bleu est couleur de vilain et de mécréant ! Il donne aux femmes les atours de la mort et la figure d'un spectre. »

Un doigt imprécateur se tendit vers le maître.

« Le rouge est peinture de péché ! Rouge, le brassard des ribaudes ! Rouge, la cagoule du bourreau !

— Les barbares s'enlaidissaient de bleu pour paraître à la guerre !

— À l'heure dernière, les mourants vomissent un rouge hideux !

— Assez ! hurla le maître en brisant sa tablette sur le bois de la fenêtre. J'ai mon soûl de ton insolence ! Disparais de ma vue ! Et si tu veux changer de couleur, alors change aussi de nom !

— Je le ferai, père, et mon nom deviendra en teinture de bleu aussi grand que le vôtre en façon de rouge. Apportez le contrat, et laissez-moi seulement embrasser ma mère avant que de quitter cette maison pour jamais ! »

Les adieux de Simon et d'Éléonore furent tendres et difficiles. Accordée à Lucas pour ce qui était de Fressard — elle s'en méfiait aussi —, la teinturière ne pouvait donner raison à son époux d'un congé si brutal. L'amour mettait dans sa bouche des paroles d'espoir et de conciliation, invitant Simon à reprendre le chemin de Figues quand le temps aurait fait son œuvre, l'assurant qu'au moulin son lit serait toujours fait, son écuelle toujours servie. Et si Maître Lucas se montrait assez dur pour contester la part de son fils dans la teinture du rouge, Éléonore promettait sur son âme de tuer ce mensonge.

« Merci, mère. Je vous dois une infinie reconnaissance. Prenez soin de vous, et dites mon pardon à Maître Boniface, qui n'est pour rien dans ce départ et mérite sans doute meilleur locataire que moi ! »

Mais le souci d'Éléonore était tout autre.

« As-tu au moins un lit pour cette nuit ?

— Si fait, on m'attend chez Joachim Fressard.

— Il te doit le pain et le pot ?

— Non pas, mais c'est une bonne âme, dont l'huis pour un mot s'entrebâille.

— Alors, je prierai pour qu'il t'accueille. Souvent varie fortune, bien sot celui qui croit tenir son pain à demeure ! Puisse le bleu t'aimer mieux que le rouge ! »

Ces paroles de raison mirent le baume au cœur du compagnon, qui prit son paquetage et quitta le moulin sans saluer son père.

La nouvelle était partie comme un trait d'arbalète, tirée au vent par l'aîné des commis. Ce coquin savait tous les refrains, l'art d'en produire, et tailla sur-le-champ une rumeur à la mesure de l'événement : « Maître Lucas chasse son fils ! Maître Lucas chasse son fils ! »

Telle fut l'annonce faite aux curieux qui accouraient vers le moulin de Figues. Inventée pour se prononcer vite, s'entendre brièvement, elle devait facilement faire le tour de la Terre avant qu'il soit midi.

De fait, passée chez un pêcheur d'anguille connu pour sa langue leste, la nouvelle frappa aussitôt les oreilles d'un vannier, qui la répéta à une crémière, confidente d'un tisserand, lequel en régala un colporteur arrêté devant sa boutique — vrai professionnel de médisance dont le ragot enflamma en deux heures tous les toits de la cité.

Du haut des *souleïou*, ces terrasses au dernier étage des maisons albigeoises, les femmes actionnèrent le moulin à paroles, entraîné généreusement par le flot du patois. Il ne fut plus âme vive pour ignorer la déchéance de Simon Terrefort, renvoyé par son père pour délit de teinture. La chose fut apprêtée dans le goût local, avec force lard et condiments, une vraie potée de calomnie qui tenait au ventre et rassasiait de rire.

Le dernier à l'entendre fut Simon en personne, qu'un toucheur de bœufs arrêta distraitement sur le chemin de Castelviel.

« Eh, toi, sais-tu la nouvelle ? Maître Lucas met son fils à la porte ! »

Comprenant tard sa bévue, l'enfant fit un bond en arrière pour esquiver la gifle — vainement, car le soufflet parvint à son destinataire qu'il envoya rouler parmi les bêtes, la tête fleurie et les jambes en mâts de cocagne.

« Voilà pour t'apprendre ! » rugit Simon.

Sur quoi le compagnon reprit les rênes et poussa l'allure de son cheval, jugeant raisonnable d'entrer chez Joachim Fressard avant que la rumeur ne le rattrapât. Bien lui en prit car, partout sur le chemin de Castelviel, railleurs et brodeurs de chansons taillaient déjà sa légende. La vérité était qu'Albi tout entière se gaussait de son aventure.

Comme d'autre part les quolibets tendaient à devenir injures, les fruits gâtés des pierres, Simon sentit beaucoup d'allégement lorsqu'il put s'abriter derrière les portes du pastelier.

Joachim Fressard s'avançait déjà pour l'accueillir.

« Soyez le bienvenu, Simon Terrefort ! Vous êtes fatigué. Acceptez l'offre d'un bon lit et d'une coupe de vin... Nous aurons journée pleine, demain, pour traiter notre affaire et peut-être visiter la maison de Signac où j'ai idée de vous établir. »

Simon s'en remit volontiers à l'hospitalité du négociant. Toutefois, les événements de la matinée lui avaient si rudement tiré les nerfs qu'il fut incapable du moindre mot de gratitude. Repoussant la coupe qu'on lui tendait, il implora comme une grâce un lieu où s'étendre. Les gens de la maison le conduisirent dans une chambre qui jouxtait l'écurie. Il y prit aussitôt l'oreiller, laissant à ceux restés debout le soin d'enlever ses bottes pour dormir.

V

Du soir au matin, certains passent une frontière, enlèvent une forteresse ou prennent femme. Simon, lui, était tombé d'une vie dans une vie nouvelle : né Terrefort, fils de Maître Lucas, il ouvrait les yeux et s'éveillait un autre homme.

L'avant-veille encore, un teinturier de rouge pendait son enseigne à Canavières et s'alliait à Maître Boniface. À présent, un artisan du bleu logeait ses cuves à Signac et traitait avec Joachim Fressard. Entre-temps s'étaient écrits deux contrats, l'un pour quitter un patron, l'autre pour prendre un associé. Simon abandonnait la maison de son père et partageait le toit d'un inconnu rencontré dans un accident de cheval. Quel homme n'y perdrait le sens ?

Pourtant, ce qui se proposa d'abord à l'esprit de Simon en ce matin de mars ne fut pas le devoir de saluer son hôte, le souci d'adresser une lettre accommodante à Boniface, ni davantage l'envie de connaître l'atelier de Signac. Non, la première pensée du compagnon fut pour un sujet autrement plus libre, sur lequel un homme sérieux, dans des circonstances aussi graves, n'eût pas siégé un instant : c'était son aventure de la nuit...

Simon gardait en lui le souvenir du manteau bleu de la madone et, tout aussi attachant, celui de l'inconnue poursuivie sous les arbres. Ces deux images se recouvraient sur le tain troublé de sa mémoire : il croyait voir des larmes de cuivre dévaler les joues de la captive, puis une peau humaine palpiter au front de la statue. L'une échangeait l'autre, à la grande confusion de Simon impuissant à fixer l'ordre de cette double rencontre : était-ce la femme qu'il avait enlacée dans la chapelle ? Était-ce l'idole qui avait roulé sous ses genoux ?

Le compagnon abandonna cette méditation dont il craignait les suites sur l'équilibre de son esprit. Après s'être donné figure chrétienne dans un miroir d'étain, après avoir battu ses bottes poudreuses et passé une cotte fraîche trouvée dans son paquetage, Simon s'engagea dans un escalier de bois qui donnait sur le dehors.

Le soleil était jeune, et la cour fraîchement ratissée ne montrait qu'un garçon d'écurie bouchonnant un cheval. Fidèle à sa manière qui était de bercer les petites gens, Simon s'approcha, deux sous brillant au creux de sa paume.

« Bien le bonjour, mon garçon. Dis-moi, le maître est-il au logis ? Nous avons affaire à débattre, et j'aimerais l'entendre assez tôt... »

Conquis par les façons du teinturier autant que

par la monnaie entrée dans sa poche, le garçon interrompit la toilette du cheval pour renseigner :

« Le maître est dehors, messire. Sa dame a eu des fièvres cette nuit. Dès le point du jour, il l'a conduite chez le médecin. »

Le visage de Simon exprimait la compassion la plus crédible.

« Vraie foi ! De petites fièvres, j'espère ?

— Nul ne sait. Ce que j'ai vu, c'est que monsieur Fressard semblait fort aise. Il faut dire que madame est en espoir d'enfant. Le maître croit que les fièvres montent du ventre.

— À la bonne heure ! Sais-tu quand Fressard sera de retour ?

— Il n'a rien dit mais son ordinaire, quand il est à Albi, est de rentrer après midi. Il voit beaucoup de gens là-bas pour l'entretien de ses affaires.

— Soit, puisque monsieur n'est pas chez lui, je vais donner un peu d'exercice à mon cheval. La campagne à cette heure est délicieuse !

— Je l'apporte, messire. »

Comblant d'une nouvelle pièce le garçon d'écurie, Simon se mit en selle et franchit au petit pas la porte de l'hôtel.

Une campagne brumeuse l'accueillit au-delà des remparts. Un voile humide émoussait l'angle des toits et la cime des arbres. C'était comme un tulle déposé légèrement sur le paysage, le voile de la terre épousée du jeune soleil.

Laissant la bride lâche à son cheval, Simon prit une grande inspiration qui le purgea jusqu'à l'âme.

Il voua quelques pensées mineures à son nouvel état, et mesura combien c'était bon d'être un homme flânant à cheval sur une route champêtre, quand, hier encore, il brassait des bains puants aux ordres de son père... Aucun doute : tenir la barre d'une affaire était autre chose que de faire l'employé d'un patron de teinture ! Le garçon d'écurie ne l'avait-il pas appelé « messire » ? Messire, oui ! Voilà l'œuvre du bleu — et il n'avait pas teint seulement une pièce !

En telle humeur, le compagnon se sentit de parader devant le moulin de Figues. Certes, c'eût été une belle rencontre que celle du vieux teinturier besogneux, les bras gantés de boue nauséabonde, avec ce cavalier de fière allure dont les doigts presque blancs n'avaient rien à faire qu'à guider sa monture en promenade. Il y songea, puis renonça... À son orgueil enflé ne seyaient plus les courtes victoires : mieux qu'à cheval, c'était en carrosse qu'il voulait plastronner aux portes de Figues !

Malgré tout, l'enceinte passée, une direction s'imposait. Simon songea qu'à tout faire, il emploierait utilement son temps en enquêtant sur la chapelle mystérieuse. Certes, le compagnon ne gardait aucun souvenir du chemin suivi jusqu'à l'oratoire — ni à l'aller, où il avait conduit son cheval selon sa fantaisie ; ni au retour, où c'était l'animal qui avait fait la marche, guidé par son flair jusqu'à l'écurie. Mais quoi ? Les sanctuaires abritant une idole aussi typée ne pavaient pas la forêt. Il pouvait interroger les clercs, connaisseurs par métier des plus humbles calvaires.

Trait de la Providence, Simon n'avait pas plus tôt formé ce projet qu'un clerc fut sur son chemin. Il était trop jeune pour avoir la dignité de prêtre, mais le bréviaire neuf qu'il tenait à la main, sa tonsure dilettante et l'œil tiède qu'il posait sur les femmes pouvaient être d'un acolyte ou d'un sacristain. Le compagnon l'aborda, bonnet sur la poitrine.

« Mon frère, je vous donne le bonjour.

— Bonjour, répondit le clerc d'une voix menue.

— Vous me voyez en grand tourment... poursuivit Simon les mains jointes. Apprenez que le jour d'hier, chevauchant sous bois, j'ai découvert une chapelle ronde et moussue vouée à Marie. Le petit autel, avec ses cierges de résine et son bouquet de fleurs des champs, m'a paru si joli que j'ai fait halte pour m'y recueillir. »

Le clerc approuva d'un menton compassé.

« J'ai prié longtemps, mon âme confite en vénération et vraie louange de Notre Dame... Quand mes yeux se sont ouverts, j'ai vu qu'il était nuit. Alors, j'ai pris mon cheval sans garde du missel que je laissais sur le banc de l'oratoire. C'est un paroissien des plus chers à mon cœur, que j'avais pour la gloire de Marie fait relier de cuir maroquin et illustré d'images pieuses. Oh ! Je crois que je mourrais s'il était perdu... Cette chapelle, la connaissez-vous ?

— Une chapelle à la Vierge, dites-vous ? C'est qu'il s'en trouve en nombre ! Il y a Notre-Dame de la Drêche, où les femmes en mal d'enfant viennent fleurir un vieil arbre, Notre-Dame de Mespel dans les bois de Grésigne, Notre-Dame du Lait qui est à Cadalen.

— La chapelle que je dis est moindre qu'une église, interrompit Simon que dérangeait la voix perchée du clerc. Je doute qu'elle voie aucun pèlerin, car elle est sous les arbres, sans nulle trace pour y conduire ni pour en retourner. »

Le clerc méditait, ce dont portait témoignage, dans le croissant de la tonsure, le plissement d'une peau de porcelet. Il reprit avec embarras :

« Tout de même, difficile de répondre sans savoir davantage ! Cette chapelle a-t-elle rien de remarquable ?

— Si fait, une croix plantée de travers et une madone curieuse, la face soufflée et bosselée comme un touret de nez, les mains si mal venues qu'elles semblent continuées de griffes. »

Le clerc fit le signe de croix à cette affreuse évocation. Logeant ses mains au fond de ses manches, il fixa d'un air troublé la tache de naissance sur le visage du compagnon. Simon comprit qu'il avait parlé à tort et soigna ses adieux :

« Je vous suis reconnaissant, mon frère. Puisse le Seigneur vous donner belle journée ! »

Ces mots s'appuyaient sur le sourire le plus chrétien à portée de Simon, un sourire emprunté au saint béat de la cathédrale Sainte-Cécile. Le religieux n'en fut nullement apprivoisé, qui forma dans le dos du teinturier un signe de protection.

De Lescure à Terssac, d'Arthes à Castelnau, tous les clercs qu'il put circonvenir, avec des mots choisis et une madone dont il estompait le portrait à mesure, reprirent ce refrain décevant. Les pèlerins qui massaient leurs pieds sur le bord des sentiers ne chantaient pas autrement : personne ne semblait au fait d'une chapelle en pleine forêt, assez passante pour qu'on y fît brûler des cires, néanmoins si négligée que les statues y pourrissaient de vermine.

S'avisant du soleil déjà haut et des clochers barbares qu'amenait le chemin, le compagnon sentit fléchir sa volonté. Une vilaine madone, même parée d'un bleu si précieux, ne valait pas qu'il désobligeât son nouvel associé et courbaturât son cheval.

Déjà Simon tournait bride, quand un visage dans une fenêtre arrêta son regard. L'impression fut courte, car la femme allait au bras d'un homme qui aussitôt l'avait doublée — mais courte est aussi la mèche du baril de poudre. Ces lèvres en ailes de libellule, ces sourcils d'un duvet blême et comme luisant sous la peau, ce front bombé que reculait encore l'épilation des cheveux, Simon les connaissait : ils décrivaient l'inconnue du clair de lune...

« Cette fois, tu ne m'échapperas pas ! » gronda Simon en sautant à bas de son cheval.

Ce cri attira sur le seuil du logis une fille qui plumait un canard. Mal lui en prit, car une bourrade du compagnon l'envoya rouler sur un seau d'épluchures. Ayant ainsi passé la première porte sans invitation, Simon se sentit en condition de franchir les autres. Il enfila les pièces d'une foulée rapide, chassant la silhouette claire qui fuyait comme un linge à la rivière. Cela se faisait dans une bousculade grandissante, des gars étant partout pour l'empêcher de nuire, et lui semblant se fortifier de leur entrave. Enfin la robe s'immobilisa et Simon sut qu'il tenait sa proie :

« Halte-là, belle ! Nous avons à parler ! »

Un effort prodigieux détacha la grappe des gêneurs. Ceux-là, plutôt que de livrer un nouvel assaut au démon fardé de rouge, s'envolèrent à l'étage alerter leur maître. L'homme de la maison vint bravement à la rencontre de son visiteur.

Simon vit un paysan ; et, marchant derrière, Joachim Fressard...

« Par la sanglante gorge ! » s'exclama le compagnon qui doutait de ses yeux.

Mépris sur le sens de cette intrusion, le pastelier lui fit bon accueil :

« Simon ! Quelle joie de vous voir ! Par quel hasard êtes-vous entré ici, dans ce moulin à pastel si loin de Castelviel ? Il faut croire que la vie nous lie mieux que deux frères ! »

En vérité Simon n'avait guère d'attention pour les politesses du pastelier, mais quantité pour la femme qu'il voyait approcher par-dessus son épaule, et dont les cheveux mêlés de rubans bleus piégeaient son regard ainsi qu'un grand filet.

« Je vous présente Maguelonne, mon épouse », reprit Fressard en invitant cette beauté près de lui.

Or Maguelonne, qui s'était raidie en voyant le compagnon, fit mine de se dérober. Un regard de son mari l'en découragea. Sa main s'avança en automate — une main que le compagnon sentit flasque et fuyante, hostile comme un gant de défi.

« Monsieur », fit froidement Maguelonne.

Simon sentit le regard de l'épouse sur sa tache rouge et en fut peiné.

Ce fut Fressard qui trouva sans le vouloir l'issue de cette mauvaise passe. Simon présent, l'occasion lui parut belle de montrer le travail du pastel. Il entraîna le petit groupe derrière la maison où s'étendait un champ cultivé.

À peine Joachim s'était-il détaché de quelques pas que Maguelonne plantait férocement ses ongles dans le bras du teinturier : « J'ignore quelle grimace du sort vous a mis sur mon chemin. Soyez certain que nous pâtirions beaucoup, l'un et l'autre, d'une rumeur faite à cette aventure. Je vous enjoins donc de vous taire, comme je ferai moi-même en affectant que vous m'êtes étranger. »

C'était moins un avis qu'un commandement. Simon fut réduit à quia de tant d'audace. Il s'étonna aussi de voir comment cette femme, ayant pris son parti, détendait son visage et entrait souplement dans le rôle de l'épouse choyant l'associé de son mari. Elle eut rapidement envers le compagnon de ces menues attentions — lui donner le bras, s'enquérir de son travail... — que Simon jugeait impossibles sur le lit d'un tel secret. Voilà que la première robe entrée dans sa vie s'illustrait dans le mensonge !

Cependant Joachim les entraînait dans les sillons du pastel. Ils parcouraient un champ pentu, favorisé par le soleil, dont les mottes grasses fleuraient par endroits le fumier de mouton. Les sillons espacés de deux coudées portaient des rangées de salades, ou du moins de plantes à leur ressemblance, gros bouquets de feuilles mates couleur de pâturage. Quelques feuilles s'illustraient par certaine nuance glauque ou violette, déposée au bout de leur forme effilée comme une mouche de lance : l'indice de leur pouvoir de teinture.

Fressard cueillit une rosette de pastel pour la faire mieux voir.

« Elle s'appelle *guesde* ou *vouède* dans le Nord, *herbe de saint Philippe* en Artois, *nila* au-delà des Pyrénées, *vado guado* dans le pays d'Italie, *bleu de Perse* chez ceux qui portent le turban. Mais c'est son nom de *pastel*, né chez nous, qui à mon goût l'habille le mieux. Le pastel fut de tout temps cultivé sur nos terres. Les anciens l'employaient en façon de remède contre les maux du foie, de la rate, la peau malade ou verruqueuse. C'était aussi un fourrage apprécié car, indifférent aux rigueurs de l'été comme de l'hiver, il restait toujours vert. N'est-ce pas, Simon, que cette rosette respire la santé, avec sa foison de feuilles comme une ébullition de verdure ? Celle-ci est née de graines violettes, ou *loujau*, qui sont la première qualité. »

Simon peinait à suivre le pastelier, son esprit se rappelant sans cesse à Maguelonne près de lui. Au contraire, l'épouse marquait beaucoup d'intérêt à l'exposé qu'elle écoutait en hochant la tête, sa main posée fidèlement sur l'épaule conjugale.

« La rosette donne-t-elle des fleurs ? demanda cette bonne élève.

— Si fait, dès la deuxième année où montent du

cœur plusieurs tiges qui ont la taille d'un enfant. C'est au sommet de ces hampes que s'ouvrent les soleils du pastel, nébuleuses de fleurs jaunes à l'attrayant parfum de miel, d'ailleurs prisées des abeilles. »

En ayant terminé, Joachim Fressard agenouillé près des rosettes se releva. Ce faisant, il manqua surprendre un geste d'humeur du compagnon envers sa femme. L'épouse bousculée trouva malaisément son équilibre sur la terre meuble. Elle gratifia Simon d'un regard de louve qui portait plus de mépris que d'hostilité.

« À présent, visitons la meule », proposa le pastelier.

Dans le même ordre qu'à l'aller, le petit groupe prit le côté du champ jusqu'au moulin, reconnaissable au tapis de feuilles sèches qui en pavait le seuil. Le raclement d'une pierre franchissait la porte entrebâillée. Avec lui, une affreuse pestilence : sordide addition de fumier, de pisse et de vomissure qui giflait les narines et empaumait le cœur.

Ne pouvant interdire à la fois son nez et ses oreilles, Simon découvrit quel fléau terrible frappait la délivrance du pastel.

« Malepeste ! Je ne crains pas la punaisie des cuves, mais celle-ci passe toute mesure !

— Cela sent fort, en effet, accorda Fressard. Souvent beauté s'allie à pourriture. »

À l'intérieur du moulin régnait une chaleur accablante. Le pastelier fit dégager un volet avant de reprendre, le front en sueur :

« Aussitôt après la récolte, on lave les feuilles de pastel en leur donnant un bain de rivière. Séchées, elles sont portées au moulin afin d'alimenter la meule. C'est cette lourde roche en granit de la Montagne Noire, dressée debout comme on voit dans les moulins à huile. Un cheval de labour la fait tourner dans un sillon qui reçoit les corbeilles de feuilles. Voyez-vous le garçon qui marche devant, rassemblant le pastel sous la pierre en mouvement ? Il court un grand danger. Maints comme lui y ont laissé un pied ou une jambe, sinon la vie.

— C'est pitoyable chose ! » gloussa Maguelonne en cherchant les bras de son mari.

Joachim paya cet assaut de tendresse d'une étreinte compassée. Elle n'en fit pas moins pénible impression sur Simon qui détourna le regard. Grâce à Dieu, le tableau fut bientôt dénoué et Fressard reprit son commentaire, avec la nuance d'agrément de soi qu'introduit chez tout mâle l'hommage public d'une dame :

« La mouture du pastel faite, on met la pulpe en tas, recouverts d'une gelée d'ail pour éloigner les vers. Pendant deux à trois semaines, il n'y a rien à faire qu'à la laisser rendre son eau, ce qui se fait sur un carrelage en pente balayé par le vent du midi. Commence alors le travail des femmes, qui est de façonner à partir de cette pulpe les *cocagnes*, des balles grosses comme une pomme ou un petit melon.

— Cocagnes... “Pays de cocagne” vient-il de là ? s'enquit distraitement Simon.

— En vérité, confirma le pastelier. C'est que la coque se vend fort cher quand elle est bonne. Le collecteur de pastel l'achète selon le cours jusqu'à une livre le cent. À ce prix, le paysan prend de l'aise. Quant au négociant, il peut même s'enrichir. "Au pays de cocagne, plus l'on dort, plus l'on gagne !" dit le proverbe. Vous aurez votre part de ce magot, teinturier... »

Le mot sonna bellement aux oreilles de Simon dont l'humeur en fut aussitôt clarifiée. Son pas était léger derrière Joachim Fressard montant à l'étage.

« Voici le séchoir ! » fit le pastelier au seuil d'une grande salle occupée d'une rangée de hautes grilles.

Dans cet espace ouvert à tous les vents, des milliers de cocagnes dormaient à l'abri de l'averse. Joachim en cueillit une, noire et luisante comme un pain trop cuit, qu'il rompit avec effort sur une pierre saillante. Il tendit une moitié à Simon qui la trouva lourde, dense et apprécia la bonne odeur qui se dégageait de son cœur aux reflets violacés. Un morceau, frotté sur un mur, laissa une traînée verdâtre.

« La bonne cocagne ! commenta Joachim pour le compagnon.

— Pourtant ce ne sont pas de cocagnes que les teinturiers font usage ?

— Non. La cocagne n'est qu'une forme commode pour tenir le pastel en boutique. Ensuite, ces balles sont concassées et arrosées d'eau croupie pour les mettre en travail. Les ouvriers jettent la bouillie à pelletées d'un côté à l'autre d'un bassin pavé de briques, jugent de sa consistance avec le *bigos*, un outil de fer. A-t-elle trop fermenté ? On rajoute de l'eau. Pas assez ? On la coupe d'urine ou de vieux pastel. Avec le temps, la pâte s'assèche et prend tournure de cailloutis. C'est l'agranat de pastel, ce même agranat qui vous sera livré en balles de deux cents livres toulousaines pour votre fait de teinture... »

Le compagnon grattait pensivement le débris de cocagne resté dans sa main.

« En voilà une affaire ! À ce que j'entends, le pastel ne vient pas comme chiendent en fossé ! Pourquoi tant de besogne au service du bleu, quand on n'a souvent, pour teindre en rouge, qu'une fleur à piler et à jeter au bain ?

— Le bleu est difficile mais sa cote est meilleure. Nulle part le pastel ne pousse mieux qu'ici, en Albigeois et en Lauragais, sur le terrefort de vos collines. »

À cet instant, Simon qui regardait Maguelonne la vit agripper une claie. Presque aussitôt elle s'affaissa, entraînant dans sa chute des dizaines de cocagnes. Le teinturier se précipita.

« Mon Dieu ! Maguelonne ! »

Les bras de la femme enlacèrent Simon par réflexe. Il sentit d'un coup l'appui de ce corps abandonné, semblable à une branche fruitière dont on rompt l'attache.

« Allons, écartez-vous ! grogna le pastelier accouru à son tour. Elle a besoin d'air ! »

Mais Simon, arquant le dos, raffermissant sa prise

autour du buste de Maguelonne, empêchait Fressard d'approcher. Ces quelques instants lui parurent de longues heures délicieuses. Il soufflait au travers des boucles dorées enroulées à son poignet, enfouissait sa tête dans le bouillon de linge, respirait à s'en soûler le parfum de violette qui lui venait par bouffées des seins roulés l'un contre l'autre. Le bout de ses doigts, entré par mégarde — par malice ? — sous le col de la robe, touchait un coin de peau tiède.

« Simon, il suffit ! Donnez-moi Maguelonne ! »

À regret, le compagnon ouvrit les bras. Fressard enleva sa femme pour l'étendre sur la table du séchoir. Là, il souffleta les joues pâles avec quelque impatience. Sa voix portait l'accent d'une vive contrariété :

« Allons, Maguelonne, ouvrez les yeux ! Vous êtes tombée de tout votre haut... Ce n'est pas bon pour l'enfant ! »

Les yeux de l'épouse, rouverts dans un glissement de paupières, trouvèrent le visage du pastelier.

« Le médecin n'a pas parlé d'enfant, mais de chance d'enfant », corrigea-t-elle d'une voix empâtée.

Maguelonne semblait mécontente qu'on pendît telle enseigne devant le compagnon. Ignorant cette pudeur, Fressard posa une main sur le ventre de sa femme, non pas comme l'amant qui veut étreindre mais comme le père qui veut protéger.

Le couple resta ainsi un long moment.

Sentant qu'il débordait, Simon se retira sans saluer.

Au moulin de Figues, le départ du compagnon laissait une maisonnée en deuil.

Maître Lucas ne desserrait plus les mâchoires que pour aspirer son potage ou, à heures régulières, le lait de brebis dont il guérissait l'âcre influence des bains. Mieux valait du reste qu'il gardât le silence, car Éléonore n'attendait qu'un prétexte pour croiser le fer. Les commis suivaient l'exemple, en brassant sans mot dire les cuves ralenties.

Ce fut à telle forteresse, muette et malveillante, que Maître Boniface fit sa visite vers la fin de mars. Il avait, contre son habitude, revêtu l'habit de prévôt des teinturiers qui donnait du maintien à sa panse bourgeoise et l'allure d'un piédouche à son triple menton. Sa figure était rien moins qu'aimable, expression naturelle qu'accusait encore, ce jour-là, un front plus ridé qu'à l'ordinaire.

« Hi ! Quelqu'un au logis ? » héla Boniface au seuil du moulin.

Comme il n'obtenait pas de réponse, ni à la voix ni au marteau, le prévôt se résigna à prendre l'entrée des charrettes. Il rencontra bientôt un commis sur un tas de garance.

« Alors, toi ? Es-tu privé de l'ouïe que tu laisses une visite à la porte ? »

Le commis eut un sourire d'excuse avant d'empocher une poignée de couleur et d'entrer dans l'atelier.

« Par les veilles de Marie ! Et que dit celui-là ? »

Celui en question, qui venait de puiser un seau, le renversa d'émotion à l'appel du prévôt. Il suivit le premier.

« Maugrebleu ! Ont-ils tous avalé leur langue, qu'ils jouent la sourdine ?

— Non pas, Boniface, mais la maison se vide et les gorges se nouent ! »

Reconnaissant la voix de Lucas, le prévôt fit faire une rotation à son ample ceinture.

« Maître Lucas ! Descendez ! Nous avons à parler ! »

Le teinturier eut le geste poli dont on décline une gourmandise.

« Tant qu'il vous plaira au logis de prévôté, Boniface, mais pas ici... Mon épouse Éléonore ne veut rien entendre sur son fils.

— Oui, on dirait bien que les femmes tiennent la barre chez les Terrefort ! »

Que Lucas laissât dire troubla Boniface. Fallait-il qu'il eût de la peine ! Mais le prévôt avait affaire en tête, et entendait venir à bout.

« Allons, Lucas, rejoignez-moi et causons ! Vous avez grand chagrin... Mais croyez que ce garnement de Simon me cause aussi bien du tort ! Que faire de l'atelier tout neuf qu'il me laisse dans les jambes ? Cent livres d'ouvrage, pour le moins, et toute cette garance en magasin ! »

Lucas ne compatissait guère.

« Un employé de teinture, cela se retrouve, tandis qu'un fils, tandis qu'un héritier...

— Au diable l'héritage ! s'emporta Maître Boniface qui perdait patience. Il aura bien maigri, quand vous m'aurez payé ceci ! »

Et le prévôt de brandir une liasse de parchemins dont l'écriture alignée suggérait des additions de chiffres.

« Des factures ? s'étonna Lucas. La belle affaire ! Je ne vous dois rien !

— Vous me devez au titre de père ! En somme, c'est vous qui m'avez envoyé Simon ! »

Le teinturier s'esclaffa avec une liberté insultante :

« Adressez-vous à lui !

— Nous n'avons pas signé de contrat, il l'aura belle de prétendre qu'il ne sait rien de Canavières.

— Simon est encore teinturier. Chassez-le de la corporation !

— Ce serait chose faite sans Fressard. Mais celui-ci tient le bailli pour ami personnel. Autant défier le Léviathan ! »

Oubliant toute retenue, Lucas tendit vers le prévôt un poing furibond.

« Vous m'ennuyez, Boniface ! Je ne paierai pas les dettes d'un ingrat qui commet le bleu. Trouvez à traire d'autres pis ! »

Sur quoi, il poussa le volet au nez du visiteur.

La sortie avait été si expéditive que Boniface fut un moment réduit à quia. Il se tâtait, fouillait dans ses poches, semblant chercher sur lui la réplique qui ne venait pas. Quelques mots, enfin, s'enchaînèrent au fond de sa cervelle. Il les jeta comme on lance un caillou du bras gauche :

« Vous vous en repentirez, Lucas ! Vous et votre fils ! »

Les commis l'entendirent et se demandèrent s'il n'était pas temps d'exiger leurs gages.

Retour du moulin à pastel, Simon avait confié son cheval au garçon d'écurie. C'était l'heure de souper, toutefois il n'envisageait pas de s'asseoir à la table de Fressard sans invitation, d'autant moins après l'épisode du séchoir qui avait pu raidir le pastelier contre lui.

Certes, il revenait à Joachim d'apprécier l'offense faite à Maguelonne, faite à lui-même son époux. Plaçait-il l'honneur avant toute chose, l'incident était propre à dénoncer leur association ; mettait-il les affaires au premier rang, la conciliation était possible. Simon possédait trop peu son associé pour prévoir sa réaction.

Au crépuscule, un valet informa le compagnon que son cheval était sellé. Simon y vit un biais courtois pour lui donner congé. Il rassembla hâtivement ses affaires et prit l'escalier sans rencontrer personne. Dans la cour, sa monture voisinait avec un bel alezan encore tout fumant de la course, tandis qu'une jument battait la poussière non loin de là. Sur chaque selle se lisaient les chiffres entrelacés de Joachim et de Maguelonne.

Simon ne fut pas surpris de voir un autre cheval ouvrir la marche, et, montant ce dernier, le garçon d'écurie devenu son escorte.

« Où allons-nous ? demanda le compagnon quand ils eurent franchi l'enceinte de Castelviel.

— À Signac, messire.

— Ainsi, ton maître veut m'y installer aujourd'hui ?

— Oui, messire, répondit sobrement le guide.

— Et Maguelonne, lui as-tu parlé ? S'est-elle enquise de moi ?

— Je ne sais, messire », fit le palefrenier.

Simon estima qu'une confidence sur l'humeur du ménage ne valait pas deux sous pour l'acheter. Il s'abstint donc de bonne main, au grand dam du jeune homme tout disposé à trahir son maître, et qui donnait vainement du clin d'œil à l'adresse du teinturier.

« Ménage ta peine, fit enfin Simon. Tu n'as rien en boutique pour me tirer monnaie. »

La silhouette pataude de la maison de Signac émergea bientôt d'un bouquet de saules. Amer de partir sans pourboire, le palefrenier se défit avec humeur des clefs pendant à sa ceinture et tourna bride.

Une grande agitation régnait dans l'escalier de l'hôtel de Castelviel. Des gens de maison dévalaient les marches, pourvus qui d'un broc, qui d'une écuelle ou d'un carré de linge, et tous plus affairés qu'un échanson au service du roi.

Pourtant, ce n'était pas le zèle qui faisait ainsi trotter la chambrière, et le garçon d'écurie avaler quatre à quatre les degrés de pierre. Leur ressort avait un autre nom : curiosité. Il s'agissait d'entendre la conversation qu'avaient Fressard, son épouse et leur visiteur.

Cet homme était entré au Castelviel en prince. Quand les drapiers et les fournisseurs descendaient de cheval dès la rue, puis attachaient eux-mêmes leur monture, lui avait chevauché superbement jusqu'au soleil de la cour, avant de laisser son alezan — et quelque monnaie — au garçon d'écurie. Chose jamais vue, Fressard avait paru sur le perron pour l'accueillir. Les deux hommes avaient rejoint Maguelonne qui gardait le lit depuis le retour du moulin à pastel.

« Serviteur, madame... » s'inclina le docteur en passant le seuil de la chambre.

Ayant satisfait de cette courte manière aux civilités, il n'émit pas d'autre parole et s'absorba dans les préparatifs de l'examen. Maguelonne suivait en grand souci le déploiement des lancettes, clystères et bols à saignée. Elle tourna un visage inquiet vers Fressard.

« Joachim mon mari, qui est cet homme ?

— Un médecin, répondit le pastelier, un maître estimé de l'université de Toulouse. Il jouit là-bas d'une haute renommée pour son savoir sur la constitution des femmes et les voies de l'enfantement. Dans sa clientèle sont plusieurs dames de la cour. »

Maguelonne préparait une question, mais le contact des mains du docteur sur son ventre lui brisa la respiration. S'ensuivit l'énergique palpation de certaines régions de son corps, qui troubla l'alitée jusqu'aux larmes.

Fressard parla le premier :

« Maguelonne est donc grosse ? »

Une double encoche parut entre les sourcils du médecin, rare sillon de ce visage lisse.

« Vraiment, il est trop tôt pour le dire. Rien n'est sensible au toucher.

— Elle s'est évanouie, elle a des fièvres ! argumenta le pastelier.

— Les pâmoisons sont un indice, certes...

— Deux aujourd'hui ! enchérit Fressard.

— C'est beaucoup, admit l'homme de l'art. Mais les vertiges ont parfois d'autres germes : la chaleur qu'il fait sur la campagne, les lacets d'une robe... »

Le pastelier balaya cette réponse d'un revers de la main.

« Entendez-moi, docteur ! Depuis vingt ans, j'ai besogné ma femme au jour et à la nuit. Je l'ai prise tant et plus, à m'en faire des tours de reins et des brûlures de cuisse ! Et tant d'étreintes seraient sans fruit ? Ventredieu ! Quelle est donc la recette pour engrosser une femme ? »

Heurté par cette confidence, le médecin émit une timide hypothèse :

« C'est que certaines sont empêchées d'enfant ! »

Un regard passa de Fressard à son épouse.

« La mienne ne l'est pas. Elle a connu jadis un teinturier — maudite soit sa descendance ! — qui lui a mis au ventre certaine créature. Fort heureusement, une chute de cheval nous a délivrés de ce mauvais fruit. »

Un cri étouffé passa les lèvres de Maguelonne qui s'enveloppa dans la couverture. Le médecin surmontait mal sa gêne.

« Une fausse couche, dites-vous ? Voilà qui est sérieux ! À mon opinion...

— Trêve d'opinion, docteur ! trancha sèchement le pastelier. Je vous ai mandé de Toulouse à grands frais. Ce n'est pas pour entendre le refrain du vieil Auguste, notre médecin de campagne ! Pour moi, il n'y a pas à douter que le ventre de ma femme est gros d'enfant. Et si je m'en rapporte aux accoucheuses, consultées sur ce point, l'enfant sera garçon !

— Monsieur, la nature seule...

— Fi de la nature ! lança Fressard qui s'échauffait. C'est un pardon commode à vos doutes ! Si l'on taille les arbres et l'on sillonne les champs, on peut bien régler les enfants ! »

Un certain agacement était venu au médecin devant les manières de sa clientèle. Comme Fressard lui faisait encore la leçon, le brave homme perdit patience. C'est-à-dire qu'il ôta ses gants, boucla sa mallette et franchit la porte du même élan.

« Quelle mouche le pique ? » fit le pastelier.

Depuis son lit, Maguelonne eut un soupir pénible.

« Mon mari, nous devons nous remettre à la science des médecins. Vingt ans que vous priez Dieu pour avoir un fils, vous a-t-il exaucé ?

— Ce jour même ! »

Les joues décolorées de Maguelonne se tendirent d'émotion.

« Joachim, je n'ai plus l'âge d'être mère ! »

Une grimace farouche emporta les traits du pastelier. Il se jeta sur Maguelonne qui poussa un cri de terreur. Cependant la main de Fressard, levée avec menace, ne fit que gifler l'oreiller.

« Ah ! Mon épouse ! Si vous n'aviez enfant au ventre, je vous rosserais de belle manière ! Êtes-vous sotte de parler ainsi ? L'histoire est pleine de reines qui ont enfanté les cheveux gris !

— Mais je ne sens dans mes entrailles aucune vie ni aucun éveil !

— Eh quoi ? Voulez-vous que notre enfant s'annonce à tambour et trompette ? Vrai, j'ai l'idée que les médecins vous ont farci le crâne avec leurs balivernes ! Sachez cependant que si mon fils ne vient au monde avant longtemps, je vous en tiendrai pour coupable, fautive devant Dieu et devant moi-même ! Vous serez répudiée et laissée à la rue, sans un écu ni une robe ! »

Quoique tremblante, Maguelonne fit face avec courage.

« Vous n'avez plus votre sens, Joachim !

— Soit, je suis fol... Mais l'homme n'est pas né qui m'a vu tromper une fois ma parole ! Aussi je le répète, Maguelonne : faites-moi un fils, ou il vous en coûtera ! »

Comme Fressard lançait cet avertissement, trois coups furent frappés à la porte.

« Qui va là ? » s'écria le pastelier.

Le visage d'une servante parut dans l'entrebâillement.

« Monsieur, j'apporte le souper... »

Joachim Fressard piqua un baiser sur le front de son épouse puis quitta la chambre.

Laissée seule avec Maguelonne, la servante s'avança vers le lit une écuelle à la main. Elle n'avait pas fait trois pas que l'épouse vidait ses nerfs dans un torrent de larmes.

« Comment ! Comment ! fit la servante en déposant l'assiette pour prendre les mains de Maguelonne. Vous pleurez ?

— Je suis perdue ! sanglota l'épouse.

— Que dites-vous là ? Allons, goûtez ce potage d'herbes. Il vous remontera. »

Maguelonne protesta faiblement qu'elle n'en voulait pas. Sa main n'en prit pas moins la cuillère, bue avec avidité. Mais le joli nez se fronça.

« Marine, la soupe est froide ! »

Une chaleur confuse monta sur le visage de la servante.

« C'est que j'ai attendu, à la porte de la chambre... »

Comprenant qu'elle avait écouté, Maguelonne ne résista pas à l'envie de se confier :

« Ah ! Joachim mon époux me veut bien du mal !

— Oui, c'est un méchant homme qui ne mérite pas la femme que vous êtes...

— Il me répudiera si je ne lui donne un fils !

— La plaisanterie ! Croit-il qu'on enfante comme on allume le feu ? »

Le temps d'un aller-retour à la porte pour chasser les curieux, et la servante poursuivit à voix basse :

« Madame, rien n'assure que le tort soit sur vous ! Je sais plusieurs hommes à la braguette nouée, dont la semence est aussi utile aux femmes qu'un jus de betterave.

— Marine ! fit Maguelonne avec une pudeur amusée.

— Pardon, madame. Mais il me coûte d'entendre ce rustre aboyer contre vous, quand peut-être c'est lui qui est empêché d'enfant !

— Hélas ! En tel cas, le mal serait pis ! Car alors je n'aurais plus d'espoir d'être grosse !

— Et pourquoi ? »

Le visage de Maguelonne s'arrondit de surprise. Elle sonda les yeux de la servante pour s'assurer d'avoir bien compris : ses joues enflèrent davantage.

« Marine ! Tu n'y songes pas !

— J'y songe, madame ! Il y a plus d'hommes ici que de gouttes dans la pluie. Pourquoi se suffire d'un seul ? Et d'une moitié encore ! Ma mère disait : quand le puits est tari, il faut boire au ruisseau.

— Non ! Non ! fit Maguelonne dans un éclat de rire. Je ne veux pas t'entendre ! Tromper mon mari ? Je mourrais de honte ! Et avec qui, d'ailleurs ? Tous ceux que Joachim m'a fait connaître sont en ménage, ou alors vieux et transis. Oui, avec qui ? »

La franchise de cette question, soulignée d'un clin

d'œil, provoqua le bon rire de la servante. Elle vérifia encore qu'aucun espion n'était derrière la porte puis revint près du lit.

« Madame, j'ai vu auprès de vous un homme jeune, point trop mal fait de sa personne, et dont on dit partout qu'il vous aime. Celui-ci est garçon, et vous rendra pour rien le service dont vous le priez !

— Qui donc ? s'enquit Maguelonne en feignant le détachement.

— Le teinturier que votre mari a pris à son service ! Simon Terrefort !

— Lui ! »

Ce cri fit tressaillir la servante. Échappée de ses mains, l'écuelle se répandit sur les draps.

« Marine !

— Ce n'est rien, madame... fit la chambrière en mouchant la soupe avec sa robe. Mais prenez maintenant votre parti !

— C'est tout réfléchi ! Ce rougeaud me fait horreur, avec sa face éclaboussée et ses doigts puant la teinture. Plutôt chevaucher un porc !

— Et cependant... »

Une lueur s'éveilla dans les yeux de Maguelonne.

« Que penses-tu d'un bourgeois ? J'en sais plusieurs de figure fort aimable !

— Un bourgeois se vanterait, il dirait partout : "Voyez cette jolie dame... Elle était hier dans mes bras." Au contraire le teinturier gardera sa langue, crainte d'être puni.

— Marine, vraiment je ne puis ! Simon me répugne ! D'ailleurs, tu ne sais pas toute l'affaire. J'ai connu autrefois son père Lucas, qui m'a mise grosse. L'enfant est mort dans mon ventre. Depuis ce jour malheureux, j'ai fait serment d'éloigner de moi tous les gens de teinture !

— Son père ? Ça, par exemple ! »

Le pas d'un homme botté résonna dans l'escalier. Troussant en hâte sa robe éclaboussée, la servante donna un dernier conseil :

« Pesez la chose, madame ! Ne gâtez pas votre chance ! Simon n'est pas si laid qu'il vous semble. Et, sauf cette tache rouge sur sa figure, j'en sais plusieurs qui lui ouvriraient leurs bras ! »

Marine n'avait pas prononcé ce dernier mot qu'on poussa la porte. Joachim Fressard se tenait derrière.

« Dehors ! » fit simplement le pastelier.

La servante prit congé.

Resté seul dans la maison de Signac, Simon avait pris la mesure de son nouvel univers.

La pièce où se tenaient les cuves avait les dimensions requises, malgré un plafond bas et des ajours étroits qui gêneraient l'évacuation des vapeurs. Un dallage pentu rapprochait la salle de teinture du magasin aux couleurs, tandis qu'une rampe moins inclinée formait son dégagement vers la rive du Tarn, et le séchoir. Les cuves, au nombre de trois, étaient selon l'usage enterrées à demi dans le sol, et leur panse en bois de chêne, cerclée de fer. Enfin s'ouvrait à l'étage un logement qui communiquait par un escalier avec la boutique, déjà meublée de sa table de coupe.

Ce tableau n'avait rien de laid, et Simon, achevant le tour du propriétaire, se félicita d'avoir donné sa confiance à Joachim Fressard. C'était une belle maison de teinture, non pas si considérable que certaines fabriques capables d'aligner dix cuves et d'y tremper les chausses de tout un régiment, mais une gentille bâtisse tout de même, que bien des maîtres pouvaient lui envier. Le contrat était honoré dans sa moindre lettre, qui signalait par exemple la présence d'une rare chaudière de cuivre : dans ce vaisseau cousin des alambics de l'alchimie, les liquides bouillaient plus efficacement qu'avec les marmites usuelles.

« Voilà qui chante fortune ! fit le teinturier en caressant le flanc de la chaudière. Maître Lucas n'a qu'à bien se tenir ! »

Toutefois, en y regardant mieux, le compagnon découvrit motif à se plaindre, du moins à nuancer son contentement. Les outils avouaient de l'usage : Simon renonça incontinent à certains baquets dont le fond était percé comme une vieille culotte ; quant à la précieuse « champagne », cercle de cordes tressées qui isolait les tissus de la lie des bains, elle méritait pour le moins un sérieux ravaudage.

Le plus regrettable était l'économie avec laquelle Joachim Fressard avait constitué la provision de pastel de l'atelier. Le magasin tenait au plus six balles d'agranat, soit la portion congrue pour moitié moins de bains. Simon chercha partout, fit l'inspection du logis pour voir si, d'aventure, une brouette oubliée... sans résultat.

Voilà qui formulait clairement le défi lancé au compagnon, tout en plaçant les bornes de l'apparente générosité de Joachim Fressard : certes il prêtait le pastel, ouvrait à Simon une maison tout équipée, mais en retour exigeait une teinture convenable dès avant le troisième bain. La gageure était de taille !

« Ah çà ! me croit-il dix bras, pour abattre tel ouvrage ! »

Simon comprit l'importance d'y mettre tout son talent, et de le mettre aussitôt. L'insouciance du premier moment fit place à une émulation féroce, la rage de surpasser les maîtres et de faire par un coup d'éclat la preuve de sa valeur. Il courut au magasin d'où il revint chargé d'une balle entière, enlevée aussi aisément, malgré son poids de deux cents livres, que si ç'avait été une brassée de plumes. L'eau pour remplir la cuve fut puisée du même élan : deux voyages suffirent à l'amener depuis les berges limoneuses du Tarn.

En un tournemain, Simon avait mis sa teinture en train. L'eau coupée d'urine, enrichie de genêt et de foin, bouillait dans la chaudière. Le pastel reposait dans la cuve sous un chapeau de son de froment. Quand il eut versé l'une sur l'autre, et dûment pallié le tout au moyen d'un râble de bois, Simon couvrit la cuve d'un drap qui emprisonnait les vapeurs.

Il fallait attendre dix sabliers, ce qui n'était pas de trop pour méditer l'opération suivante, la plus difficile, celle dont dépendaient le sort de la teinture et l'affirmation de son art.

Face à cette épreuve, Simon n'était pas si confiant qu'il l'avait laissé entendre à Joachim Fressard, et s'en était persuadé lui-même.

En effet, s'il connaissait grossièrement le train du bleu et les recettes pour le faire, sa science dans cette couleur était loin d'égaler celle qu'il avait du rouge. Plein d'une ardeur inquiète, le compagnon tournait autour du grand vaisseau de bois en récitant comme un débutant la leçon des dosages : « Verser un bon tranchoir de cendre et de chaux vive par balle de pastel, tourner, couvrir en laissant l'œil entrouvert, mettre au repos, donner le pied à la cuve avec deux pelletées de chaux... »

Hélas ! ce refrain ne l'apaisait guère. Simon le savait, ce qui mettait l'apprenti à part du compagnon, et le compagnon sous le maître, n'était pas les formules — accessibles, aussi bien, à quiconque s'appliquait à l'étude. Non, l'écart véritable se faisait par l'intuition et le coup de main, mille reflets de science dont les livres n'instruisaient pas, si même celui qui les possédait en gardait le moindre soupçon. Ce n'était donc pas assez que de savoir gouverner une cuve, fallait-il encore la bien comprendre, ouvrir tous ses sens à ce ramage secret par quoi la couleur livrait ses humeurs, disait sa détresse ou son bien-être...

Désireux de s'éprouver, le compagnon colla son

oreille à la paroi de chêne. Il écoutait clapotis, râles et gargouillis en s'efforçant d'en percer le sens. Cette bulle éclose à la surface prouvait-elle que la pâte s'échauffait ? Dans ce chuintement, fallait-il voir l'indice d'une corruption du mélange ? À sa grande épouvante, Simon reconnut qu'il n'en savait rien. La langue du rouge n'était pas la langue du bleu. Ces paroles d'eau et de gaz lui restaient étrangères.

« Pauvre de moi ! » se lamenta le compagnon.

Il lui démangeait de tirer un coin du drap — quelques pouces seulement — pour voir la tournure du bain en travail. Mais à quoi bon ? Le visage du bleu serait-il plus ouvert que son patois ? Simon renonça et s'assit dans un coin de la salle.

Quatre heures s'écoulèrent. Simon libéra la cuve pour faire son éventage. Des vapeurs verdâtres haussèrent jusqu'au plafond leurs coiffures extravagantes. L'odeur était inconnue.

« Voyons l'état du bain... » se proposa le compagnon en soufflant sur la cuve.

À cet instant un hoquet douloureux lui souleva la poitrine : le bain était gris...

« Damnation ! » s'écria Simon en jetant son bonnet par terre.

Ses mains se mirent à trembler. Il réunit toute sa volonté pour contenir de sombres pulsions de violence — fendre la cuve, rompre les pelles, crever les sacs à pastel... La panique poussait dans ses veines comme une longue aiguille froide.

« Non, il ne faut pas ! se raisonna le compagnon

au prix d'un terrible effort. Après tout, que sais-je d'une cuve de bleu qui n'a pas travaillé ? Ce gris peut être loyal ! »

Ses mains reprirent le manche de la pelle. La teinture se poursuivit. Avec la discipline aveugle de qui prend son parti du danger, Simon enchaîna les mouvements qu'il avait répétés. Il dosait, versait, brassait, écopait, chaque opération suivie d'une pause de plusieurs sabliers.

Quand enfin la cuve fut venue à maturité, ce qui n'arriva pas avant l'aube, le compagnon entreprit l'essai du mélange. Il choisit un coupon de tissu et le mit à tremper dans le bain. Si la teinture était juste, l'échantillon sortirait vert foncé puis bleuirait au contact de l'air. S'il refusait la couleur ou virait bleu clair, le bouillon serait bon à vider dans l'égout.

« Allons, ma belle ! C'est le moment de trousser ta robe ! »

Une heure plus tard, le tissu fut repêché. Or, une difficulté se présenta : la nuance était impossible à lire — à cause du peu de jour, qui fanait les couleurs ; à cause des fumées dans l'air, si denses qu'on y pistait malaisément sa propre main.

« Coquin de sort ! geignit Simon. Voici qu'à l'instant d'arbitrer, le juge perd ses besicles ! »

Le compagnon s'empara d'une chandelle qu'il promena d'une extrémité à l'autre de la bande. Une âcre salive piquait sa langue.

Autant qu'il le pouvait déterminer à la clarté de la cire, l'échantillon portait un vert de moisissure, qui migrait rapidement vers un bleu perse. L'examen complémentaire du marc, ce résidu de teinture coulé au fond de la cuve, puis de la fleurée, cette mousse nageant à la surface dont les peintres tiraient leur pâte, scella cette bonne opinion. À l'épreuve de la chandelle, la teinture semblait réussie...

Simon s'étendit à même le sol de la salle, la chemise ouverte sur sa poitrine ruisselante. Un sourire montait lentement sur son visage. Le compagnon regarda ses mains qui étaient bleues.

« De ceci, je vous dois éternelle reconnaissance, ô Sainte Vierge qui m'avez montré votre manteau azur ! »

Cette invocation jaillie dans le cours de sa joie étonna Simon lui-même. Sans doute l'accouchement du bleu l'avait-il abstrait du monde, car il n'avait pas souvenance d'avoir formé une seule pensée sur la chapelle à la madone pendant qu'il gouvernait la cuve. Il ne se rappelait pas davantage s'être soucié de Fressard, de Maguelonne, de Maître Boniface ou de quiconque. Se pouvait-il que des visages qui avaient occupé si intensément ses méditations de la veille, pussent le jour d'après s'évanouir dans les vapeurs du bleu ?

Quoi qu'il en fût, maintenant que l'image de la madone était entrée dans son esprit, elle s'y déployait toute grande. Le moindre épisode de cette journée vouée à la conquête du bleu lui semblait porter l'empreinte d'une attention mariale. Simon croyait bien qu'il devait à la Vierge l'élan heureux qui l'avait poussé dans cette entreprise intimidante.

C'était encore Marie qu'il remerciait, lorsqu'il avait surmonté l'effroi du bain tourné au gris. Mais le signe le plus éloquent de la protection de la mère du Christ était plus loin : il s'exprimait dans l'avènement du bleu, dénouement prodigieux des tourments de son âme et de son corps.

« Désormais, je vous consacrerai toute l'œuvre de mes cuves ! promit Simon la main sur le cœur. Mon enseigne portera votre nom, et ma devise sera votre louange ! J'en fais serment, Vierge Marie ! »

Sur ces nobles paroles, Simon se releva pour garnir la champagne du tissu à teindre. Trempée maintenant, l'étoffe sécherait avant midi, en temps opportun pour la soumettre à Joachim Fressard.

« Nous verrons alors s'il est content de moi, fanfaronna le compagnon, oui, nous verrons ! »

Déjà il avait chargé les pièces dans la nasse d'osier, quand la sensation d'une présence suspendit ses mouvements. Simon se retourna, le poing serré sur le manche du râble dont il avait fait quelquefois une arme contre les maraudeurs.

« Qui va là ? » demanda fortement le compagnon qui distinguait mal le visage ennuagé de vapeurs.

La personne qu'on interpellait descendit une marche, fit quelques pas en direction de la cuve. Une robe d'un tissu sombre dont les plis aspiraient la fumée se déploya sur le carrelage, emportant comme de fragiles parures d'ivoire les mains sans bijoux, la figure blême. Les manches longues traînaient à terre. Sous leur voile de gouttelettes, les cheveux semblaient blancs.

« Maguelonne ! » s'écria Simon.

Tenté d'accueillir la femme dans ses bras, le compagnon se ravisa. Pareil élan n'allait pas de soi. À tout réfléchir, ils ne s'étaient rencontrés qu'une fois, si l'on comptait à part l'aventure ambiguë de la chapelle où ni lui ni elle n'avaient proprement joué leur rôle. Elle venait aujourd'hui, une démarche engageante, mais après lui avoir battu froid en présence de Fressard. Fallait-il s'avancer ou plutôt attendre qu'elle vînt à lui ? Qui de bon droit parlerait le premier ?

La simplicité tranchante de Maguelonne coupa court à l'hésitation de Simon. Avec aisance, la visiteuse retroussa sa robe jusqu'à mi-cheville, contourna la rigole qui cernait la cuve et se planta au nez du compagnon.

« Joachim m'a signalé quel généreux dévouement fut le vôtre dans le moulin à pastel. J'étais évanouie et vous vous êtes porté à mon secours. Soyez-en remercié. »

Le dernier mot fut appuyé d'une bise sur la joue. Cependant, le visage impassible de Maguelonne dissuada Simon d'en tirer aucune conclusion, ni aucun avantage. Il fit le salut d'usage pour un baiser de convention, et probablement eût laissé repartir la visiteuse si elle, plus décidée que lui, n'eût fait volte-face au dernier instant. L'épouse du pastelier donnait tous les signes d'une intense vexation.

« Eh bien, retenez-moi... N'avez-vous rien à dire ? »

Le compagnon n'avait jamais aussi bien essoré sa

cervelle. Certes oui, ce baiser était quelque chose ! Mais, doté d'un parfait esprit de l'escalier, Simon échouait à donner la réplique.

« Non, il ne parle pas ! poursuivit Maguelonne qui trépignait. Il se tait ! Une dame pousse sa porte, lui dit sa reconnaissance d'un geste naturel, même flatte sa joue barbouillée... et messire garde lèvres closes ! Certes, vous avez montré tantôt plus d'entreprise ! Si c'est ainsi, adieu ! »

L'éclat de Maguelonne remplit son office, qui était d'éveiller le compagnon. Il s'ébroua, trouva les mots pour retenir et les gestes pour apaiser.

« À la bonne heure, sourit l'épouse du pastelier. Je connais les Terrefort ! Le fils est comme le père !

— Vous connaissez mon père ? s'étonna Simon.

— Mieux que tu ne crois ! »

Bientôt Simon et Maguelonne furent l'un contre l'autre, leurs mains passionnément livrées, leurs souffles à touche-bouche, la houle de leurs poitrines se répondant à travers l'étoffe, eux tremblant tout entiers comme deux aimants pressés de s'accoler... ils allaient s'embrasser... Pourtant, non : au dernier instant, le compagnon ouvrit les yeux et devina dans ceux de Maguelonne un recul qui démentait leur élan. Cette découverte le pétrifia. Simon relâcha posément son étreinte.

« Que t'arrive-t-il ? demanda l'épouse du pastelier, tutoyeuse comme avec un amant.

— Vous feignez. J'ignore pourquoi, mais vous feignez.

— Dis-tu des bêtises ! Allons, garçon, fais ton office !

— Est-ce ma figure qui vous rebute ? Je sais qu'elle repousse les femmes, à cause de cette tache rouge.

— Qu'importe ta figure ! » s'impatienta l'épouse.

Simon se composait un visage dur qui fondait par endroits, telle ride, tel coin de lèvres ou de paupières tressaillant et soulevant le masque. Maguelonne l'avait vu, de sorte qu'aux protestations succédèrent assez tôt d'autres cajoleries : la femme déroulait de longues caresses sur les bras tendus du compagnon, attirait ses mains vers les contours les plus émouvants de son corps, piquait çà et là des baisers ; bref, jouait de lui avec l'art sinueux d'une courtisane.

« Et ceci, est-ce feint ? » demanda la polissonne en tirant lentement les aiguilles de la braguette.

Simon n'était pas de tuile, si bien qu'il finit par s'échauffer, et même s'échauffer rouge. Quoique rebelle en pensée, il approuvait du ventre, jusqu'à faire avec Maguelonne mieux et plus loin qu'elle n'osait avec lui. Les remparts dérisoires qu'il dressait contre leur désir tombèrent les uns suivant les autres. Allongée nue sur sa robe, la femme noua ses bras au cou du compagnon et l'attira en elle.

L'étreinte fut pleine sans être amoureuse, et son dénouement pauvrement expédié. Sitôt l'affaire instruite, Maguelonne s'écarta du teinturier, rassemblant tout son linge pour aller s'habiller de l'autre côté de la salle. Elle semblait gagnée d'une émotion particulière, à laquelle Simon se devinait étranger.

Perplexe, le compagnon regardait l'épouse du pastelier passer l'un sur l'autre ses jupons foncés d'humidité.

« Quand vous reverrai-je ? demanda Simon.

— La semaine qui vient.

— C'est tard !

— Je t'embrasse. »

Ainsi fit l'épouse du pastelier, déposant sur le front de Simon un baiser de guêpe. Un tourbillon de parfum et de tissu froissé l'emporta hors de la pièce.

Le compagnon se couvrit d'une bâche et bientôt s'endormit.

Les oreilles du cheval se tendirent à l'approche de Maguelonne, qui traversait le chemin en pinçant le tissu glacé de sa robe.

Elle n'avait pas plus tôt grimpé sur la selle, les jambes d'un même côté, que l'animal partit d'un pas vif qui se forma bientôt en trot de plaine. Maguelonne avait lâché la bride, laissant la jument libre de sa route. Le cheval se comportait d'ailleurs en familier, comme si la robe particulière portée cette nuit-là par l'épouse du pastelier, ou encore sa position en amazone, l'avait renseigné sur leur destination.

Le chemin se déroula bientôt en pleine forêt. L'air au fumet villageois s'enrichit de notes sauvages, jouées confusément par les fougères. De part et d'autre de la route enflaient les frondaisons, bruissantes et ténébreuses, dont la cime découpée sur un ciel plus clair rappelait la forme de doigts accolés. Le vent jouait à les courber, et alors, il semblait qu'une main se refermât sur la cavalière.

Maguelonne ne ressentait aucune peur. Droite sur la selle où s'étalait en méduse échouée l'ampleur de sa robe, les cheveux parcourus de rubans comme d'algues serpentines, elle tendait au vent un visage calme et éveillé. Rien ne rompait la glaciale harmonie de ses traits que, par moments, l'écoulement silencieux d'une larme.

C'était l'aube au contraire qui semblait refluer à son approche et s'ouvrir à la pénétration du cheval lancé au galop dans de froids tourbillons de poussière. Quelque chose d'invincible tirait l'animal vers l'avant, l'aspirait au fond de cette forêt noire.

Moins d'une heure s'était écoulée quand la jument changea d'allure. À l'approche d'une clairière bleutée ouverte entre les arbres, le cheval montra des signes de nervosité : il bronchait, battait du sabot, hochait profondément la tête. « Ici ! » commanda Maguelonne. La jument se figea.

Prenant pied sur la terre humide, la cavalière marcha vers le petit oratoire qui se dressait à un jet de pierre. D'un mouvement naturel, sa main était venue autour de son ventre, qu'elle caressait avec lenteur, avec douceur. S'il avait percé le moindre rayon de soleil à travers les branches épaisses du sous-bois, son visage serait apparu brillant, vitrifié de larmes.

Entrée dans la chapelle, Maguelonne fit tomber de sa manche deux braises encore roses qui lui servirent à éveiller les cierges autour de l'autel. L'épouse du pastelier se comportait en familière des lieux, empilant les missels oubliés sur les bancs, triant les fleurs des bouquets. Cependant, ses gestes trahissaient la gêne de qui retarde un moment douloureux par des corvées sans importance. Quand le petit oratoire fut propre et balayé, les larmes se remirent à couler sur les joues de Maguelonne.

« Mon enfant ! » gémit la femme en appuyant ses deux mains sur son ventre.

Elle sentit venir le vertige et se mordit cruellement la lèvre. Son regard tremblant se porta sur la madone qui dominait l'autel.

« Vierge Marie, je te prie, de tout mon cœur je t'implore ! »

Avec difficulté, s'appuyant chaque pas aux bancs qui grinçaient sous sa prise, Maguelonne couvrit les quelques mètres qui la séparaient de la statue. Sa main s'éleva, retomba, s'éleva encore, et soudain se glissa derrière la madone d'où elle tira un ruban de couleur.

Ce n'était guère qu'un galon de soie dont le bleu éteint portait, à mi-longueur, une tache d'un rouge vif. Néanmoins, manié par ses doigts, le bout de tissu semblait la plus précieuse des reliques.

Nourris d'une émotion immense, ses pleurs avaient redoublé.

« Vierge Marie, tu m'as pris mon enfant ! » fit Maguelonne d'une voix déchirante.

Et brusquement, avec la décision du chirurgien qui sonde la plaie, elle s'entoura la taille du ruban et le noua. Un cri partit de ses lèvres, continué en soupir. Une grande paix se fit sur son visage. Coupée l'instant d'avant par les spasmes des sanglots, sa respiration s'ouvrit et s'apaisa.

Alors, agenouillée au milieu de la robe dont la corolle se déployait sur le pavage froid, Maguelonne joignit les mains et entra en prière.

Comme Simon l'avait prévu, Joachim Fressard fit sa visite l'après-midi, et, à l'aperçu de l'étoffe bleue déployée sur la table de coupe, claqua la langue d'un air satisfait.

« C'est de la belle ouvrage, Simon, une teinture qui vous honore ! »

Le compagnon ne savait de quoi se réjouir davantage : du compliment du pastelier, ou de ce sourire cordial qu'il affichait, preuve que son associé ignorait tout de l'aventure de la veille. Rassuré, Simon approcha un siège.

« Merci, Simon, je passe comme le lièvre. La récolte va commencer à la ferme du Piedporc, on m'y espère avant none ! »

Son manteau toujours sur les épaules, Joachim Fressard prit un bout de l'étoffe et l'emporta à la lumière du soleil. Comme aspiré sur ses pas, Simon fit de même avec l'autre coin qui serpentait à terre.

« Il faut voir au jour, n'est-ce pas ? Certaines

pièces ont, à l'ombre, des grâces qu'elles perdent sous l'œil de Dieu. »

Comme ils arrivaient près du fleuve, Simon ouvrit les bras pour donner son ampleur à l'étoffe. Au contraire Fressard la rassembla, n'en choisit qu'un fond qu'il tendit sur sa paume. Par ce geste, il montrait qu'il n'était pas le chaland qu'on abuse avec des impressions d'ensemble, mais bien l'homme de métier faisant son opinion du détail.

Pendant un long moment, Joachim Fressard palpa le tissu, le pinça, en alternance frotta les plis et les humecta de salive. Il semblait à Simon que les doigts chargés de bagues jouassent librement dans ses entrailles ouvertes. Enfin le pastelier repoussa la toile d'un geste dégagé. Il demanda sur un ton professionnel :

« Est-elle de grand teint ou de petit teint ?

— De petit teint. Le grand teint boit trop de pastel. Je n'ai pas provision suffisante. »

Fressard désigna du menton les sacs pleins au pied de la cuve.

« Je n'espérais pas faire le bleu si tôt, allégua Simon avec un sourire modeste. Je réservais de l'agranat pour d'autres bains. »

Un silence pondéré reçut les paroles du compagnon. La main du pastelier jouait avec son pendant d'oreille, ce jour-là une perle grise et renflée qui semblait une larme.

« Vous méjugez votre art, Simon, et négligez notre commerce. Apprenez que les drapiers attendent nos tissus pour le marché de vendredi !

— Vendredi est après-demain !

— Soit, deux jours, n'est-ce pas la bonne mesure pour faire deux cuves de bleu ? Puisqu'un jour fut assez pour tremper ce tissu ?

— C'est beaucoup de travail ! Chez Maître Lucas, l'Avent n'y aurait pas suffi !

— Sans doute, mais vous n'obéissez plus à votre père... Vous vous appartenez, et nous sommes associés. Il est dans votre intérêt, et dans ma règle, de faire le bleu au moindre temps. »

Cet échange animé, où chacun mordait le dernier mot de l'autre, parut à Simon une rafale de gifles. Il cherchait vainement dans l'œil concentré du pastelier le rayon amical de tantôt. À présent, cet œil était sec et brillant comme une lame tirée au jour.

« Faites-vous bouillir le bain ? reprit Joachim Fressard qui arpentait d'un pas raide la salle de teinture.

— Oui, avec la chaudière.

— Mordancez-vous ?

— Autant qu'il faut. Pour faire la couleur solidaire de l'étoffe, j'ai nourri la cuve de cendre et de chaux vive. Mais l'alun irait mieux...

— Compagnon, mon devoir est de vous mettre en garde. La chaudière se trouve dans la maison parce qu'un teinturier de rouge l'occupait avant vous. Les maîtres du bleu n'ont pas coutume de chauffer l'eau de leur bain, pour la raison très sage que le pastel vient à froid. Aussi sont-ils appelés teinturiers de cuve, et leurs cousins du rouge teinturiers de bouillon. Si vous voulez mon conseil, passez-vous désormais de chauffer... Dame, le bois à brûler est cher, et je n'ai pas comme l'évêque prébende à l'église pour ravitailler chaque jour votre bûcher ! »

Simon préparait une réplique, mais Fressard l'enjamba :

« Quant à l'alun, il est superflu. Celui qu'on gratte à Phocée vaut cent sous la livre. Quel drap mérite pareil onguent ? Assez de dépenses ! La couleur mordra aussi bien avec du tartre de tonneau, du vinaigre ou de la suie de châtaigne ! »

Devinant comme il torturait le jeune homme, Joachim Fressard couvrit ses dernières paroles d'un sourire pacificateur. Cela le sauva d'une franche dispute, pour laquelle le compagnon triait déjà ses mots.

Au lieu de cela, le pastelier reçut une courte approbation, donnée aussi volontiers qu'une reddition de siège, puis se vit reconduire sur le motif que la teinture attendait. Fressard du reste l'accepta fort bien, qui serra la main de Simon et insista : « vendredi ! » en montrant le tissu déjà teint. « Vendredi », répéta le compagnon. La première visite du pastelier à Signac était terminée.

Lorsqu'il se trouva seul, Simon prit une chaise et l'emporta dehors. Le sentiment qui l'habitait mêlait déconvenue et rancœur, en proportions variables selon qu'il regardait l'injure faite à son nom ou le tort fait à son art. Il s'accusait d'avoir cru en la bonté de Joachim Fressard, devant l'âpre négociant qui maintenant perçait le masque. Le pastelier se montrait sous un jour nouveau : non pas fidèle, mais intéressé ; non pas accommodant, mais politique. Chez cette sorte de gens, une querelle ne valait pas l'enterrement d'un contrat, et les muscles de la grimace jouaient avec ceux du sourire.

Ce triste portrait dont Simon voyait s'éveiller les couleurs le hanta tout un jour. Puis, au crépuscule, avec le miracle renouvelé du bleu dans la cuve, le compagnon sentit son âme entrer en lumière. Il roula la deuxième pièce sur la première et resta longtemps à caresser l'une et l'autre, heureux comme un père penché sur le berceau de ses tout jeunes enfants.

« Pleuve grêle, souffle tempête, frappe foudre sur ma tête creuse ! Tant que ma cuve fera le bleu, je serai homme debout en ce monde. »

VI

Avec le bleu, Simon croyait bien avoir ancré sa vie en terre ferme. Il en allait autrement sous l'étendard du rouge, où Maître Lucas broyait une humeur de charbon dont sa teinture se trouvait comme polluée.

Cela jouait au propre : le fameux rouge au caméléon, couleur fétiche du moulin de Figues, semblait perdre la nuance personnelle qui l'avait jadis hissé au rang des teintures légendaires. Le dernier fruit des cuves prouvait le métier du vieux maître, mais n'illustrait guère son génie : une souche pleine, vaillante mais privée de jour ; un pli régulier et profond, sans comparaison pourtant avec celui d'autrefois. D'aucuns parlaient de « lumière bâillonnée », de « reflets pierreux »... D'autres, plus mesurés, témoignaient d'un malaise qu'ils renonçaient à qualifier. « Mes rouges saignent », commentait hermétiquement le maître pour évoquer la déchéance de sa teinture.

Comme de raison, c'était surtout au figuré et au moral que ternissait le rouge. Une croyance répandue veut que le malheur fasse l'homme détaché du monde. Le contraire se produisait chez Maître Lucas : lui normalement insouciant des commandes, et plaçant toujours son caprice d'expérimentateur avant l'intérêt des affaires, fut ces semaines-là le plus constant, le plus discipliné des teinturiers. Les draps placés le matin étaient livrés le soir, l'argent rendu parfois, tant il coûtait au maître de gérer la soudaine inflation des pièces et des billets de change.

Oubliant ce qu'ils devaient à leur employeur, les gens de la maison profitèrent de cette humeur fantasque pour éponger la caisse. Envoyés acquitter une facture, ils revenaient bottés de neuf ou gantés de frais, et volontiers eussent-ils bu toute l'affaire sans la garde d'Éléonore, qui chaque jour mettait quelqu'un dehors. En particulier, la fille aux doigts d'arc-en-ciel se plaignait des bonnes qui passaient au moulin comme les croix un jour de procession :

« Elles volent les demi-chandelles pour les revendre aux pauvres. Elles volent la cendre qui est bonne aux lessives... Vrai Dieu ! Est-il au monde une servante honnête ? »

Certains drapiers eurent la sottise de se réjouir de ce nouvel état. Ceux qui connaissaient Lucas en conçurent au contraire beaucoup d'inquiétude. Ils s'alarmaient des commandes aussitôt satisfaites, et demandaient la faveur d'être livrés avec retard : « Je n'ai pas l'usage de cette chemise, Lucas. Sers d'autres aujourd'hui, tu la teindras plus tard ! »

L'offre était moins obligeante qu'en apparence : les drapiers de métier voyaient bien qu'avec ce nouveau rythme, la qualité des rouges baissait, qu'avant peu elle serait ordinaire. Maints clients retournaient des pièces, sans qu'on sût si c'était par réclamation honnête ou pour se faire vengeance des humiliations d'autrefois, quand le maître les faisait languir au pied de sa maison.

De mémoire de banquier, on n'avait jamais vu une entreprise si florissante — car l'argent continuait d'affluer, le train rapide des livraisons palliant le ralentissement des commandes — et néanmoins si dépréciée, contre laquelle s'inventaient chaque jour des quolibets et des épigrammes. Le « caméléon boiteux » faisait rire dans les tavernes, et c'est encore riant que les bourgeois plaçaient des tissus à teindre, pour bien montrer que l'argent n'est pas le respect, qu'on peut donner l'un sans accorder l'autre.

Un paradoxe ainsi orienté était une humiliation sévère pour Maître Lucas : il eût préféré ne rien vendre mais conserver l'estime de sa clientèle, plutôt que d'enrichir un nom disgracié. « Mieux vaut trésor d'honneur que d'or », disait un proverbe cher au teinturier. Or, les nouvelles venues de la ville — tel jour, c'était un épouvantail qu'on avait habillé de ses tissus ; tel autre, des drapiers qui les râpaient pour effacer le chiffre au caméléon — le mettaient proprement à la torture. Un revirement si prompt lui paraissait inexplicable : quoi, il avait suffi de quelques semaines pour faire d'un nom honoré, considérable parmi ceux qui avaient métier de teindre, ce chiffon dérisoire, objet des attaques les plus vulgaires et des affronts les plus bas ?

« Si fait ! commentait la fille aux doigts d'arc-en-ciel. Sur la roue de fortune, celui qui s'élève est promis au déclin. Tel homme est arrivé haut, jusqu'à tutoyer le roi et faire son ordinaire d'une vaisselle d'or : le lendemain, c'est un gueux qui compte dans sa main les miettes et les croûtons... »

Bref, il y avait péril en la demeure, et déjà les commères se croyaient fondées à prédire la fin de l'atelier. « Avant Noël, il n'y aura à Figues qu'une ruine et un champ de chardons ! » prophétisaient aussi les patrons de teinture, assez contents du déclin inespéré de leur concurrent.

Bien sûr, Joachim Fressard connaissait les déboires de la famille Terrefort. Il savait les rumeurs calamiteuses dont résonnaient tant la salle enfumée des tavernes que les couverts des marchés. Mieux, il avait trempé sa propre opinion en longeant à cheval les portes du moulin de Figues : les vociférations du maître, les sanglots d'Éléonore, le désœuvrement des commis qui chassaient les grenouilles dans la barbotière, tout accréditait la ruine prochaine des tissus au caméléon.

Pourtant, sa nature superstitieuse lui déconseilla d'en rire. Que savait-on du système secret du monde, et de l'appel au mauvais sort que produiraient peut-être ses moqueries ? N'avait-on pas vu des loups qui, distraits d'une proie par l'ébat d'une autre, s'en étaient détournés pour courir au nouveau venu ?

Joachim Fressard se gardait bien de railler, donc. Cela n'empêchait ni la bonne humeur, qu'il avait régulière depuis les événements, ni les combinaisons qui s'échafaudaient d'elles-mêmes, jusqu'à des hauteurs vertigineuses, dans son esprit fervent de tactique. Le déclin de Maître Lucas lui semblait une offre inespérée à l'ascension de Simon, et la rareté du rouge, un appui remarquable à la diffusion de l'azur. La viande était servie : il fallait séance tenante y planter le couteau — c'est-à-dire occuper, pied à pied, les étals où se libérait la place.

Joachim y était déterminé. Comme l'échéance du marché se rapprochait, tout son effort se porta à obtenir de Simon les tissus nécessaires. Le pastelier fit une visite d'inspection le premier jour, revint le deuxième, resta le troisième. À peine les pièces avaient-elles quitté la champagne que Joachim les enlevait des bras du compagnon pour les confier, encore ruisselantes, à l'homme chargé d'en approvisionner les boutiques. La relâche des bains n'était plus tolérée. Soutenant qu'en telle nécessité, il serait suicidaire d'attendre, le pastelier avait levé en renfort des cuves tous les bacs, jales, seilles, marmites et autres récipients de moyen gabarit qu'il avait pu trouver. Dans ces chaudrons de fortune, au nombre desquels figurait une auge prise à l'étable, la pelle tournait pendant la couverture des grands bains, et vice versa. Ainsi, il y avait toujours une teinture en train, une autre commencée et la dernière sommeillante, à l'entière satisfaction de Joachim qui disait y entendre le « ronronnement de l'affaire ». Simon avait un autre avis, et volontiers fricassait le pastelier en imagination pour avoir si peu égard au martyre de ses épaules comme à l'indigence de ses nuits, coupées toutes les deux heures d'une corvée puante.

« Messire, vous me tuez à la tâche ! Je n'ai pas renom de fainéant, mais à la fin c'est assez ! À tant puiser le fleuve, nous finirons par le vider ! N'a-t-on pas vu la fontaine de Théron au Castelviel, celle de Griffoul au Bout-du-Pont, taries pendant la canicule ?

— Ce n'était pas le fait des lavandières, rétorquait Joachim. Allons, un peu de nerf ! »

Au crédit de Fressard, il faut signaler la grande fortune qu'obtint ce régime disciplinaire sur le produit de teinture. Dès la mi-semaine, une charrette à bras lourdement garnie de rouleaux d'étoffe quittait l'atelier de Signac pour l'hôtel du pastelier, ce dont personne, Joachim inclus, n'eût levé le pari cinq jours plus tôt.

Quant au compagnon, il était trop fourbu pour sentir son mérite, mais trouva motif à réjouissance dans le droit reconquis de dormir. Sitôt Fressard en allé, il traîna sa paillasse jusqu'au magasin qui s'emplit bientôt d'un ronflement sonore.

Vint le jour du marché.

Le pastelier se leva à l'aube, comme il sied au fournisseur qui brigue une place avantageuse pour sa marchandise. Soucieux de porter beau devant les drapiers, il s'était mis en frais d'une cape de drap bleu qui nappait la croupe de son cheval, et aussi d'une gibecière destinée à recueillir la recette du jour.

Fressard comptait bien ouvrir la saison avec de bonnes ventes : vingt-cinq ou trente livres, dont il s'attribuerait le principal pour couvrir l'aménagement de la maison, et laisserait le solde au compagnon. C'était bien le moins qu'il pouvait attendre des tissus de Simon, d'un teint réussi et même inespéré, si l'on regardait son jeune âge et sa courte expérience.

Quand le pastelier entra dans la Plassa, le marché n'avait pas encore ouvert. Des ballots grisés par la poudre des routes occupaient le pavé, certains juste descendus du bât d'un mulet ou du cul d'une charrette, d'autres déjà crevés et livrant aux regards leurs entrailles bigarrées. C'était ici une grappe de clochettes, à mouton ou à bœuf, dont le moindre remuement versait dans l'air une cascade d'argent ; c'étaient là, empilés et ficelés, des moules à gaufres ou à oublies, des tourteaux de cire, des sabots bourrés de paille, des enclumes cornues... Une vieille femme comptait fastidieusement, galet après galet, un tas de charbon fait à la fumée. Des étalages se composaient sous la main rusée des boutiquiers : le pichet lisse devant le pichet ébréché, la tinette émaillée sur la tinette de terre...

Fressard faufila son cheval entre les marchandises afin de rejoindre le *cuberta de la draparia* ou couvert des drapiers. Ce fut vers un étalage azur qu'il guida ensuite ses pas. Un marchand se découvrit à son approche :

« Bien le bonjour, messire Fressard !

— Holà, maître Meulier ! » répondit le pastelier avec un franc sourire.

Une poignée de main s'échangea par-dessus les tissus.

Après des paroles d'amitié, Joachim Fressard fixa son intérêt sur la marchandise. Meulier était connu pour ne commercer que l'azur, à l'exclusion et au mépris de toute autre couleur. On trouvait sur sa table des étoffes de toutes provenances et de tous mérites, dans une gamme d'une vingtaine de nuances baptisées pour la plupart de noms ultramontains. C'étaient par exemple, échelonnés du plus clair au plus foncé : l'*allazzati fermi*, ou bleu naissant, le *turchini al diritto* ou bleu pâle, le *sbiadati chiari* ou bleu mourant, le *cilestrini per Roma* ou bleu céleste, le *monachini* ou bleu de roi, le *perso avantazà* ou bleu aldego, jusqu'au bleu d'enfer obtenu par plusieurs bains de pastel fortement concentrés, et dont le prix élevé classait les habits de prestige.

Cet étalage voué entièrement à l'azur demandait un œil averti, et Joachim Fressard fut assez longtemps sans reconnaître les tissus de Simon, dont le chiffre « à la Vierge » n'apparaissait nulle part. Il les trouva enfin, mais au dernier rang et émergeant à peine d'une pile étrangère, ce dont le pastelier parut fort contrarié.

« Sur ma foi, notre bleu va derrière les autres ! Mon cœur se pourrait décrocher devant tant d'injustice ! Allons, drapier, donne-lui le premier rang. L'ouvrage de Simon mérite un peu de jour... »

Le marchand parut embarrassé. Son premier élan avait été de dégager les tissus de la pile, mais le second, de les y replacer avec un air coupable qui intrigua Fressard.

« Simon teint bien, admit le drapier. Mais il n'a pas la pratique du bleu, il prolonge ses bains et force les dosages ! Tâte ici l'étoffe, Joachim, n'est-ce pas qu'elle est rêche, qu'elle mouille par petits points comme un manteau laissé à la rosée ? À la longue, le doigt se colore. Maître Albert et Maître Guillaume font meilleure besogne... »

Cette confidence ouverte blessa l'orgueil du pastelier. Après avoir roulé entre ses doigts la perle grise à son oreille, il attaqua un ton plus haut :

« Jongleries ! Celui qui a l'amitié des couleurs les connaît toutes et les teint pareillement. D'ailleurs, ce n'est pas au drapier de faire le jugement de son étal, mais à la chalandise...

— Oui-da, répliqua Meulier, tel est bien le sillon de l'affaire ! La clientèle ne veut pas des tissus à la Vierge !

— À voir !

— Laisse la place libre, tu verras bientôt... »

Fressard marcha de côté. Aussitôt le drapier commença à faire sa réclame d'une voix claire et portante qu'on n'eût pas supposée à cet homme creux de poitrine : « Ici draps de Châlons, draps ! Étamines d'Arras ! Lin de Champagne et de Normandie ! » L'effet ne s'en fit pas attendre : par groupes de deux ou trois qui convergeaient de tout le marché, les bourgeois l'entourèrent. Joachim écoutait tout ému la chanson des escarcelles pleines.

Le premier fut un banquier, fameux dans la ville pour ses dépenses de toilette. Son regard fit l'inventaire des pièces à la vente, sa main froissa quelques étoffes du premier rang, puis il délia sa bourse où brilla fugitivement un bel écu d'argent. Son valet se chargea d'un rouleau qui n'était pas de Simon.

« Peuh ! Chausse des besicles ! » pesta Fressard.

Arriva un deuxième client, dont la revue consciencieuse n'oublia aucune pièce, mais qui s'arrêta pour finir sur un drap de Rouen.

« Un homme sans goût ! » maugréa le pastelier.

Ceux qui suivirent se prononcèrent de même pour des tissus où le compagnon n'avait aucune part. L'enchaînement était toujours semblable : le client approchait, tâtait le bleu de Simon, fronçait les sourcils et se détournait. Son choix se portait alors sur un bleu rival, par exemple la fameuse « écaille de goujon » de Maître Albert.

Fressard épiait ces allées et venues en grande impatience.

« Tout de même, c'est pitié ! A-t-on jamais vu partir la mauvaise toile, quand l'étoffe loyale gît au fond du panier ? »

De bonne guerre, Meulier ne se fit pas faute de

lui rappeler ses paroles, et comment l'œil de la clientèle primait sur l'œil du métier.

« Halte-là ! réagit Fressard en agrippant la manche du drapier, aie garde de jamais te rire de moi ! Il est dans le négoce d'aimables natures, qu'on peut railler à l'aise. Je ne suis pas de celles-là... »

Meulier se dégagea d'un geste fier.

« Tout doux, monsieur le négociant ! Est-ce mon tort, à moi, si l'on boude les tissus à la Vierge ?

— Cela te plaît à dire... Serais-je tombé du nid, pour croire à la malchance ? Si mon bleu est resté sur l'étal, c'est qu'on a intrigué ! »

Le drapier se frappa le front.

« Ta raison file en quenouille, Joachim ! Qui ferait cela ?

— Le vieux Lucas, peut-être... Nous nous sommes querellés, dans le temps. Il convoitait ma femme, qui sagement l'a repoussé. Peu importe, je saurai bientôt le nom de ce fripon et sa méthode. Alors, malheur à lui ! Le tort qu'on me fait est toujours payé !

— Brrr ! » fit Meulier avec l'air de plaisanter.

Ces manières fâchèrent le pastelier.

« Doutes-tu de moi ? Les drapiers d'Orthez savent bien, eux, ce qu'ils risquent à me nuire ! Je suis fidèle à l'ancien temps, quand la justice frappait sans bavardage : une main coupée pour le larron, l'oreille clouée pour le faussaire ! »

Les yeux de Fressard se concentrèrent dans deux braises d'une intensité redoutable. Troublé par ce regard, Meulier se détourna.

Midi sonnait au clocher de l'église Saint-Julien que le bleu de Simon n'avait toujours pas trouvé acquéreur. L'étal vidé peu à peu désignait honteusement cette pièce parmi les seules restantes, vulgaires rouleaux de burel ou de tiretaine demandés par les paysans.

En dernier lieu, celui qui ouvrit son escarcelle pour emporter six toises d'étoffe au chiffre de la Vierge fut Joachim Fressard lui-même, craignant à juste compte la rumeur qu'on ferait de pièces bradées ou seulement restées en boutique. Le pastelier donna deux livres, lâchées d'assez haut pour sonner clair sur le tapis de change, et qu'accompagnait un émouvant panégyrique de l'œuvre du compagnon : Fressard se disait « fort réjoui » de l'acquisition des tissus, soutenait n'avoir vu qu'« au plein ciel » un bleu si charnu et si tendre, enfin promettait de bientôt passer commande auprès de ce « maître de teinture ».

L'histoire ne retient pas si la chalandise mordit à l'appât, mais nous rapporte, en revanche, le bon rire du drapier qui jugea fort divertissant de voir son fournisseur ainsi faire sa recette.

En vérité, ce débours imprévu pour une marchandise dont il attendait bénéfice jeta le pastelier dans la dernière fureur. Dès la clôture du marché, il s'en fut à bride abattue chez Simon.

« Voilà votre œuvre, compagnon ! fit Joachim en

jetant la toile aux pieds du teinturier. On ne l'a pas aimée, ni les chalands qui la reniflaient comme viande de carême, ni les drapiers dont elle dérangeait l'étalage ! Quant à moi, j'ignore pourquoi je l'ai payée, mais elle vous fait mon débiteur de deux livres qui viennent en soustraction de futurs bénéfices ! »

Sur quoi, Fressard passa la porte sans saluer.

La scène avait bouleversé Simon. Il resta un moment sans rien faire, les mains plongées dans le sac d'agranat qu'il était en train d'écoper. Plus que l'éclat du pastelier, c'était la vue du bleu répandu sur le sol qui le tourmentait. Découvrir un ami gisant au pied d'une tour ou la tête de son cheval pendue au croc du boucher ne l'eût pas remué d'autre façon.

« Sainte Vierge ! geignit le compagnon. M'as-tu fait teinturier pour cet abaissement ? »

Simon ramassa le tissu et l'emporta au jour. Au moins voulait-il estimer le mépris dans lequel on tenait sa couleur, et trancher si oui ou non il se rangerait au sentiment commun. La pièce fut donc déployée, et chaque partie examinée avec attention.

Or une surprise attendait le compagnon : si la couleur semblait irréprochable, et donc l'innocentait de toute malfaçon, en revanche la toile montrait partout des signes de dégradation. On lisait çà et là des traces de doigts, des traînées malpropres, la déchirure que fait un canif ou la tache causée par le vinaigre. La pièce entière semblait plus chiffonnée qu'une voile après l'orage.

« Sur mon âme ! » s'exclama le teinturier.

Simon tenta de se raisonner. Quel profit trouverait un drapier à gâter sa propre marchandise, ou la pratique à souiller celle du drapier ? Aussi bien, Fressard en colère avait pu laisser pendre le tissu entre les jambes de son cheval, le laisser piétiner, moucher les flaques et s'agriffer aux ronces !

Certes... mais si, tout de même, quelqu'un avait voulu corrompre la vente ? Quoi de plus efficace que d'abîmer la toile ? Au moins, la piste valait d'être suivie. Déchirant une bande de tissu qu'il plia sous sa veste, le teinturier partit pour Castelviel.

Tandis que Simon chevauchait vers l'hôtel de son associé, Fressard quittait le bourg en direction de la campagne.

La rage du pastelier n'avait pas été longue à déposer dans son humeur ordinaire, grave et méditante. Livré un moment aux passions, Fressard recouvrait son sang-froid et un jeu d'idées claires. Ce sentiment semblait d'ailleurs à l'unisson du paysage : après l'encombrement de la cité, l'horizon libre des champs, de tous côtés l'espace et la verdure...

Comme à son habitude, Fressard laissa son cheval au piquet d'un pré. Rien ne le délassait comme d'arpenter seul, à pied, un chemin de campagne. Semblables promenades marquaient les jours d'incertitude, ces heures où, doutant de lui et de chacun, le pastelier cherchait dans la nature silence et réconfort.

Telle était aussi sa manière, face aux questions difficiles, non pas de feuilleter livres et registres, mais d'aérer son esprit dans les bois. À l'imitation de Saint Louis rendant justice sous le chêne, Fressard prenait conseil de la terre — au propre, c'est-à-dire en plongeant sa main dans la glaise du labour, baptisée par lui « gisement de bon sens ». La terre lui semblait-elle fermée, croûteuse ou brouillée de racines ? C'était pour lui augure défavorable, le portant selon le cas à différer une signature, à quitter une affaire ou à renier un collaborateur. Au contraire, trouvait-il la noue grasse et bonne à modeler, ferme en profondeur comme la pulpe d'un fruit ? Le pastelier croyait à l'appui de la Providence, et se jetait dans les entreprises les plus hardies avec l'assurance d'un chef d'armée.

La question que Fressard entendait ce jour-là soumettre à la terre n'était pas des plus faciles : il s'agissait de trancher s'il devait, ou non, garder sa confiance à Simon Terrefort.

En effet, cet enfant des halles, formé aux gains prompts et aux enchères actives, croyait qu'une affaire ne vaut rien si elle ne prend tout aussitôt. Un mauvais départ pouvait lui faire lâcher prise, et retirer tout son argent qu'il transportait ailleurs. C'était ainsi qu'une année auparavant, un moulin à moutarde levé sur ses fonds avait été fermé sur son ordre... après seulement un mois de service. Aux ouvriers mécontents, Fressard avait opposé qu'il ne rendait jamais compte de sa politique, de même que le ciel se dispense d'éclairer la grêle ou la tempête. Le bailli ayant curieusement arbitré en sa faveur, cela fit au pastelier une réputation de menées habiles et de soutiens puissants, certes très utile à l'entretien de ses affaires. Secondairement, Joachim Fressard devint le fidèle du bailli qu'il recevait deux fois le mois à sa table.

Ce jour-là, Fressard n'eut qu'à marcher dix pas pour trouver une terre à sa convenance. Le sentier, bordé ailleurs de mûriers et de fougères, prenait à cet endroit le long d'un guéret. Fressard enjamba la clôture et gagna le milieu du labour, où les sillons lui paraissaient les plus larges et les mieux formés. Là, il retroussa sa manche et planta sa main dans la terre.

Ce fut en telle posture que Simon, renseigné par le garçon d'écurie sur la destination de son maître, trouva le pastelier un moment après.

« Holà ! » s'exclama le compagnon essoufflé depuis le bord du champ.

Fressard déroula sans hâte la manche de son pourpoint, puis rejoignit Simon sur le chemin. Son visage était sans expression.

« J'ai quelque chose à vous montrer », fit le teinturier en sortant l'étoffe bleue de sa veste.

La pièce parlait d'elle-même. Fressard opina.

« Je vois bien qu'on nous trompe, admit le pastelier en maniant la toile. Soyez tranquille, je retournerai sur la place, et, foi de Fressard, ferai dévider leur pelote aux drapiers !

— Faut-il que j'aille avec vous ?

— C'est sans besoin... Restez aux cuves, vous y êtes plus utile qu'au marché qui est un autre monde sous un autre soleil. Je viendrai plus tard vous conter mon aventure. »

Échangeant un salut, les deux hommes se séparèrent à la croisée des chemins.

La saison d'été passa comme le fil au rouet, coulante et régulière. Simon s'habituait dans la teinture du bleu, ce qui déplaçait son attention des gestes vers le tour de main, et de la discipline vers la grâce.

Un jour, vers le milieu de septembre, Joachim Fressard poussa la porte de Signac. Il apportait une gibecière qu'il vida sur la table de coupe : une marée de deniers inonda le bois sombre...

« Alléluia ! » s'exclama le teinturier en brassant le trésor.

Fressard partagea le tas en trois lots dont un fut poussé vers le compagnon, les deux autres prenant son côté.

« C'est votre part de la recette ! fit joyeusement le pastelier. Le tissu se vend à brassées, nous serons bientôt riches ! »

Mais Simon s'était rembruni en jugeant le petit tas de pièces.

« Joachim, le compte n'y est pas. J'ai droit au gros du bénéfice ! »

Le teinturier paya son audace d'un regard méprisant :

« Jeune homme, comptez-vous pour rien ma peine et mes efforts, qui d'un tissu invendable ont fait ce ruissellement d'or ?

— Non pas ! mais...

— Me ferez-vous procès d'une bonne main, vous qui sans mon aide seriez encore à teindre des culottes ?

— Nenni ! Toutefois...

— Vos soupçons me navrent, compagnon. Apprenez qu'en affaires, la confiance est tout. Le jour que vous perdrez confiance, nous viderons sur-le-champ les cuves de Signac, et notre contrat fera la gourmandise d'un feu de cheminée. »

Cloué de stupeur, Simon laissa là son enquête. Fressard du reste avait déjà tourné la page.

« À propos, il me faut vous conter cette journée digne de mémoire ! Souvenez-vous qu'au printemps, une visite au marché m'avait laissé quelque soupçon sur la vertu des drapiers qui traitaient si jalousement notre bleu. Cent fois, depuis, j'ai arpenté le couvert en observant la vente des toiles. J'ai interrogé les marchands qui s'étaient montrés les moins hospitaliers envers nos tissus. Je les ai talonnés de questions, les avertissant à mots voilés de chicanes et d'embêtements s'ils ne tiraient promptement la ligne hors de l'eau. Enfin, aujourd'hui, une langue s'est déliée : "Pour parler franc, m'a avoué Meulier, Maître Boniface nous commande d'écarter de la vente les tissus teints par Simon..." »

Le compagnon donna du poing sur la table, ce dont quelques deniers s'inspirèrent pour migrer du monticule de Fressard vers le sien.

« Voilà le clou de la botte !

— La fleur est à suivre, promit le pastelier en rapprochant d'un geste élégant la monnaie passée à l'ennemi. Figurez-vous que ce goupil dressait des bourgeois à souiller nos draps en les maniant avec des mains grises ; ou d'autres à médire sur eux, à colporter de vilains bruits pour frelater la vente...

— Crapule ! s'indigna Simon.

— Écoutez ce qui vient... La corporation de teinture tient prochainement ses assises. De l'aveu du drapier, l'assemblée votera votre exclusion, avec blâme public, confiscation des outils et défense de teindre !

— C'est assez ! Je ne veux plus rien entendre ! » s'emporta Simon en balayant les pièces du revers de sa manche.

Il fallut tout le doigté du pastelier et sa grande pratique d'une main-d'œuvre irascible, pour fléchir le compagnon dans son dessein d'occire Maître Boniface. Fressard lui représenta que de tels agissements saperaient leur dernière chance, qui était de pousser la corporation au désaveu du prévôt.

« Et comment donc ? En payant le coup aux jurés ? Je crois pour moi que les bonnes cartes ont fui notre jeu ! »

Le pastelier voulut lui prouver son tort. D'abord, l'ennemi n'était pas si ferme qu'en apparence. N'avait-il pas déjoué un de ses pièges ? Ce butin acquis en un seul jour montrait qu'avec de justes paroles, et des efforts portés aux bons endroits, on pouvait tourner les feintes de Maître Boniface.

Il y avait autre chose, et de plus gros : c'était la camaraderie dans laquelle Fressard tenait plusieurs des consuls et échevins d'Albi, sans compter le bailli lui-même, son fidèle pour ainsi dire. Avec pareil secours, défaire le prévôt était un jeu d'allumettes. Ce serait fait avant l'hiver s'il lui en venait le caprice.

« Alors, qu'en pensez-vous ? termina Joachim en chauffant l'épaule du compagnon. Maître Boniface nous nuit. Dites seulement une parole, et je me fais fort de réduire cet aboyeur au silence ! »

Simon rassembla ses deniers d'une main tremblante. Fressard l'avait si bien tourné de mimes et de paroles, circonvenu en marchand aguerri dans ses moindres refuges, qu'il se sentait désormais d'approuver tout et de signer n'importe quoi. Pour un peu, il eût fait grief au pastelier d'attendre son avis, quand lui, brebis derrière le pâtre, l'eût suivi aveuglément dans toute affaire.

« Faites à votre guise ! » dit Simon déglutissant.

Le visage du pastelier s'éclaira d'une joie féroce.

« Voilà de sages paroles... Soyez félicité de votre clairvoyance, compagnon ! À présent, des affaires m'appelant en ville, je prends congé de vous. Vous ne devez vous tourmenter de rien. Dans quelques jours, j'en fais serment, nous aurons Maître Boniface à notre botte et le bleu à la Vierge fleurira sur tous les étals de la ville ! »

Un pressentiment saisit le teinturier. Comme Fressard nouait son manteau, Simon le tira craintivement par la manche.

« Qu'avez-vous en tête, Joachim ? »

Mais le pastelier n'était plus d'humeur à répondre. Détachant la main qui l'agrippait, il passa la porte et s'en fut.

VII

Fressard ne devait pas tarder à mettre son idée à l'œuvre.

La soirée suivant l'entretien avec Simon, une main importune arrêta le cheval de Maître Boniface sur le chemin de Canavières. L'endroit était désert, la campagne sourde à ses cris, aussi le prévôt fit-il assez peu d'embarras aux deux hommes, capés et bottés, qui l'entraînaient à marcher derrière eux.

On quitta la trace. Le cheval tenu au mors s'engagea sous le couvert des arbres, d'abord en pleine obscurité, puis vers un feu de clairière qui brillait près de là. Le teinturier s'efforçait d'enregistrer la direction qu'ils prenaient, malgré l'épaisseur de la nuit et la peur qui battait à ses tempes. À l'approche de la flambée, les traits de ses ravisseurs émergeaient de l'ombre. Boniface les dictait également à sa mémoire, tout en s'interrogeant, troublé, sur la tolérance qu'avaient ces vauriens de leurs visages découverts. Quel sort lui réservait-on, pour ignorer la prudence la plus élémentaire ?

Enfin, la voix déjà entendue ordonna au prévôt de descendre de selle.

« Mon argent est à vous ! » annonça le maître dès qu'il eut mis pied à terre.

Et Boniface d'ajouter la main à la parole, en tendant son escarcelle aux détrousseurs. De fait, elle fut bellement accueillie, jetant un peu de vie dans les masques patibulaires.

« À votre aise ! Servez-vous ! jappait le prévôt en invitant du geste à puiser dans l'aumônière. Faites votre profit de ces deniers, mes braves, et gardez-en mémoire lorsque vous boirez à la santé de votre bienfaiteur !

— Nous nous en souviendrons », assura celui qui paraissait le chef.

Ce futur sonna lugubrement aux oreilles de Boniface qui décida d'étendre son sacrifice. Sa bague la plus riche, une seconde bourse tombée de sa manche complétèrent l'offre des deniers. S'y ajouta bientôt une ceinture de soie dont Boniface craignait l'éclat insolent à la lueur des flammes, et qu'il dénoua de sa taille pour l'étendre servilement aux pieds des détrousseurs.

« Tout est à vous ! » s'exclama le prévôt, un peu essoufflé de ce dépouillement volontaire.

Il était manifeste que ces nouveaux présents l'avaient poussé dans l'estime des vauriens. Heureux comme confiseurs à Pâques, les deux hommes maniaient le butin avec des rires et des jurons qui donnaient beaucoup d'aise au teinturier. « Nous voici bons amis, songeait le prévôt, ils me laisseront tantôt aller. »

Boniface en était là de ses méditations, guettant le

moment propice pour demander sa grâce, quand un troisième personnage sortit des fourrés. D'une silhouette plus longue que les autres, il était aussi mieux mis, affichant au nœud de la ceinture un fermoir d'argent qui luisait froidement à la clarté de la lune. Dans l'ombre du chapeau brillait une perle ronde.

Ces accessoires coûteux persuadèrent le teinturier qu'il avait rang d'aristocrate, et aussi — car il plaçait très haut la moralité des nobles — qu'il l'épargnerait... Boniface entreprit le nouveau venu avec confiance.

« Messire ! ah ! messire ! Quelle joie de vous voir ! Tout le bien que j'ai repose entre les mains de vos amis, il n'y manque pas un denier ! Je me disposais justement à leur prier ma liberté, considérant qu'ils n'ont plus à espérer de moi aucun bénéfice.

— Hélas ! » dit simplement le nouveau venu en faisant signe aux brigands.

Sur ce geste, l'un des hommes réduisit Boniface à genoux. Le gant du ravisseur, taillé dans le cuir épais des accessoires de fauconnerie, saisit le menton du prévôt qu'il redressa de force. Entre-temps, son compère s'était approché du brasier dont il avait sorti un tisonnier porté au rouge. Ces préparatifs suspects mirent des larmes aux yeux du prévôt :

« Que voulez-vous de moi ? demanda-t-il d'une voix altérée par la peur et l'emprise du gant sur sa mâchoire. Ne vous ai-je pas donné tout mon or ? »

L'homme à la ceinture se taisait. D'ailleurs il s'était détourné, n'offrant plus au prévôt que l'aspect de sa cape tombante, et aussi d'un talon de botte qui fouillait distraitement la jonchée de feuilles. Un peu en arrière, celui des hommes de main qui avait sorti le tisonnier du feu en éprouvait le mordant sur un jeune arbre : le bois livré à son ennemi mortel crachait une fumée grise, calcinait dans d'atroces chuintements.

Ce tableau alarmant provoqua chez le maître un sursaut de panique. Conviant toutes ses forces, Boniface se projeta en arrière dans l'espoir de culbuter son gardien. Or, l'action fut heureuse : déséquilibré par cette ruade qui lui avait chargé l'entrejambe, le brigand fut terrassé, et assez mal en point pour ne pas demander sitôt son reste. Il fallut quelques instants au deuxième pour s'aviser de la situation, et colleter Boniface qui trottait en ahanant vers son cheval. « À moi ! À moi ! » hurla le prévôt quand la main du brigand l'attrapa aux cheveux. Jeté au sol, le pauvre homme fut roué de coups.

Comme de juste, l'incident avait mis les vauriens en fureur. Eux tranquilles auparavant, se changèrent en brutes indomptables. Le paquet tremblant d'os et de chair qu'était Boniface fut traîné jusqu'au brasier, immobilisé par une clef douloureuse. Alors celui des hommes qu'il avait meurtri s'empara du tisonnier et le brandit effrontément au ras de son visage. Un sourire dément éclairait la face grimaçante.

« Pitié ! Pitié ! » hurla le prévôt qui grelottait comme une roue de charrette.

Les brigands semblaient avoir reçu consigne de

taire leur voix, mais le porteur du fer ne put contenir un rire, un rire fou qui grava ses folles arabesques dans la mémoire du maître.

Le tisonnier s'aplatit contre les yeux de Boniface. Ensuite, tout fut noir.

Maguelonne était assise à la croisée.

Tenu à bout de bras, un miroir promenait sur sa robe un reflet rose qui semblait d'une eau vive. L'épouse du pastelier s'étudiait par régions, à mesure que la petite glace à main en formait l'image : c'étaient ici la bordure crénelée d'une manche, et ses doigts comme otages d'un court mâchicoulis de soie; c'était là l'arrondi d'une joue, blanchie à la céruse; encore plus haut, l'ourlet blessé d'un œil; et ailleurs ses cheveux pris en résille, le sillage du bandier qui soulevait ses seins...

Malgré la taille étirant les coutures, on eût donné cette jolie coquette pour une toute jeune femme, bien qu'elle fût en âge d'être mère, et même grand-mère. Maguelonne n'en tirait aucune vanité. Elle n'avait plus le souci d'être belle et, si elle en conservait le soin, c'était par coutume ou par ennui. À quoi bon se farder sans regard à séduire?

Pourtant, certains jours de l'année, l'épouse du pastelier scrutait longuement son miroir. Un chevalier sur le front de bataille n'eût pas mieux inspecté les attaches et les recouvrements de son armure, dont dépendait sa vie. Maguelonne vérifiait chaque détail : le croisement des lacets, l'attache des manches, la place des boutons. Dix fois, au besoin, elle quittait et repassait sa robe pour corriger un pli malvenu. La chambrière croyait à une passion de coquetterie. Ce n'était que l'exigence d'offrir *fidèlement* l'image qu'elle avait montrée d'elle-même, un certain jour de l'automne 1422, lors d'une course à cheval dans la forêt de Marssac...

« Suis-je telle que tu m'as vue alors ? » demandait Maguelonne, sérieuse, à la chambrière.

Marine répondait sur le même ton :

« Telle, exactement. »

Ce jour-là, Maguelonne posa le miroir face contre table et s'aspergea distraitement d'eau de violette. Elle s'efforçait de reprendre les gestes dont elle gardait mémoire, malgré la difficulté de paraître enjouée et sautillante, à présent que son cœur était veiné de glace. Comme vingt ans plus tôt, la main de Maguelonne empauma la bride de sa jument qu'elle sortit elle-même de l'écurie. Lorsqu'elle annonça : « Je pars en promenade », le palefrenier, dont le père avait fait cette réplique, joua son rôle en répondant : « Prenez garde, le cheval est mauvais et vous pourrait chasser de selle ! » Elle imita le rire qu'elle avait eu alors.

Au sortir de la cour, la jument habilement menée fit un écart, ce dont Maguelonne feignit de la réprimander. Ce fut à cet instant qu'apparut Fressard, monté sur son propre cheval dont les naseaux écumaient. Maguelonne ne l'attendait pas et parut contrariée.

« Vous, si tôt ? » remarqua la cavalière en portant sa jument de côté.

Le pastelier détailla sa femme des chaussons au plumet sans répondre. Son air était sombre.

« Où allez-vous dans cet accoutrement ?

— Vous le savez : chez cette femme, près de Marssac, qui a médecine contre le mal d'enfant.

— Cette rebouteuse ! Qu'avez-vous besoin d'elle ? Vous êtes grosse !

— Rien n'est sûr, Joachim... »

À ce moment, le pastelier poussa son cheval vers la jument de Maguelonne, plus basse et plus menue. Imposé, l'animal trépignait, marchait de bord pour échapper au piège.

« Entendez-vous ? Vous êtes grosse ! Allons, garez votre cheval, vous n'irez nulle part... »

Par une prompte manœuvre, Maguelonne réussit à faufiler sa jument contre le mur. Elle gagna sa liberté d'un vigoureux coup d'étriers.

« Halte ! » tonna le pastelier en flaquant la bride.

Mais la cavalière avait pris l'avantage d'un jet de pierre. Le maître de Castelviel cravacha en vain pour engager la poursuite. Épuisé, son cheval refusait tout effort. Fressard s'y résigna et fit feu de paroles :

« Eh bien, allez, puisqu'il vous tarde ! J'ignore pourquoi la sorcière vous veut dans cette robe et nulle autre, ni ne souffre de me voir ! Mais soyez prévenue : qu'il n'arrive aucun mal à l'enfant dans votre ventre, sinon il vous en coûtera ! »

Maguelonne tira si fortement les rênes qu'elle cabra la jument.

« Vous êtes fou, mon mari ! Le médecin n'a pas dit que j'avais enfant au ventre.

— Il l'a dit ! hurla le pastelier furieux d'être repris. Et si pas tout à fait, nous le ferons parler ! Vingt ans que j'attends un fils, il est bien temps ! »

Maguelonne allait répliquer quand les cloches de l'église Saint-Loup se mirent en branle. Elle rabattit sa capuche et piqua des étriers.

Peu après, Simon entendit des hennissements aux portes de l'atelier. Il sortit et se trouva nez à nez avec Maguelonne qui venait d'attacher son cheval. La violence de la course enflammait ses joues. Ainsi rougie, soufflante, échevelée, elle avait l'air d'une sauvageonne. Le compagnon s'étonna de lui voir une robe d'automne sous la chaleur.

« Pourquoi toujours cette cotte ? Je vous vois chez Fressard des toilettes plus aimables. »

Maguelonne ne fit aucune réponse — à moins que n'en apportât, mais voilée et curieuse, la conformité de ses souliers, de sa coiffure, de son fard à ceux de sa dernière visite. Dans la moindre particularité de sa mise, l'épouse du pastelier faisait d'elle-même un calque irréprochable.

« Vraiment, cette robe... appuya le teinturier en maniant l'étoffe usée.

— Soit, ôte-la-moi !

— Que chantez-vous ? »

Un sourire de défi claqua sur le visage de Maguelonne. Elle dénoua son manteau qui fit cascade sur ses reins.

« Ma robe, benêt ! N'as-tu pas faim de moi ? »

Il passait dans cette voix — dans l'allure de Maguelonne marchant, poitrine en avant, et délaçant prestement son corsage — un artifice dont Simon prit peur. Ses mains se tendirent pour retarder la rencontre de ce corps fiévreux avec le sien.

« Maintenant ! fit Maguelonne impatiente. Prends-moi ! Fressard est à mes trousses ! »

Le teinturier s'apprêtait à dire qu'en tel cas, mieux valait remettre la chose, mais l'épouse du pastelier se rua sur lui. Une bourrasque coucha Simon à terre. Maguelonne entama aussitôt certain remuement pour mettre son amant en condition de la satisfaire.

« Diablesse ! » protesta le compagnon étouffé de baisers.

Cependant, il sentait sa passion puissamment ranimée par ce va-et-vient contre lui. Les jupons glissèrent dans le même ordre, déjà rituel. Enfin l'étreinte eut lieu, au grand régal de Simon qui grogna, griffa, chanta, prit un tour de reins à force d'exercices, et dont la béatitude tira même quelques larmes.

« Voilà qui s'appelle tricoter au paradis ! » soupira le teinturier que chatouillaient les anges.

L'amante approuva distraitement.

Et cependant, l'instant d'après, soufflante et pantelante encore, elle jetait la robe sur ses jambes nues et s'habillait à l'écart de Simon.

« Vrai, vous êtes une drôle de fille ! lança le compagnon. À quand, le prochain bal ?

— La Saint-François, répondit Maguelonne en comptant sur ses doigts.

— Il y a un mois d'ici.

— Oui-da, mon maître... Comme le pastel s'abonnit en durant, ainsi fera notre amour suivi de long en long. Et puis, Fressard n'est pas si sot qu'il laisse la clef pendue chaque soir !

— Voilà deux fois pourtant qu'il vous ouvre la porte ! »

L'amante eut un petit gloussement — parade muette de certaines femmes, quand le coup vise juste. Chaussée, elle adressa un bécot de la main avant de franchir la porte.

Simon n'entendait pas l'élargir à si bon compte. Comme Maguelonne détachait la bride de son cheval, il retint son poignet pour un dernier baiser. Le baiser fut donné, encore qu'à lèvres dures. Vexé, le compagnon laissa l'épouse du pastelier monter en selle.

« Oui, prenez le vent, demoiselle ! » fit aigrement Simon.

L'air farouche qu'il se donnait couvrait mal sa rancœur. Tandis qu'il brandissait le poing et parlait haut, ses yeux mendiaient humblement un signe de Maguelonne — le simple tour de tête qui eût prouvé sa considération. Hélas ! lancée déjà sur sa monture, l'épouse du pastelier s'abîmait dans la nuit comme une pierre au fond de l'eau.

« Allez au diable ! » siffla le compagnon.

Un sablier ne s'était pas écoulé qu'on maniait le heurtoir. En rencontrant le visage de Fressard dans le judas, Simon réalisa à quelle dangereuse confrontation la Providence lui avait permis d'échapper. Délivré d'une peur rétrospective, le compagnon fit bon accueil à son associé :

« Je suis bien aise de vous voir, Joachim ! J'avais justement en train une cuve de bleu où j'ai noyé double mesure de pastel. »

Fressard approuva d'un geste bénisseur de sa main toujours gantée. Cependant, quelque chose dans son maintien, plus chétif et tassé que de coutume, dans son pas fureteur qui allait des cuves au séchoir, du magasin à la boutique, confiait qu'il n'était pas venu par le bon vent.

En effet, brisant soudain le train des civilités, Joachim prit le compagnon par la manche et l'entraîna dans le magasin sans fenêtre, dont il attira la porte derrière eux.

« Savez-vous garder un secret ? » commença Fressard.

Sa voix semblait d'un comploteur. Le compagnon opina timidement.

« Je dois vous apprendre une chose, une chose grave... Il est arrivé malheur à Maître Boniface !

— Malheur ? répéta le teinturier dont les mains tremblaient.

— Si fait ! Des brigands l'ont saisi sur le chemin de Canavières. »

Comme Simon priait les détails, l'index de Fressard s'imprima contre ses lèvres. En même temps il porta autour d'eux, sans guère tourner la tête, un regard méfiant et inquisiteur.

« Prudence ! nasilla le pastelier sans ôter son doigt de la bouche de Simon. Ce ne sont pas choses à débattre sur le marché ! Que penserait-on si l'on nous surprenait dans cette cave, parlant bas du prévôt ? On nous prendrait pour ses assassins !

— Parce qu'il est mort ? » fit Simon à travers son bâillon.

Par trois fois, Fressard inclina la tête.

« Il est mort atrocement, si j'en crois l'homme qui m'a conté la chose. Supplicié par le feu, puis laissé à l'agonie dans une clairière... Un festin pour les loups ! »

Son visage empreint de compassion, le pastelier se signa. Simon l'imita.

« Mais nous causons, tandis que les maréchaux patrouillent ! Je m'en vais. Le bonsoir, compagnon... Faites bonne couleur ! »

Simon se sentait en humeur de teindre comme de pousser l'escarpolette. Néanmoins, il promit une livraison de bleu pour le lendemain et montra au pastelier la porte du jardin, qu'il disait préférer à celle de la rue. Fressard lui serra fortement la main avant de disparaître.

Déguisant son rôle véritable dans l'embuscade, Fressard n'avait fait que rapporter la rumeur.

Il ignorait lui-même le dénouement de l'aventure : ce chevrier mené paître ses bêtes qui avait ramassé le prévôt évanoui dans la clairière ; ce pansement rudimentaire — un mouchoir trempé dans le ruisseau — appliqué sur la figure sanglante ; enfin le corps transporté jusqu'à la maladrerie Saint-Jean toute proche.

Quand ils découvrirent l'atroce brûlure qui barrait le visage du pauvre Boniface, les moines le crurent en grand péril de trépasser. Ils renoncèrent d'emblée à employer les baumes qui servaient au soulagement de leurs pensionnaires lépreux. Plutôt qu'un remède peut-être salutaire, ce fut l'extrême-onction qu'on donna au moribond. Cette méprise laissa corrompre la plaie qui, de superficielle et limitée à la région des paupières, se creusa et infecta les yeux, privant Boniface de tout espoir de recouvrer la vue.

Ce fut en tel état de perdition, transpirant sang et sanie sur un lit encadré de cierges, qu'un teinturier en visite trouva le prévôt, quelques jours plus tard.

« Maître Boniface ! » s'exclama l'homme qui n'avait pas reconnu le prévôt défiguré, mais le sceau d'argent brillant à son index.

Les frères qui psalmodiaient derrière le double rang de cierges tendirent l'oreille. Leur supérieur entraîna le teinturier à l'écart.

« Vous connaissez le malade, mon fils ?

— Si je le connais ? fit le teinturier dont la voix tremblait comme une corde de luth. C'est le chef de notre corporation. Maître Boniface ! »

Le moine joignit les mains à l'intérieur de ses manches.

« Que la paix soit sur son âme... Dieu le rappelle à lui. »

La main du teinturier se crispa sur son cœur.

« Quoi ? Boniface mort ? C'est impossible ! Songez que nous sommes aujourd'hui le vingtième de septembre !

— Hélas ! mon fils. La camarde ne laisse pas à l'homme le choix de sa dernière heure.

— Ne peut-on au moins y surseoir ? De quelques jours seulement ?

— Non, fit sèchement le moine un peu impatienté de ce marchandage.

— C'est qu'après-demain vient la Saint-Maurice ! »

Il faut savoir qu'au jour de la Saint-Maurice, les teinturiers fêtaient leur patron, dont se réclamaient également chevaliers et gens de guerre. Toutes les maisons de teinture étaient closes, cependant qu'on formait processions à travers la ville derrière l'effigie du saint — un Égyptien à la peau sombre, pourvu d'une bannière blanche croisée de rouge. L'usage voulait aussi qu'à cette occasion, les teinturiers réunissent leur assemblée coutumière.

Qu'on se figure le désarroi du teinturier, découvrant le prévôt en agonie à la veille d'un tel événement !

Grâce à Dieu, l'homme avait l'esprit de suite. Jugeant la situation, il prit sans tarder les mesures urgentes : d'abord, transporter Boniface chez lui où il recevrait de meilleurs soins ; ensuite, mettre les jurés de la corporation au fait du terrible malheur qui frappait leur supérieur.

Ainsi fut fait. Dès le matin du lendemain, Maître Lucas, Maître Charles, Maître Guillaume et le compagnon François, c'est-à-dire les jurés au complet, se rassemblaient au chevet de Maître Boniface.

C'était sombre tableau en vérité que cet homme dans la trempe de l'âge, fameux hier pour sa santé riante, qui gisait à présent, immobile et perclus, au fond d'un lit à dos de cheminée. C'était pitié surtout de voir ses yeux si friands de couleurs, ses yeux que la rumeur créditait d'une finesse prodigieuse dans l'approche du rouge, devenus sans usage, vides sous le bandeau graissé de chélidoine.

« Aveugle ! Est-il sort moins enviable pour un teinturier ? commenta Maître Lucas. Certes je donnerais mes oreilles à confire, ma langue aussi qui est bien pendue, et encore mes pieds dont les cors font un nid de tourments, plutôt que de prêter une heure seulement mes yeux — mes yeux si nécessaires !

— C'est pareil pour moi... ajouta fraternellement Maître Charles. Quand je fais chaque année le compte de mon avoir, je mets à part quelques livres au profit des Cordeliers et de leur refuge d'aveugles. Tels sont, à mon jugement, les plus misérables d'entre les hommes ! »

Les jurés plaignirent longuement leur confrère dont ils partageaient la main ainsi qu'une prochaine relique.

Vint le moment où, repus de compassion, ils laissèrent cette émotion juponne pour l'esprit mâle de la justice — la justice qu'il fallait rendre, faire et obtenir.

Avant tout, les jurés affirmèrent avec véhémence leur volonté de nommer le coupable et de le châtier. Ce point serait porté à l'ordre du jour de l'assemblée, avec projet d'ouvrir une enquête et d'inscrire une plainte au greffe du bailli. On élirait ensuite un nouveau prévôt, désigné parmi les jurés, et un nouveau juré pour remplacer celui promu. Enfin, considérant que l'infirmité de Maître Boniface le privait désormais d'exercer l'art de teindre, on proposerait l'octroi au bourgeois d'une pension à vie.

« Il faut faire date de cette assemblée mémorable », souligna Maître Guillaume qui suggéra le principe d'une séance ouverte, tenue non dans la maison de prévôté mais dans une taverne de la ville.

« Bravo ! » firent à l'unisson les jurés qui votèrent aussitôt cette mesure originale.

Sur quoi, on distribua les tâches : Maître Guillaume et Maître Lucas se portèrent volontaires pour la tournée des maisons de teinture ; Maître Charles accepta la visite au tavernier ; quant au compagnon François, la corvée qui lui échut était la plus ingrate : crier partout l'heure et le siège de l'assemblée.

« Sous quelle enseigne, à propos ? s'enquit François.

— La Mère Dieu Grosse... proposa Maître Charles. Nos apprentis s'y plaisent. »

Chacun prenant acte des décisions du comité, on se donna l'accolade avant de marcher vers l'escalier.

« Quel jour sommes-nous, camarades ? »

La voix de Maître Boniface fit tressaillir les jurés. Tous les regards convergèrent sur la face pâle du prévôt, dont les joues plus tendues qu'une peau de tambour palpitaient encore de leur effort. C'étaient les premiers mots que prononçait le teinturier et, somme toute, le seul indice de sa victoire sur la mort.

« Le vingt et unième de septembre, répondit Maître Charles.

— C'est donc demain la Saint-Maurice ? s'enquit la voix époumonée du prévôt.

— Si fait, confirma le juré.

— Et voici qu'un tel jour, vous m'alliez abandonner, confit en ce lit comme rognon en panne, plus empêché de tout qu'un enfant nouveau-né ? Où m'a-t-on transporté ? Quel est ce bandeau sur mes yeux ? Allons, deux d'entre vous, épaulez-moi ! Qu'on me baigne, qu'on me chausse ! »

Ce relèvement inespéré laissait les jurés sans voix. Cependant François s'avança, le bonnet sur la poitrine et fort révérencieux, tenant qu'un homme touché de miracle valait qu'on fût le premier à ses ordres.

« Je vous servirai, maître. Mais soyez indulgent pour vos frères de teinture, nous vous pensions mort !

— Fadaises ! grogna Maître Boniface. J'étais vif au contraire, je le fus dès qu'on m'étendit sur cette charrette aux cahots du diable ! J'ai suivi votre conférence du premier au dernier mot... »

Les jurés se raidirent à l'annonce du jugement.

« ... Et l'approuve, du reste ! Je n'en veux rien retrancher ni débattre.

— Nous nous en réjouissons ! intervint François qui portait le soulagement de tous.

— Sauf qu'on me tient déjà pour un pauvre de corps ! reprit Boniface dont les mains se crispaient sur la couverture. Quoi, on me ferait une rente ? Quoi, on élirait mon suppléant ? Ai-je déjà la terre en bouche et les vers à mes côtes, pour qu'on me raye ainsi des vifs ? »

Cette protestation à l'accent vulnérable émut les jurés. Ils entourèrent Maître Boniface et, comme tantôt, couvrirent sa main qui s'empara avec force des leurs. Une tache de sang s'étendait sous le bandeau imprégné de sueur.

« Ah ! mes amis ! Vous ignorez la peine de s'éveiller aveugle, quand on prise comme moi les couleurs du plein soleil. J'habite mon corps ainsi qu'une prison... une prison dont l'architecte a fait les pierres si résolument jointes, et si pleines les murailles, qu'aucune clarté ne perce du dehors ! »

Des larmes mouillaient les yeux des jurés. Cependant, François pria le maître de conter son aventure, en les instruisant si possible de visages, de voix propres à dénoncer les coupables.

« Ma mémoire a tout conservé, déclara le teinturier, pourtant je ne veux rien dire aujourd'hui. Pêche-t-on avec un filet de quatre cordes ? Il faut des mailles nombreuses, et tous les teinturiers derrière mes ravisseurs... Allons, dispersez-vous, et répétez partout que je ferai demain, à la Mère Dieu Grosse, le récit de mon aventure. Vous direz : " Avant la nuit ", car j'ai foi que les Albigeois, friands d'histoires, s'assembleront en foule sous l'enseigne de la taverne. »

Les jurés assurèrent le vieux maître de leur dévouement. Après quoi, ils prirent congé et allèrent leur chemin.

VIII

À propos de la foule qu'attirèrent, en ce jour de la Saint-Maurice, les confidences de Maître Boniface, le prévôt lui-même l'avait sous-estimée.

Rendre avec vérité l'affluence dont souffrirent les portes de la taverne est un défi pour la langue fade du pays d'oïl. Seuls les patois ensoleillés d'Ariège et d'Albigeois partagent ces mots retentissants qui disent une multitude serrée, grondante et piétinante, quand l'échauffe une querelle d'honneur ou un ragoût poivré.

Or c'était telle compagnie qui ondoyait sous l'enseigne de la Mère Dieu Grosse, au grand effroi des âmes simples : est-ce que la cité n'allait pas verser comme une charrette, ainsi plombée du côté du cœur ? « Pauvres de nous ! soupiraient quelques-uns pris en foule comme harengs en caque. Personne au Castelviel et tous au Vigan. Certainement, les remparts de ce côté-là vont déchausser de terre, et les nôtres s'enfoncer jusqu'au chemin de ronde ! »

Les rues étaient prises, les toits étaient pris ; les fenêtres bientôt, par de jeunes bravaches qui poussaient la botte chez les bourgeois, et dressaient leurs coffres en vilains marchepieds.

« Hors d'ici, plumet rose ! Ou je fais corner la garde !

— Cornez tout votre soûl, messire Benoît... Avant que les sergents taillent leur chemin jusqu'à moi, j'aurai fait un tricot de votre barbe blanche ! »

À l'intérieur de la taverne, la presse était considérable. Les tables et les bancs avaient été sortis, puisqu'ils empêchaient des places d'hommes. Chaque instant, une gerbe d'eau volait au-dessus des têtes : c'était un seau plein que le cuisinier vidait charitablement sur la clientèle, jugeant qu'il y faisait plus chaud qu'à couvert de sa marmite. On prétendit ce jour-là que le Tarn aux fortes eaux avait trouvé son maître : jamais on ne verrait poussé entre les berges roses autant de flot qu'en écopaient les chopes.

« Combien pour une pinte ? demandaient les buveurs.

— C'est gratis, répondait le tavernier. Nous verrons au matin les plus soûls, ils paieront la tournée. »

Dans cette cohue, les moins placés jouissaient pourtant d'un horizon de choix. C'étaient les enfants pendus aux cheminées comme au cou du cheval à bascule, et qui, s'ils n'entendraient rien du récit de Maître Boniface, le verraient approcher avant quiconque. Le peuple interrogeait souvent ces vigies de hasard :

« Alors, est-ce qu'il arrive ?

— Je ne vois rien qu'une charrette et deux chevaux au pas. Suit un homme, mais il a ventre plat...

— Ce n'est pas Boniface ! »

La promesse du maître était dans toutes les mémoires : dire avant la nuit. Aussi faisait-on grand cas du cours du soleil, mieux qu'aucun mahométan pendant le carême. Aux mêmes enfants chargés de surveiller la route, c'étaient des questions continuelles pour savoir si l'astre avait commencé son déclin, s'il coiffait les tours de Sainte-Cécile ou bien taillait encore un collet d'ombre aux murs de la Berbie. Le ciel rosissait à peine que déjà des voix s'élevaient, dénonçant la tromperie de Maître Boniface et criant vengeance.

Tant de remous et de tumulte fit que les jurés de la corporation, sous le simple déguisement d'une cape, parvinrent à franchir la foule sans dérangement. On s'en avisa quand le tavernier vida la dernière table pour les faire asseoir. Entrés à leur suite, les maîtres, compagnons et apprentis de teinture s'attroupèrent en silence. On faisait place à ces gaillards dont la carrure ne valait guère que la réputation querelleuse.

Dans le groupe des teinturiers de bleu, qui avait pris le côté opposé aux teinturiers de rouge, Simon était près de Fressard. Le pastelier guettait la porte qu'emprunterait bientôt Maître Boniface. Le compagnon regardait son père assis à la table des jurés.

« Où est le prévôt ? s'écria une voix anonyme.

— Oui, où est-il, que nous entendions son histoire et donnions à ses ravisseurs le traitement qu'ils méritent ? »

Simon dévisagea en grand effroi l'homme qui avait lancé cet appel, relayé par les clameurs du peuple. Cet homme, c'était Fressard...

« Êtes-vous fol de faire ainsi votre réclame ? s'alarma le compagnon. Publierez-vous aussi vos sentiments pour Maître Boniface ? »

Sûr de sa manœuvre, le pastelier répondit d'un coin de sourire, actif et confiant.

Ce fut à cet instant qu'apparut à l'entrée de la salle, sa main posée sur l'épaule d'un compagnon chargé d'ouvrir la marche, Maître Boniface en grand costume de prévôté. Sans le bandeau de soie rouge tendu sur ses yeux, on n'eût rien trouvé chez cet aveugle qui dénaturât le personnage connu et aimé de tous. Heureuse de cette continuité, la foule fit une ovation au maître.

« Merci ! Merci ! fit le prévôt flatté. J'ai tardé à venir et m'en repens. Sachez toutefois que pour votre bien-être, j'ai laissé dans son jus une truffe des plus friandes, une sainteté de truffe, grasse et luisante comme charbon, qui me faisait les yeux doux du fond de la soupière. »

L'attaque avait plu. Des mains se portèrent au secours du teinturier qui peinait à trouver son fauteuil à la table des jurés.

« Ainsi, il vous plaît d'entendre mon histoire ? commença le maître en donnant du jeu à ses larges manches. J'en suis fort aise. Dressez s'il vous plaît quelques chandelles, et faites cercle autour de moi.

Les mieux placés diront aux autres, qui répéteront à leurs femmes laissées au coin du feu.

— Au fait, Maître Boniface, au fait ! » protesta Fressard.

Ce cri avait fait tourner quelques têtes, en particulier celles des jurés, curieux d'apprendre qui interpellait le prévôt. Maître Lucas était du nombre : reconnaissant Fressard près de son fils, il détourna noblement les yeux.

« J'arrive, fit Boniface conciliant. Or donc, mes frères en teinture, et vous tous qui avez battu le pavé pour m'entendre, je vous dois conter la terrible embuscade dont j'ai été victime sur le chemin de Canavières. Vous apprendrez comment les brigands m'ont tiré dans une clairière à l'écart de la route ; comment j'ai rencontré leur chef, un seigneur dévoyé ; comment, trompant la vigilance de mon garde, j'ai manqué leur fausser compagnie... enfin le supplice qu'ils m'ont infligé, et auquel je dois la calcination de mes yeux qui ne voient plus. »

Le récit commença, porté par la langue agile du prévôt.

Des heures plus tard, ayant donné par le menu la chronique des événements, Maître Boniface fit en manière de conclusion une oraison à saint Maurice. Le saint patron était prié d'assister spirituellement la recherche des coupables.

« Amen ! » firent en chœur les maîtres, les compagnons, les apprentis avec toute l'assistance.

Un certain énervement avait gagné la foule dans ce moment décisif, celui où s'ouvrait la séance des teinturiers. Le récit de Maître Boniface apportait en effet des indices sérieux pour la désignation des ravisseurs : c'étaient les traits des hommes de main, décrits fidèlement par le prévôt ; le boitement de l'un d'eux, qui montait aussi un cheval d'une robe particulière, tachetée comme la livrée du diable... mais, comme de raison, on se souciait surtout du meneur.

« Avez-vous vu son visage ? s'enquit Maître Guillaume.

— Non, il était dans l'ombre du chapeau. Mais à ses contours, je devine que l'homme portait la barbe, et même une barbe longue. Je crois aussi qu'il était chauve ou manquait de cheveux. »

Avide de suspects, la foule se passa elle-même en revue, traquant l'homme de grande taille, affligé d'une barbe et d'un front haut, qu'avait décrit le prévôt. Une poignée d'innocents furent ainsi traînés devant les jurés, foyers d'attroupements hostiles, comme si ressembler au chef des ravisseurs avait été un délit. Maître Boniface tendit son visage aveugle vers le groupe des inculpables.

« Avant mon supplice, le chef des brigands s'est adressé à moi. Il n'a prononcé qu'un mot — "hélas !" — mais d'une intonation si particulière que je ne saurais mêler sa voix avec nulle autre. Entendons ces messieurs... »

Simon sentit un frisson lui courir les épaules. Cette contrefaçon de justice, ce tribunal sans caution réuni devant le peuple ne présageaient rien de bon. Qu'adviendrait-il si le prévôt désignait un coupable parmi les hommes qu'on lui présentait ?

Au grand soulagement du compagnon, aucun des « hélas ! » débités par les suspects n'agréa Maître Boniface. Les innocents rentrèrent dans le rang, congédiés à regret par leurs examinateurs.

Ce fut alors qu'à l'étonnement de tous, Joachim Fressard fit l'escalade d'un tonneau dans un coin de la taverne. Simon lança vers son associé un regard incrédule.

« Écoutez-moi ! Écoutez-moi tous ! commença le pastelier en invitant d'un geste large l'attention de la foule. Tout est faux ! La justice qu'on vous montre est une caricature, et les suspects qu'on appelle devant vous, des baladins payés à jouer ce rôle ! »

Ces accusations lancées d'une voix de trompe soulevèrent des remous dans l'auditoire. Certains voulaient prendre d'assaut la barrique pour écharper Fressard. D'autres, aussi nombreux, se rangeaient d'instinct à son parti, comptaient sur la suite. Seul Simon ne revendiquait ni un camp ni un autre, la stupeur l'écartant de tout.

Ce fut Maître Boniface qui ramena le calme en s'adressant au pastelier :

« Monsieur, qui que vous soyez, je vous somme de vous expliquer. Veillez à le bien faire, sinon vous aurez à en répondre comme d'une calomnie, et comparaîtrez en justice avec mes ravisseurs !

— N'ayez crainte, noble prévôt des teinturiers, fit Fressard en s'inclinant, votre curiosité sera satisfaite, et servie aussi la justice. En vérité les brigands que vous cherchez, ou plutôt leur meneur, est près d'ici. Je dirais davantage : il siège parmi vous ! »

Ce nouveau piment, plus actif que le premier, échauffa dangereusement la foule. Quelques chopes volèrent, pour la simple récréation de voir le sang gicler sur une face étrangère. Les voisins en querelle trouvèrent prétexte de l'ambiance batailleuse pour s'infliger quelques bourrades, ou lancer de crapuleux « ici, le meneur ! » en se pointant mutuellement du doigt.

Terrorisé, Simon ne pouvait se défendre d'admirer l'audace du pastelier, son aplomb à mentir dont résultait cet ascendant puissant sur le peuple. Quelle assurance montrait cet homme ! Lorsque son regard se fixait sur vous, son regard à trois feux où brillait l'hypnotique pendant d'oreille, c'était comme la pointe vive d'une épée qui vous piquait la peau, sous la troisième côte, au niveau du cœur.

Cependant Fressard avait repris sa harangue, délaissant le ton véhément du sermon pour celui, détaillé, du greffe de justice :

« Nous savons tous comment l'honorable Boniface, à la requête de Lucas Terrefort, pourvut généreusement son fils Simon d'une maison de teinture. Nous savons quels travaux il y engagea, quelles dépenses il supporta pour dresser les cuves à teindre, enfin la manière dont le compagnon prit tard son parti du bleu et rompit l'affaire.

— À votre gré ! » s'indigna Simon — mais rien ne parut de ses sentiments qu'un dodinement de tête. Fressard poursuivit :

« Qu'eût fait l'homme sage en tel empêchement ? Ce que fit Boniface : trahi par le fils, il demanda son compte au père ; et comme le père trouvait à rire, il le mit en garde. »

La voix de Lucas s'éleva, vertueuse :

« Mettre en garde, le mot est doux. Boniface m'a menacé !

— Rien du tout, teinturier ! répliqua Fressard d'un ton mordant, c'est en ami que le prévôt vous a parlé. Hélas ! Ses conseils sont allés comme le mauvais bleu à l'eau vive. La crainte d'être jugé, puni peut-être, a brouillé votre raison. Vous avez payé des complices et monté cette embuscade !

— Calomnie ! protesta Lucas, levé en tel élan que son bonnet alla rouler par terre. Frères teinturiers, écouterez-vous ces mensonges ?

— Il est juste d'examiner toutes les hypothèses, plaida Maître Guillaume. Au demeurant, accuser n'est pas confondre. Joachim Fressard n'a pas donné de preuve.

— En voici ! »

À cet instant, celui d'un même battement de cœur dans toutes les poitrines, une barre de fer apparut au poing du pastelier.

« C'est avec ça qu'on l'a brûlé ! remarqua une voix dans la foule.

— Peut-on connaître, pastelier, le moyen par lequel vous avez cet objet ? »

Maître Guillaume faisait venir à lui la barre qui passait de main en main, touchée par tous comme une relique sainte.

« Aucun mystère ici, assura Fressard. En cette saison, mes hommes collectent le pastel. Non loin du lieu de l'embuscade se trouve un moulin. L'un de mes commis s'y rendait quand il vit le brasier, l'herbe alentour rougie de sang... et le tisonnier, laissé par terre. Comme le bruit d'un mauvais coup courait la campagne, il ramassa l'objet pour le porter aux maréchaux. »

Maître Charles chaussa ses besicles.

« Mais quelle excuse donner à l'étourderie du malfaiteur ? On n'est pas si sot qu'on laisse derrière soi la preuve de son forfait !

— La panique, nobles gens de teinture ! Lucas a pris la fuite sans s'aviser de ce qu'il oubliait.

— Ah ! Les oreilles me tintent ! » s'esclaffa le teinturier.

Cependant, la voix incertaine fit naître un soupçon dans l'auditoire. Les jurés accueillirent avec intérêt la barre venue à leur table.

« Pastelier, reprit Guillaume, cette barre est bien quelque chose... Mais comment nous assurer qu'elle appartient à Maître Lucas ? Vous pourriez être le coupable !

— En vérité ! bondit l'accusé. Cette barre est la sienne !

Sans répondre, Fressard désigna la barre aux jurés.

« Honorables teinturiers, regardez mieux ! »

Derechef, les jurés se penchèrent sur la barre. On l'examina, on la mania ; même un des teinturiers cracha dessus pour vérifier que le dépôt à l'extrémité était bien de sang séché.

Ce fut alors que Guillaume, doué d'une meilleure vue que les vieux maîtres, poussa une exclamation :

« Par la Pâque de Dieu ! C'est un pistolet ! Cette barre qui sert aux teinturiers pour juger la température de leurs bains !

— Un pistolet, oui ! confirma le pastelier du haut de sa barrique. Et voyez-vous ce chiffre à mi-longueur, tout noirci par le charbon ? Le caméléon de la maison Terrefort ! »

Ayant vérifié, les jurés dévisagèrent Lucas avec stupeur.

« Il... il me l'a volé ! balbutia le teinturier. Mes commis vous le diront : un pistolet manquait hier à l'inventaire. »

Mais l'alibi semblait si pauvre, et l'accusé si tremblant, que personne n'écouta.

« Niez-vous encore ? tonna Fressard en pointant du doigt le maître. Niez-vous avoir pris la tête des ravisseurs ? »

Cette hypothèse trouva chez tous une certitude. On pardonna les méandres, les enjambements, les défauts d'assemblage que les plus perspicaces avaient relevés dans le discours de Fressard, pour se chauffer ensemble au soleil de l'évidence. Il n'y eut pas de clameur, pas d'empoignade, mais la marche unie d'une multitude vers le pauvre Lucas qui protestait humblement de son innocence.

Sur le moment, Simon lui-même se sentit d'ajouter foi aux paroles du pastelier. Envoûté, il laissa le tourbillon haineux emporter Maître Lucas hors de sa chaise, le faire danser comme un fantoche au-dessus des têtes, enfin le rouer de coups préventifs, pour le cas où la justice du roi trahirait le verdict populaire.

Ce fut en voyant son père ramper sur le plancher de la taverne, l'épaule pendante et la barbe tachée de sang, que Simon comprit la folie où les entraînait Fressard. Le compagnon se porta au secours du maître, abrité derrière de solides gars de teinture qui lui faisaient rempart de leur corps. Hélas ! on le reçut fort mal :

« Arrière, misérable ! fit Lucas en s'écartant. Je ne veux ni ton secours ni ton estime ! Tu as souillé ton nom près de ce scélérat qui fait ma ruine et aujourd'hui ma honte ! Maudit sois-tu, et maudit aussi le bleu de tes bains putrides ! »

La bourrade d'un des compagnons envoya Simon rouler sur le sol. Il se releva prestement, les poings tendus pour faire face au gars qui l'avait bousculé — un artisan du rouge.

Ce fut à cet instant que la maréchaussée, en l'espèce d'une vingtaine d'hommes, fit irruption dans la taverne avec force tumulte.

En un tournemain la Mère Dieu Grosse fut vidée de sa clientèle, à laquelle se mêla une partie de l'assemblée de teinture. Ne restèrent au centre de la salle que les teinturiers trop lents ou trop fiers pour chercher leur salut dans la fuite : Simon était du nombre. Fressard, lui, s'était esquivé dès l'entrée des maréchaux.

Le capitaine de la compagnie, un diable rouge à la figure plus couturée qu'un habit de polichinelle, se planta face aux artisans.

« Toujours les teinturiers ! tonna le militaire en piquant sa lame dans le plancher. Toujours à boire et à cogner! Vauriens, sacrilèges! À la Saint-Maurice, les taverniers seraient bien conseillés d'abattre leur volet! Vile engeance que la vôtre, hommes du teint! »

Ayant dit, le maréchal dont la vue pâtissait d'une blessure de guerre fit la revue du groupe pour sentir son effet. Il jubila de lire sur tous les visages la grimace pointue de la haine.

« J'en ai assez des teinturiers, poursuivit le capitaine en gonflant les joues. Allons, cinq d'entre vous, pour l'exemple... Ils goûteront cette nuit l'hospitalité du bailli. Toi, qui montrais les poings tantôt! »

Les maréchaux se saisirent de Simon qui fut sorti dehors.

« Toi aussi, vieil homme! fit le capitaine en désignant Maître Lucas. On n'a pas figure comme la tienne, à bosses et à ruisseaux, quand on est sans reproches. »

On emmena trois autres teinturiers, au gré du maréchal. Le reste du groupe fut libéré à condition de rentrer au logis, et la corporation frappée d'une lourde amende.

IX

Prisonnier du bailli, Simon fit honnêtement sa revue de conscience.

Plus il méditait l'épisode de la taverne, plus sa méprise à l'égard du pastelier lui semblait coupable, et pressant l'éloignement de ce personnage malfaisant. Dix fois, il trouva dans les événements un motif à rompre le contrat qui le liait à Joachim Fressard. Dix fois, il en douta : que savait-il, en somme, de la marche des affaires ? Des lois qui la réglaient, des tolérances qu'on y avait ? Peut-être ces rebondissements entraient-ils dans le cours ordinaire d'une maison de teinture ? Peut-être la nature corrompue de son associé, ce tempérament biais, comploteur et cupide, le parait-il de vertus précieuses pour leur commerce ?

Entre ces deux partis où le jetaient alternativement sa méfiance et son ambition, Simon goûtait la tentation de l'abandon, d'un retour au passé vers le moulin de Figues. Hélas ! cette dernière porte s'était à jamais refermée ! De quel front se présenter à son père, maintenant que de telles paroles avaient couru entre eux ? Il ne serait plus jamais le compagnon de naguère, hôte bienheureux de l'atelier au caméléon !

« Pauvre de moi ! » gémit le teinturier.

Au point du jour, comme Simon rafraîchissait son visage avec l'eau d'un pot de terre, le geôlier entra et annonça un visiteur.

« Qui donc ? » s'enquit le compagnon en retournant sa chemise pour montrer l'envers propre.

Le gardien introduisit un homme de haute taille, dont les narines se froncèrent en pénétrant dans le cachot sans lieux d'aisances. Fressard s'avança la main tendue vers Simon. Magnétisé par l'éternel pendant d'oreille, le compagnon reçut ce salut de bonne grâce, et en toute amitié son bourreau de la veille. Des politesses s'ensuivirent :

« Je vois qu'on vous a épargné l'ignoble poire d'angoisse subie par vos voisins de geôle. Loué soit saint Maurice ! Et loué aussi le bailli, au temporel... Me donnez-vous raison d'avoir porté votre cas auprès de cet ami ? Grâce à mes bons offices, et l'acquittement d'une caution raisonnable, vous êtes céans un homme libre, cher Simon. »

Le compagnon eut des paroles de gratitude où perçait néanmoins son malaise. De quel forfait l'accusait-on, pour rançonner ainsi sa délivrance ?

« Hélas ! soupira le pastelier, vous connaissez les gens de justice ! Quand ils tiennent un homme, c'est un chagrin pour eux de lui ouvrir les fers. Aussi font-ils de son passé l'épluchure complète, affamés de délits comme leurs pensionnaires le sont des miettes tombées entre les pierres, essorant leurs archives par soif d'une goutte de crime, d'une larme d'infraction — et s'ils en trouvent, maudit ! Il n'y a guère d'espoir pour leur captif de revoir jamais le jour. On en sait qui, entrés au cachot à l'âge tendre, à cause d'un biscuit volé ou moins encore, n'en sont sortis que vieillards et pour monter à l'échafaud ! »

Simon grattait nerveusement ses ongles grisés de salpêtre.

« Qu'a-t-on trouvé contre moi ?

— Oh ! des peccadilles ! Rien que n'aient commis nos bourgeois sans encourir, eux, aucun châtiment... Il s'agit de votre place chez Maître Lucas, de ce traitement que vous avez perçu sans être inscrit sur aucun registre ni appelé nulle part apprenti ou compagnon.

— Je l'ignorais ! lança le teinturier par réflexe de peur. Le tort est sur mon père ! »

Jouissant de voir le pantin réagir au fil, le pastelier donna une tape amicale sur l'épaule de Simon.

« Je n'ai pas dit autre chose au bailli... Oh ! il n'a pas été simple de lui prouver votre droit. Mais enfin, à force de discours, il m'a donné raison. Vous êtes lavé de tout soupçon et affranchi de toute enquête.

— Et mon père ? » demanda le compagnon.

Les traits élastiques de Joachim Fressard se concentrèrent dans une mine grave et pondérée.

« Son âge l'a fait élargir. Mais l'œil de la justice est sur lui. Quand sera déposée la plainte de Maître Boniface, on fera son procès. Hélas ! l'issue en est facile à prévoir. »

Un soleil triomphal se leva dans le sourire du pastelier.

« Méchant homme ! » osa le compagnon, un sanglot roulant dans la voix.

Comédien encore, Fressard recula d'un pas en gonflant les épaules, dans la posture tragique de l'indigné.

« Gare, jeune homme ! Vous oubliez votre dette ! Qui vous a établi dans le bleu ? Vous a cédé le pastel, les cuves et le reste contre un loyer de misère ? Qui vous tire aujourd'hui de prison en payant votre rançon ? »

Il disait vrai, cependant. Dans quel parti se ranger ? Pour Joachim au nom de la reconnaissance ? Contre Fressard au nom de l'honneur ?

Ces pensées rivales se livraient une escrime épuisante dans l'esprit de Simon. Égaré, misérable, il enfouit son visage dans ses mains et pleura.

« Allons, allons... fredonna le pastelier. Voyez comme jouent nos nerfs ! Laisserons-nous la discorde germer entre nous ? Ne sommes-nous pas associés, mieux : camarades ? La vérité est qu'un pacte secret nous lie l'un à l'autre.

— Un pacte ? fit Simon reniflant.

— Oui, Simon... Le bleu ! Le bleu nous unira toujours, compagnon. Vous qui le faites, moi qui le vends, nous sommes mutuellement nécessaires ! Quand nous avons passé contrat, j'ai cru que vous veniez au bleu en espoir de fortune... Sot que j'étais ! Comme votre père, vous méprisez l'argent : la beauté seule vous anime. Alors, faisons fi des obstacles, des jaloux et des empêcheurs, dévouons toutes nos forces à la poursuite de ce but suprême, cette visée unique : l'azur !

— L'azur... », répéta Simon en tamponnant ses larmes.

Et, par la vertu de ce simple mot, ce mot jeté comme la semence d'avenirs radieux, le compagnon sentit l'espoir renaître en lui.

Fressard avait raison. Il fallait inventer un bleu insurpassable, digne de cette madone admirée une nuit de printemps. Devant pareille couleur, les maîtres d'ici et d'ailleurs plieraient le genou comme les croyants à la survenue du miracle. On n'en débattrait plus le prix sur les marchés, ainsi que de lentilles ou de charbon, parce qu'une loi votée au parlement du roi l'aurait mis à part des nuances du commerce, réservant son usage aux princes. Qui sait, peut-être le bleu à la Vierge serait-il choisi pour faire le lit des armes de France ?

Cette vision conquérante répandit un baume dans les veines du compagnon. Il se sentit en humeur de victoire, couchant l'obstacle sous sa botte et jouant du monde comme d'une boule de bilboquet.

« Nous ferons un bleu au-dessus de tous les autres ! s'exclama le teinturier. Bouillon de la mer, encre du lapis ! Un bleu de glace et de ciel libre, miroitant de plume et d'écaille comme l'aile du paon et le flanc de la truite ; sombre, clair, profond et lumineux tout à la fois ! »

Sûr de son avantage, le pastelier lui fit l'aumône d'une pensée sincère :

« Vous y réussirez, compagnon... J'ai foi en vous ! Sur chaque sou que je mise, je greffe un peu d'espoir. Et vos dettes sont lourdes comme mon espoir est grand. »

Sur quoi, Fressard demanda au gardien d'ouvrir les fers de Simon.

Tandis que Fressard et son protégé avaient cette conversation dans la prison du bailli, Maguelonne, restée seule à Castelviel, recevait une visite.

Pauvre d'éloquence et non moins d'attention, la servante venue annoncer l'homme à la porte en fit un portrait brouillon, dont ressortait pêle-mêle qu'il était barbu, confortable d'épaules, et peut-être ouvrier de teinture ou de tannerie, puisque ses doigts au bout portaient couleur indélébile.

« Sans doute un moulinier venu pour mon mari, songea Maguelonne. Quel ennui de recevoir ces gens ! »

La servante introduisit le visiteur. Depuis le fauteuil où elle rangeait hâtivement son tambour à broder, Maguelonne entendit monter l'escalier — le pas lourd et soufflant d'un cheval de labour.

« Il est vieux, toute ma chance ! Un paysan chenu qui me contera sa misère, ses dix livres d'avoir, *parce que le pastel est cher à cueillir, madame, et que monsieur*

Fressard l'achète fort mal. Je n'en doute pas, c'est un grippe-sou », repartit Maguelonne en imagination.

Sa langue pointa espièglement hors de ses lèvres. L'instant d'après elle s'était composé — joues plates et sourcils aériens — le masque respectable des visites ennuyeuses. La porte s'entrebâilla.

Maguelonne eut un cri de saisissement en voyant Lucas sur le seuil de sa chambre. Le teinturier fut plus peiné de cette exclamation, celle qu'on pousse devant l'araignée sortie du gant, qu'il ne l'eût été d'un ordre d'expulsion.

« Es-tu fou de paraître ici ? s'écria Maguelonne, les yeux arrondis d'émotion. Sous le toit de mon mari !

— L'affaire est grave, fit Lucas avec mystère.

— Fressard peut être dans la maison !

— Il ne s'y trouve plus. J'ai guetté son départ. »

L'épouse du pastelier désigna au maître une chaise, cependant qu'elle-même prenait un fauteuil où elle tomba de faiblesse. Mais Lucas resta debout près de la porte, comme ceux qui prévoient leur congé.

« Soit, quel caprice t'amène ? » fit Maguelonne d'une voix tendue.

Celle qui lui répondit était lente et charmeuse :

« Laisse-moi te regarder... Il y a bel âge que je ne t'ai vue avec mes yeux de chair. »

L'épouse du pastelier se prêta de mauvaise grâce à cette fantaisie. Il s'en fallut de peu, à ce moment, qu'elle ne rompît l'entretien tout de bon, fâchée de s'exposer au scandale pour agréer son visiteur.

La curiosité l'entraîna pourtant à étudier à son tour les traits du teinturier, ce qu'elle fit du coin de l'œil. Dieu, que le temps s'était vengé de leur jeunesse ! Quel pillage affreux : ces rides, ces tavelures, la cendre tombée sur leurs cheveux ! Et puis, le visage familier portait ce jour-là les trophées les plus étranges : une lèvre pendante, un œil tuméfié, une tempe veinée de rouge...

« Tu as belle allure, avec cet œil noir et cette bouche en escargot bouilli ! Est-ce un commis qui t'a fait ce traitement ?

— Pentecôte ! Il ferait beau voir que les commis de teinture rossent les maîtres ! Non, mes bourreaux étaient de simples gens... Mais l'histoire est ennuyeuse, je la tairai. »

Toujours debout sur une jambe blessée, Lucas faisait la grimace.

« Allons, assez d'enfantillages, prends une chaise », proposa Maguelonne adoucie.

Le maître s'assit avec soulagement.

« Après tant d'années... soupira l'épouse du pastelier.

— Cinq, pour le moins ! admit le teinturier repassant sa barbe.

— Te voici maître de rouge, et le plus honoré.

— Un teinturier n'a pas de gloire... Mais toi, une dame en son hôtel ! Avec chambrière, écurie et escalier de pierre ! »

Maguelonne célébra d'un sourire ce compliment naïf.

L'entretien traversa un long silence. Des regards

étaient lancés de part et d'autre, déviés sitôt qu'ils se rencontraient. Les chaussons de Maguelonne, les sabots à bride du maître, tour à tour s'envolaient et touchaient terre, au rythme des jambes pliées et dépliées. Et tout le temps des lacets tortillés, des cheveux agacés, le bonnet chiffonné à force de tourments. C'était touchant de voir ces deux-là, en âge d'éviter les miroirs, faire des mines tels jouvenceau et jouvencelle au printemps de leur amour.

« Tu es jolie comme un coquelicot, hasarda Lucas qui ne savait rien de gracieux que de rouge.

— Dis-tu des sottises !

— Chaque jour que Dieu fait, je prie la Vierge de te garder de l'âge. On tolère mieux ses rides que celles d'une femme aimée.

— M'aimes-tu encore ? » fredonna Maguelonne.

Le ton badin, presque amusé — celui d'amants vieillis feuilletant leurs caresses d'antan —, désarmait la question. Elle n'en bouleversa pas moins le teinturier qui, pâlissant, le cœur battant à double croche, s'empêtra tel un béjaune :

« Eh bien, c'est-à-dire... Je suis marié à présent, j'ai un fils... Mais en vérité... »

À cet instant, la résonance inouïe d'une œillade, cette œillade qu'elle lui avait lancée en décrivant du doigt sa joue de pêche, jeta l'épice dans l'esprit du maître. Perdant la tête, Lucas se leva, bredouilla une excuse, puis avança titubant vers la femme dont il cueillit les mains dans les plis de la robe.

« Lucas ! gloussa Maguelonne, frétillante et ravie. Que fais-tu ? »

Il l'embrassait. Oh ! Ses mains sans baume ni bijoux, parfumées du bouquet ingénu des prairies ! Ses mains aux doigts de sureau tendre qu'il baisait en vertige, pressait et tourmentait !

« Mon adorée ! Mon adorée ! » chantait le teinturier dans l'intervalle de ses caresses.

Et, tandis qu'au-dessus le maître faisait sa cour, au-dessous Lucas se mettait prestement en condition d'aimer : les sabots tombaient, les aiguilles se dénouaient...

Maguelonne, impériale, rougissait de l'hommage du teinturier, luttait mollement pour soustraire ses poignets au déluge adorateur.

« Lucas, Lucas ! Tu t'égares ! Si quelqu'un venait... »

Au contraire du jeune Lucas qui se fût ri de l'objection, d'ailleurs toute de coquetterie, et n'en eût œuvré que de plus belle, Lucas le vieux l'entendit et la trouva prudente.

« Crois-tu ? On pourrait entrer ?

— Bien sûr ! » affirma, véhémente, Maguelonne qui croyait à une comédie d'amour.

Le teinturier n'était plus d'âge à s'échauffer des surprises. En effet, si quelqu'un venait ? Si la bonne poussait la porte, ou bien Fressard rentré de course ? Quelle circonstance affreuse !

Sa passion soufflée d'un coup, Maître Lucas écarta fébrilement l'épouse du pastelier.

« Tu as raison, Maguelonne, nous nous exposons. »

Activé d'angoisse comme il l'avait été de désir, le

teinturier fourra en hâte sa chemise dans ses chausses, ses bas dans ses sabots, tournant dix fois la tête pour s'assurer qu'on n'entrait pas.

L'épouse du pastelier assistait, furibonde, aux efforts du galant pour loger un bouton rebelle. Son habit restauré et sa chaise reprise, le maître s'efforça de raccrocher la conversation :

« L'affaire qui m'amène est pressante, Maguelonne. J'ai peu de temps. »

Toute ferveur oubliée, l'épouse du pastelier rabattit d'une main sèche le jupon qui escaladait ses jambes.

« Eh bien, puisque le temps vous est compté, teinturier, dites votre fait... »

Lucas commença l'exposé de ses malheurs. Il s'agissait de Fressard qui le harcelait, Fressard qui dressait la corporation des teinturiers contre lui et intriguait pour l'envoyer pendre. À moins d'un prompt secours, c'en serait bientôt fini des tissus au caméléon et du moulin de Figues. Lucas serait emprisonné, supplicié peut-être... Quant à Éléonore, son épouse, Dieu savait quel sort lui réservait l'ignoble pastelier !

Un regard assassin dissuada Lucas de jouer de cette corde.

« Qu'importe Éléonore, rectifia lâchement le maître, mais pour moi, tu peux faire quelque chose ? Ô, je t'en conjure, Maguelonne, parle-lui ! Qu'il renonce à ses poursuites ! »

Cette supplique, présentée d'une voix humble et presque larmoyante, obtint le résultat contraire à celui recherché. Maguelonne n'eut pas pitié, mais un violent haut-le-cœur devant la pleutrerie de Lucas. Tel était donc le véritable ressort de sa visite : le salut de son médiocre moulin ! Alors, ces baisers, ces étreintes — un détour pour gagner ses faveurs ? Oh ! l'ignoble individu !

L'épouse du pastelier toisa le vieil homme d'une moue méprisante.

« Crois bien que je n'en aurais pas appelé à toi si je n'avais été à la dernière extrémité, fit Lucas dans un sursaut d'orgueil. Mais à présent tout espoir est perdu. Cette nuit j'ai dormi en prison. J'en suis sorti grâce à ma barbe blanche. Ce n'est qu'un sursis. La maréchaussée est à ma porte, le bourreau dresse ses fourches... Ils n'attendent qu'un mot de Fressard pour s'emparer de moi ! Je t'en prie, Maguelonne, je t'implore à genoux ! »

Ce disant, le teinturier avait grotesquement plongé vers le sol et s'avançait dans cette posture, bras ouverts du martyr, face extasiée.

« Je t'adjure au nom de la couleur ! fit Lucas avec solennité. Le rouge, Maguelonne, le rouge au caméléon. Il est toute ma vie !

— Oui, la couleur t'est chère ! Vous autres teinturiers êtes amants de couleur, c'est sans doute pourquoi les femmes vous fuient. Ah ! comme j'ai de reconnaissance à mon père d'avoir préféré Joachim Fressard ! Quelle vie m'aurais-tu faite, Lucas, à cuisiner tes bains puants et à tourner tes boues ? »

Si fâché qu'il fût d'entendre insulter la couleur, Maître Lucas jugea politique de n'en rien laisser voir. Au contraire il sourit, rampa pour mieux plaire.

« Tu as raison, Maguelonne ! Mais venons au fait, ton mari pourrait entrer.

— Que m'importe qu'il aille, ou qu'il vienne ? éclata Maguelonne. Je n'éprouve rien pour Joachim Fressard. Celui que j'aime s'en est allé, me laissant un enfant au ventre et sa mort pour fardeau. »

Le pèlerinage des souvenirs était obligatoire. Maître Lucas prit la chaise, l'air accusé. Ce mouvement se mêlait toutefois d'un reste d'impatience qui fit bondir l'épouse du pastelier.

« Oui, tu soupires ! Il te coûte de m'entendre ! M'a-t-il coûté, à moi, d'endurer une ceinture de linge sur mon ventre pour t'épargner le déshonneur ? M'a-t-il coûté de perdre un fils en chutant de cheval ?

— L'enfant, je ne l'ai pas désiré », rappela piteusement le teinturier.

De la gorge de Maguelonne sortit un râle farouche, un rire empoisonné de haine :

« Hors d'ici ! Hors d'ici, créature ! »

Ses mains s'abattirent comme des oiseaux furieux sur Maître Lucas qui éleva ses grosses mains en défense. Cependant les coups pleuvaient si dru qu'il finit par quitter la chaise, renversée dans ce mouvement, et gagna la porte à reculons.

La volée cessa quand Lucas passa le seuil. Hélas ! c'était tomber de la poêle dans la braise, puisque accouraient déjà, gravissant l'escalier quatre à quatre, le garçon d'écurie et d'autres gaillards alertés par le bruit.

« Ce grison vous fait-il du tort ? » demanda le palefrenier en pointant Lucas du doigt.

Maguelonne manquait de souffle pour répondre. Cependant un déchirement suspect de sa manche, un lacet rompu et un bouton délogé rendaient superflu tout témoignage. Les serviteurs s'emparèrent sans ménagement du vieil homme.

« Ton compte est bon, barrique ! »

L'épouse du pastelier ne fit rien contre le malentendu qui piégeait le maître. De son côté il eut beau se débattre, donner bruyamment sa version des faits, personne ne l'entendit.

Remis à la maréchaussée, Lucas retrouva le cachot qu'il avait quitté le matin même. Il y passa une nouvelle nuit.

La visite de Maître Lucas à Castelviel ne fut d'aucun bénéfice pour les affaires du teinturier. Non seulement Maguelonne garda le silence devant son époux, ignorant le service dont on l'avait priée, mais encore elle n'opposa aucun démenti au témoignage d'une servante, laquelle, interrogée par Fressard, avait rapporté l'agitation suspecte qui régnait pendant l'entrevue.

« J'ignore votre part dans l'affaire, déclara fraîchement le pastelier à sa femme, et si Maître Lucas trouva chez moi la Vertu qui le repoussa, ou le Vice qui lui ouvrit ses jambes... Ce que je sais, c'est que le grison va se repentir d'avoir franchi le seuil de ma maison ! »

De fait, la malveillance du pastelier à l'égard de Lucas se trouva comme activée de l'incident : à présent que de tels soupçons pesaient sur le maître, Joachim Fressard ne se faisait plus scrupule d'agir contre lui. On eût pu le blâmer d'envoyer au cachot son rival en affaires ; mais quelle clémence requérir pour l'amant de sa femme, ou l'homme qui l'avait violentée ?

Les événements, du reste, ne tardèrent pas à faire jouer cet avantage du pastelier.

Un mois ne s'était pas écoulé qu'était déjà réuni, à la requête de Maître Boniface, un comité de teinturiers chargés d'enquêter sur l'affaire de l'embuscade. L'arrogance de Lucas lors des interrogatoires, sa maladresse à assurer sa propre défense en hâtèrent les conclusions : il fut résolu et voté en assemblée plénière que la corporation tenait le teinturier pour « hautement suspect » de la capture et des sévices supportés par le prévôt, en considération de quoi l'accusé fut déchu de sa qualité de maître, frustré du privilège de teindre et affligé d'une lourde amende.

La somme était assez considérable pour justifier la liquidation du moulin de Figues et de son équipement de teinture, ensemble dont Joachim Fressard se porta aussitôt acquéreur. « Mon devoir d'homme du bleu est d'assister un confrère du rouge, déclara le pastelier lors des enchères. Il ne sera pas dit que du moulin de Figues, on a fait une étable ou une grange à fumier ! »

La justice du roi devait bientôt suivre la justice du métier.

Ceux qui avaient vu Fressard arpenter les rues en grande camaraderie avec Maître Boniface, son adversaire de naguère qu'il entretenait cordialement et tenait par le bras, le rencontrèrent ensuite aux côtés du bailli, guidant en familier la bride de son cheval et apportant, au fil de leur conversation, des raisons pressantes d'incriminer Maître Lucas — un « homme malfaisant », affirmait le pastelier, au demeurant déjà « tenu en procès par l'assemblée de la corporation ».

Le bailli ne se méfiait de personne, mais craignait comme la peste d'être tenu pour complaisant. Aussi prêta-t-il une oreille attentive au discours de Fressard, et, dès son retour au palais, fit inscrire l'affaire à l'ordre du jour de ses assises.

Le tribunal royal siégea quelques jours plus tard au coustou de Saint-Salvi. Puisque l'accusé faisait l'objet de sanctions par la corporation, puisque surtout le bailli semblait lui porter un intérêt spécial, on se contenta d'enregistrer la culpabilité de Maître Lucas et de prolonger sur sa personne le châtiment qui avait frappé ses biens. Le doute qui subsistait s'inscrivit seulement dans la nature de la peine, laquelle ne fut pas de bûcher, d'écartèlement, d'estrapade ni d'aucun supplice corporel, mais de prison où le teinturier fut adressé à vie.

Persuadé que son bourreau était dans les fers, Maître Boniface se rangea à l'avis du pastelier qui lui conseillait de quitter la charge de prévôt pour prendre sa retraite. Un nouveau chef de la corporation sortit du rang des jurés : c'était Maître Guillaume, un artisan du bleu, homme des plus doux et des plus malléables dont l'élection fut accueillie avec satisfaction par Joachim Fressard.

Désormais, tous les obstacles à l'ascension des tissus à la Vierge étaient levés...

X

Ce fut une année de deuil pour le moulin de Figues et les tissus au caméléon.

Ceux qui avaient connu la place dans sa belle saison, au temps où les amas de garance montaient à hauteur d'homme devant les cuves fumantes, où les charrettes faisaient procession dans la cour et les clients au comptoir de la boutique, ceux-là ne pouvaient croire leurs yeux de ce qu'ils voyaient.

Au lieu du fier moulin de naguère, une bâtisse désertée : le préau envahi de feuilles qu'on ne ratissait plus ; les murs ridés avant l'âge, prochaines victimes du lierre ; les fenêtres borgnes où perchait la pigeonnaille ; le puits laissé aux grenouilles...

Dans l'atelier silencieux, sous les poutres suintant continuellement de pluie, les crottes des rats se mêlaient aux déchets de teinture. Le maître ne travaillait plus depuis les événements de la Mère Dieu Grosse, aussi la pourriture s'était-elle emparée des tissus laissés au bain, comme elle gagnait, par vagues douces et répugnantes, les corbeilles de plantes fraîches. Un linceul de brume flottait à l'entour du séchoir, moins haleine du fleuve que vestige de cendre — celle, sans allégement, qui monte au crépuscule des bûchers de justice.

Tant de misère alimentait la profonde détresse du teinturier et de son épouse.

Maître Lucas avait cessé de paraître en ville quand il avait renoncé à teindre. Depuis qu'il gardait la chambre, Éléonore faisait son seul lien avec le monde. C'était elle qui servait ses repas, changeait son linge et taillait sa barbe; hélas! c'était elle aussi qui donnait des nouvelles du dehors — tristes nouvelles, s'assombrissant toujours : la corporation enquêtait sur lui, le bailli ouvrait son procès, il était frappé d'une amende...

Bientôt, l'espoir qui veillait en Lucas telle une flamme sourde et obstinée s'éteignit tout à fait. Il sut qu'il irait en prison, et se disposa à attendre les maréchaux comme on attend la foudre sous un arbre mouillé. Ainsi négligea-t-il de contrôler la vente de ses biens, qu'il laissa conduire par les mandataires du roi et de la corporation. Aux enchères, le moulin avec son mobilier partit au quart de sa valeur; les stocks de plantes à couleur furent bradés.

Amère d'assister au dépouillement du domaine, à l'invasion des gens de justice qui entraient à Figues comme en terre conquise, la fille aux doigts d'arc-en-ciel offrit son entremise à Maître Lucas :

« Repose-toi sur moi du soin de cette affaire! Je n'ai pas grand talent pour former les couleurs, et sans doute fallait-il m'éloigner des cuves, où je n'ai employé mon temps qu'à briser des pelles et gâcher le bois. Mais compte sur ton Éléonore en matière d'acheter et de vendre ! On n'a pas tenu longtemps un ménage, et gouverné vingt ans l'engeance redoutable des valets de maison, sans connaître un peu son monde... En somme, il n'y a pas loin de l'intendance des chandelles à celle des domaines, et pour qui fait chaque semaine le marché de la Plassa, trafiquer d'un moulin n'est pas si forte chose ! »

Mais le maître, piètre administrateur de ses biens, se montrait curieusement résolu sur la manière de les perdre.

« C'est hors de question, Éléonore. Il ferait beau voir qu'une femme gouverne les affaires de son mari. Veux-tu donner à mes frères de teinture motif à se gausser de moi, quand ils savourent déjà ma disgrâce ? Non, nous laisserons ces vautours se repaître de Figues... J'entrerai au cachot tête haute.

— Si tu vas au cachot, je t'apporterai du pain et des terrines ! » promettait la fille aux doigts d'arc-en-ciel.

Pendant les semaines qui précédèrent l'emprisonnement de Lucas, le moulin de Figues entra en agonie.

La vente réalisée, tous les huissiers, mandataires et autres agents d'affaires s'étaient évanouis comme la rosée du jour. Ils laissaient des bâches sur les cuves, des sceaux sur les portes et jusqu'au milieu de la cour, les meubles massifs à déménager plus tard. L'aspect du moulin était si désolant qu'Éléonore se prit à regretter les fâcheux d'hier. C'était malheur de voir la haute façade, naguère fardée de rouge par la poudre des plantes, blêmir comme les maisons qu'on délaisse. C'était malheur de respirer à l'entour des cuves, non plus le parfum salubre de la sueur, mais les miasmes des tissus en décomposition.

Or le malheur est l'aubaine des vilains, de même que la mort dresse le festin de la vermine. Quand s'annonça la fin du moulin, ce qui restait des domestiques se rua sur le butin promis à dispersion. Les caches naïves de Lucas — chaufferette ou salière, huche ou marmite — furent pillées ; les coffres qu'on voulait ouvrir, jetés sans vergogne du haut des fenêtres. Éléonore avait beau monter la garde, elle ne pouvait empêcher les apprentis de garnir leurs manches ni le bouffant de leur chemise. Ceux qu'elle renvoyait s'introduisaient de nuit en escaladant le mur de la cour et, familiers des lieux, faisaient plus de tort qu'en plein jour.

Ainsi disparurent tour à tour la vaisselle d'étain, le linge brodé, les bijoux d'Éléonore et les manteaux fourrés du maître, avec naturellement, sou après sou, la recette de plusieurs années de teinture... Il ne fut pas jusqu'aux clefs, toujours bonnes à fondre ; jusqu'au sel, denrée coûteuse, qui ne fussent passés dans les mains des larrons. Leur disparition fit interdire des portes qu'on ne pouvait plus ouvrir, et chancir dans son pot la viande non conservée.

Le moulin était vide. Il manquait un banc pour s'asseoir et un lit pour s'étendre. Dans la cheminée, ranimée aux premières pluies de l'hiver, la bûche brûlait en plein vent, sans chenets ni panneaux propres à en rassembler la flamme — les uns et les autres ayant été soit volés, soit vendus.

« Allons-nous mourir de froid ? s'émouvait la fille aux doigts d'arc-en-ciel, grelottant dans sa dernière robe.

— N'aie point de souci. La maréchaussée m'aura pris bien avant l'Avent... Quand je partirai, tu trouveras refuge chez ta sœur où l'on fait grand feu au jour et à la nuit. »

Comme Lucas l'avait prédit, les sergents du bailli heurtèrent bientôt à la porte de Figues. Le teinturier se laissa conduire sans résistance. Éléonore demeura seule quelques jours, puis partit à pied pour la maison de sa sœur.

Tandis que s'éteignait le moulin de Figues, l'atelier de Signac s'éveillait dans une aube radieuse.

Quelques mois avaient suffi pour amener les tissus à la Vierge du dessous au dessus de la pile, et du dernier au premier rang de l'étalage. Les étoffes marquées du sceau de Simon se répandaient comme le feu dans la broussaille, ralliant au bleu des territoires entiers de marchandise, progressant par enfoncements dans le front du rouge dont la mode reculait à vue d'œil.

C'était miracle de voir les boutiques migrer si promptement d'une couleur vers sa rivale, pareilles aux feuilles de l'olivier qu'une brise retourne du gris vers l'argent. Ce mouvement inspirait, plus lente, la mue des habits et des robes, dont les progrès se pouvaient lire aux divers étages de la population. Première à adopter le bleu de Simon, la gentilhommerie avait lancé la mode. Puis ce fut le tour de l'élite marchande, ces bourgeois épaissis dont le pas se réglait sur celui des bien nés. Enfin la bourgeoisie moyenne, avide d'intégrer celle-là, endossa la couleur favorite, renseignant le peuple sur le goût du temps.

Les drapiers n'avaient pas tardé à prendre le pouls de la clientèle : les bourgeois demandaient le bleu à la Vierge, aussi faisaient-ils forte provision de ce bleu pour les satisfaire. Tel drapier qui avait boudé les livraisons de Joachim Fressard les invitait à présent, et même payait double pour en acquérir l'exclusivité. Son voisin, hier dévoué à Maître Lucas, soutenait que le père avait fait son temps, que la valeur était passée chez le fils — et lui achetait.

Tout autre que Fressard eût dénoncé la versatilité des drapiers. Mais chez lui, le cœur battait près de la bourse. Par principe, le pastelier ne condamnait rien qui servît ses affaires. Qu'importe, ces sourires peints, ces flatteries de commande, s'ils promettaient des bénéfices ?

« Nous n'avons plus d'ennemis, nos concurrents s'essoufflent, exultait Joachim. Voici venu le temps de la récolte. »

La carrière des tissus à la Vierge épousait celle des tissus au caméléon : inaugurée par l'engouement de la clientèle, elle s'était fortifiée de l'intérêt du négoce, le petit puis le gros, avant de culminer dans l'attachement du peuple.

De même qu'on avait loué le rouge au caméléon de Maître Lucas, on rima des chansons sur le bleu à la Vierge. Des chopes ou des tabatières reçurent le menton belliqueux de Simon. Cette succession familiale plaisait aux artistes : ils firent s'affronter le maître et le compagnon, c'est-à-dire la Vierge et le caméléon, dont Marie sortait victorieuse en jetant son manteau bleu sur la rouge carapace du reptile.

Pour autant, Joachim Fressard n'était pas Lucas Terrefort, et les ambitions du pastelier n'épousaient guère l'idéal du maître.

Là où s'étaient illustrées la constance et la sobriété de l'un, jouèrent les caprices et l'avidité de l'autre. Tout fut à l'avenant : au lieu de Lucas se détournant des négociants, il y eut Fressard s'alliant aux plus gros; au lieu du maître rationnant les commandes, il y eut Joachim les amplifiant, prêt à teindre médiocrement s'il fallait teindre vite.

L'obsession de Fressard devint le gain, qu'il voulut tirer de chacun et prendre à tout le monde. De l'aube jusqu'à la nuit, le maître de Castelviel harcelait les drapiers de bleu, leur dictant toujours plus de pièces dont il fixait le cours selon son caprice. Exigeait-on d'être livré le jour même? C'était faisable, à condition de passer double commande pour la saison prochaine. Voulait-on recourir au crédit? Le pastelier le pratiquait, mais chargé d'intérêts marginaux qui plombaient la facture.

Comme de raison, les drapiers détestaient Joachim Fressard. Chacun pourtant se voulait son fidèle, rêvant d'avoir sur cette âme lisse une prise sensible. Or de cela, le pastelier faisait un nouvel instrument de conquête : priant l'un à trinquer en taverne, l'autre à souper chez lui, Fressard entretenait partout l'illusion de la camaraderie. C'était une dette d'amitié dont les marchands s'acquittaient au comptant, en achetant plus gros et plus souvent.

Invinciblement, au mépris de tous, la fortune du pastelier enflait et l'empire du bleu s'étendait sur la ville.

Tant de remous et de projets laissaient Simon aussi froid qu'un galet.

Non pas que la destinée du bleu lui fût indifférente, mais autre chose, à ce moment, absorbait son esprit : toute vie comporte un âge actif, où l'on entreprend dans le monde et avec les autres, et un âge latent, où l'on s'efforce solitairement à l'expression de soi. Le compagnon abordait le second.

Les ressorts de sa première jeunesse s'étaient détendus : désormais il aspirait moins à la renommée qu'à l'aboutissement de son chef-d'œuvre, ce bleu magistral dont Fressard lui avait habilement procuré l'idéal. Cette création seule, croyait-il, prouverait la maturité de son art; elle ferait mieux, en servant son espoir de passer maître.

Poursuivant telle étoile, Simon n'avait guère d'attention pour les péripéties du bleu. Il s'en fallait de beaucoup, du reste, que Fressard lui confiât ses réussites : « Les affaires vont comme elles peuvent », disait le pastelier pour donner des nouvelles. Mais, à l'appui de ces paroles vagues, aucun chiffre ni aucun détail. Si forte fût l'inflation des recettes, la rétribution du compagnon restait la même : cinq livres et dix sous tournois le mois, sans un denier de plus. La commission du teinturier devenait salaire — et un salaire fort médiocre, au regard des sommes considérables encaissées par le pastelier.

Simon s'en indignait dans ses moments de clairvoyance.

«Joachim, mon bleu est partout sur le marché de la Plassa ! Se peut-il qu'une couleur fameuse rémunère si peu ?

— C'est qu'il est ruineux de la faire connaître, protestait Joachim. Croyez-vous que le bleu à la Vierge se soit propagé par faveur divine, et que les bateliers du Tarn, les voituriers de Montauban l'acheminent pour rien ? Au contraire, leurs services nous coûtent fort cher et, sur chaque livre gagnée, il faut retrancher quinze sous tournois pour ces profiteurs.

— Cinq restent à notre usage, insistait Simon, soit tout de même quelques bonnes poignées d'écus, au rapport des vingt pièces que donnent chaque jour mes bains ! Or ma bourse n'a jamais porté telle fortune ! »

Patient, Fressard sortait de sa poche un carnet de comptes, y griffonnait de-ci de-là des chiffres illisibles.

« Vous oubliez la part des boutiquiers, compagnon, le coût du drap blanc et celui du pastel. Vous omettez le loyer de la maison, des cuves ; les aides sur la marchandise ; les traites à débourser lorsqu'elle passe une frontière, les tonlieux retenus pour l'étalage au marché... Que faites-vous du péage ? La toile en pièce qui franchit le pont d'Albi doit trois deniers, et c'est plus à Toulouse, le double à Bordeaux. Pour accompagner nos tissus, je paye des facteurs ; pour en arranger la vente, des courtiers. Il faut compter avec les naufrages, communs vers l'Angleterre : au nom du droit d'épave, les villageois s'attribuent la marchandise échouée...

— De grâce ! » l'interrompait le compagnon pris de vertige.

Mais Fressard voulait marquer son avantage.

« Au demeurant, seriez-vous mécontent de moi et tenté de rompre notre contrat, je m'y résignerais, malgré la grande peine que j'en aurais. Il n'est pas dans ma nature de contraindre. Je veux pour associés des hommes venus en espoir, restés en confiance. »

Simon approuvait distraitement. Il avait déjà renoncé à discuter les comptes du pastelier, comme d'ailleurs à évoquer le train fastueux dont son associé faisait étalage, depuis l'avènement du bleu : ces pourpoints fourrés d'agneau noir à la mode bourguignonne, ces bagues en telles grosseur et profusion qu'il ne pouvait tenir ses doigts serrés ; et encore la tour dont il avait flanqué un côté de son hôtel, avec une chambre au sommet où l'on dînait parmi les paons et les oiseaux de plaisance — la rumeur disait qu'on y montait les plats au moyen d'une poulie d'argent pur...

Peu lui importait, en somme. Fressard vendait, Simon teignait ; l'un et l'autre avec passion et même fièvre, jugeant absurde tout ce qui autour d'eux n'était pas l'argent, n'était pas la couleur... Mieux qu'un contrat, cette ferveur partagée donnait raison au rapprochement des deux hommes, expliquait l'emboîtement de leurs natures si dissemblables.

« Notre but suprême, notre visée unique : l'azur ! » avait dit Fressard. Et Simon l'approuvait.

C'était un train tout nouveau qu'avait pris le compagnon depuis son séjour au cachot.

Lui volontiers musard, et qui naguère n'avait boudé ni la sieste ni les relâches paresseuses dans le jardin de Figues, embrassait désormais la religion du travail, qu'il servait dévotement et de toute son âme.

Levé à laudes, bien avant ses pairs, le teinturier commençait la journée par des prières. Oraison était dite au Seigneur, qu'il remerciait de l'avoir gardé en vie jusqu'à cette heure — *Gracias ago tibi, qui me de transacto noctis spacio ad matutinales horas...* — puis à Notre-Dame, la Vierge révérée et chérie, invoquée dans un style plus personnel et d'ailleurs en français : *Ô espérance très certaine, glorieuse Vierge Marie ! Je te prie maintenant qu'au moment où mes yeux seront si aggravés de l'obscurité de la mort...*

Ce devoir accompli, le compagnon passait sa chemise, chaussait ses braies, vêtait sa futaine, coiffait son chaperon, enfilait ses chausses, entrait dans ses souliers et pour finir aspergeait son visage de l'eau froide puisée la veille. S'il mêlait quelque copeau de suif à ces ablutions, c'était toujours au bénéfice de ses ongles, autrefois rouges et désormais bleus, dont il gardait une gêne tenace.

Après le déjeuner commençait l'œuvre de teinture. Ces heures d'avant l'aube où la lumière manquait pour juger proprement des couleurs accueillaient de menues corvées, telles que vidanger les cuves ou balayer la salle. Simon s'y employait discrètement, à la lueur d'une chandelle posée sur le sol, sinon à la clarté de la lune : le règlement en effet défendait aux teinturiers d'exercer leur métier avant le jour, et c'était s'exposer grièvement que de passer outre.

Bientôt, le soleil pointant au Bout-du-Pont l'entraînait à la tâche. Rebrassant ses manches, mouillant ses paupières pour s'éclaircir la vue, le compagnon mettait ses cuves en train : les grands chaudrons, ronflants et fumants comme des vaisseaux de guerre, s'ébranlaient dans l'incendie de l'aube. De vivantes pelletées d'agranat, de cendre ou de son tombaient en pluie sur les bains. Autre part, à l'abri de la champagne retournée, dormait la toile à teindre. Elle était blanche et virginale, pareille à une jeune fille sous sa robe clochette. Mais déjà, la plongée virile du râble au fond de l'eau annonçait la défloration à venir : dans un moment, le pastel couvrirait la toile, l'épouserait dans ses replis intimes, précipitant la pucelle dans une petite mort, la fécondant enfin d'une semence azur...

De ce culte familier, servi jour après jour, naissaient des rituels. Jusqu'à la nuit, le compagnon suivrait l'enchaînement dont le râble trouant le bain avait été l'origine : il brasserait, il pallierait, il écoperait, et mille autres tâches accomplies dans un quasi-vertige, tout son corps et tout son esprit tendus vers le bleu, ses lèvres serrées ne s'animant que pour offrir une courte prière à la Vierge.

Le travail devenait son tyran. Depuis qu'il avait épousé l'idéal du bleu, Simon se retranchait progressivement du monde. Le compagnon n'éprouvait plus pour les siens qu'un intérêt dégagé, ne les admettait qu'à la lisière de ses pensées. Son père entrait au cachot, sa mère vivait pauvrement ? Il l'avait appris sans émotion. Le moulin de Figues devenait le bien de Joachim Fressard ? Il n'en ressentait aucune amertume.

Ce singulier détachement n'épargnait pas Maguelonne.

Certes, Simon continuait de la recevoir, une fois le mois, le jour qu'elle décidait. Leurs étreintes comblaient le compagnon, et davantage à mesure que le temps mêlait la complicité au désir. Mais, tandis qu'autrefois l'absence de Maguelonne lui coûtait, à présent Simon s'en arrangeait, trouvait un agrément nouveau à la solitude.

Quand son amante n'était plus avec lui, le teinturier l'oubliait presque. Un souvenir restait, mais comme subsiste d'éruptions anciennes une lave qui court profondément sous la terre. Simon n'éprouvait ni tourment ni chagrin — seulement, dans les moments où sa solitude était plus exposée, une gêne, petite démangeaison de l'âme.

C'était au crépuscule, quand le bain préparé et pourvu des tissus à teindre ne réclamait plus ses soins. C'était pendant les longues relâches dictées par les recettes difficiles, ou bien à l'heure du goûter consistant dans une moitié d'oignon sur un quignon de pain.

Ce temps dont il avait creusé chaque seconde et qui soudain s'offrait avec prodigalité, donnait au compagnon une sorte de vertige. Des lieux, des visages tournaient en essaim bourdonnant à l'intérieur de son crâne. Le compagnon songeait à Lucas et à Éléonore, visitait en imagination le moulin de Figues. La chapelle forestière, devenue dans l'épaisseur des jours presque immatérielle, flottait comme un voile nuptial autour de la madone d'un bleu pur. Enfin Maguelonne apparaissait, empruntant brièvement ses traits à ceux de la Vierge, tandis que le nimbe aérien prenait consistance de chair. L'épouse du pastelier s'éveillait à l'abri des paupières de Simon : son ventre vivait, sa poitrine au contour de figue mûre, ses cuisses tirées comme une lame neuve du fourreau ondoyant de la robe. Un sang rouge et fougueux déferlait dans les veines du compagnon.

« Maguelonne... » soupirait le teinturier en pressant ses mains contre le flanc chaud de la cuve.

Cependant la fièvre déclinait, s'éteignait bientôt en emportant formes et visages.

Hagard, Simon reprenait la pelle et l'œuvre de teinture.

XI

Le triomphe des tissus à la Vierge devenait si éclatant, et leur carrière si remarquable, qu'ils déterminèrent Joachim Fressard à donner un banquet en l'honneur du bleu.

La date fut bientôt arrêtée : ce serait la veille de la Saint-Blaise, jour de la Chandeleur de l'an de grâce 1443, où l'on célébrait la Purification de la Vierge Marie. Voilà, pensait le pastelier, qui ferait un joli raccord à la dédicataire des tissus de Simon, tout en l'établissant bon chrétien aux yeux de la clientèle.

Le choix des convives était d'une autre trempe : Fressard, pragmatique, voulait à sa table qui pourrait le servir et non qui lui était acquis. Il écarta d'emblée drapiers, négociants et banquiers, déjà esclaves de sa fortune. À quoi bon se mettre en frais pour ceux-là, puisque, régalés ou non, ils feraient sa volonté ?

Sa préférence allait aux politiques : les amitiés de robe et d'hermine procuraient d'intéressants passe-droits pour les affaires. Les consuls et les échevins d'Albi, le gouverneur, le bailli avec ses lieutenants méritaient donc leur couvert.

Restait à trouver le moyen d'attirer ces hauts personnages au festin d'un marchand. La tactique la plus sûre était d'étaler le luxe et la dépense. Fressard résolut d'enquêter sur les banquets donnés à Toulouse dans le siècle courant : il prendrait modèle sur les plus fastueux quant aux mets qu'on y avait servis. Pour le nombre d'écuelles, le maître de Castelviel s'engageait à surpasser quiconque. L'important était d'être en tout supérieur, en tout magnifique, cette folle dépense dût-elle infliger quelques années de labeur au compagnon...

« Simon ! » songea tardivement le pastelier qui compléta la liste des invités. Ce nom lui ayant remis à l'esprit la corporation de teinture, une annexe fut ouverte pour ces « ongles bleus » ou ces « ongles rouges » qu'il fallait bien recevoir, à condition de les distribuer convenablement dans la salle du banquet. Quoi de plus incongru, en effet, qu'un officier du roi partageant son écuelle avec Maître Boniface ? Une table à l'écart, retranchée derrière un rang de domestiques, préviendrait les risques de voisinage.

Ces détails arrêtés, Fressard prit les dispositions pour faire publier le banquet et convier ceux qui devaient l'être.

Bientôt la Chandeleur arriva.

En prévision du festin, une aile avait été construite qui allongeait l'hôtel de moitié. Jamais Albi n'avait connu pareille splendeur. Des tentures à motifs bibliques, des tapisseries d'Arras couvraient la maçonnerie encore fraîche des murs. Les fenêtres fléchées montaient vers la charpente en cœur de chêne en s'habillant de rameaux de verdure et d'opulents festons de fleurs. Le pavement lui-même était jonché de roses d'hiver et de lys, auxquels le pastelier avait eu l'esprit de mêler, semis délicat au parfum de miel, de jeunes nébuleuses de pastel.

Tant de dépense faisait presque oublier la vaisselle non moins soignée : aiguières et hanaps à pied du plus bel ouvrage, drageoirs ciselés, salières d'argent, tranchoirs aux manches incrustés de joyaux... L'ensemble baignant dans le nimbe céleste d'une profusion de cierges, montés par lots sur des girandoles fleuries, afin d'honorer la Vierge qui se nommait ce jour-là « Marie des chandelles ».

Inappréciable pour le commun, ce faste extravagant fut goûté en connaisseur par les gentilshommes.

« Monsieur... », admira sobrement le gouverneur.

Dans la bouche d'un personnage aussi éminent, ce simple mot valait rente à vie. Le pastelier se sentit couronné par les anges.

« Cette nappe est teinte avec mon pastel », parada Fressard.

Puis, soulevant un coin pour révéler le chiffre du compagnon — Marie auréolé d'étoiles :

« C'est le bleu à la Vierge... »

Le gouverneur réitéra son « Monsieur ! » dont Joachim fut bombardé de joie.

Ce dialogue avait appelé l'attention sur la nappe

qu'on approchait, qu'on maniait avec ravissement. Les invités découvrirent qu'autour d'eux, tout ou presque était bleu : bleue la livrée des serviteurs, bleus les paons qui paradaient devant la cheminée, bleues les corbeilles de pervenches dressées sur les tables, bleus les saphirs du diadème de Maguelonne... Bleue aussi l'eau à boire, où des pétales de mûrier avaient longuement infusé avec le miel et la réglisse.

À un certain moment, le maître d'hôtel qui se tenait derrière l'estrade des invités de marque fit signe aux musiciens alignés sur le côté de la salle. Les trompettes à long tuyau se cabrèrent et sonnèrent le début du repas. Cet appel mit en branle toute la domesticité. Munis qui d'une cruche, qui d'un tranchoir, qui encore d'une paire de cuvettes pour la toilette des mains, de jeunes pages aux bonnets emplumés s'avancèrent ensemble vers les tables où les invités avaient pris place.

Depuis son fauteuil, dressé tout à côté des chaises du bailli et du gouverneur, Fressard couvrait d'un regard d'aigle le ballet gracieux et discipliné.

« N'est-ce pas qu'ils sont beaux ? demanda le pastelier au bailli, dont la réserve l'agaçait.

— Magnifiques, en vérité ! répondit l'officier du roi. Je connais bien des princes qui n'ont pas tel service.

— C'est donc qu'il me faut devenir prince ! rebondit ingénument le pastelier. Baron de Fressard, vicomte de Fressard, voilà qui plaît à entendre ! D'ailleurs, ne dit-on pas d'un gentilhomme, en

Castille, qu'il a *la sangre azul*? Le sang bleu ! En est-il un plus digne de couler dans mes veines ? Que vous en semble, gouverneur ? »

Le gouverneur pressa sa main lourdement baguée sur son ventre. Il avait en effet l'estomac capricieux, sujet à des crises qui, par extraordinaire, se déclaraient toujours derrière les questions embarrassantes.

« J'ai grand-faim », intervint fraternellement le bailli.

Empressé, le pastelier fit signe à son maître d'hôtel. Les trompettes cornèrent de nouveau. « Premier mets ! » annonça le crieur sous un faisceau d'étendards.

Alors, aux quatre portes de la salle, se formèrent de longues files de pages chargés des plats du premier service. Les invités suivaient du regard ces porteurs à l'étonnant costume : un pourpoint dont les boutons haricots affectaient la forme de gousses de pastel ; un bonnet pointu rehaussé d'une broche de turquoise, qui rimait élégamment avec la touffe de lin fleuri prise à l'épaule. Leur déploiement entre les tables semblait la roue majestueuse d'un paon.

Simon, arrivé tard, n'osa pas rompre la procession des pages. Il attendit donc le dépôt des plats, et l'entrée en jeu des écuyers tranchants qui relayaient les écuyers porteurs, avant de chercher sa place. Elle n'était pas auprès de Fressard : toutes les chaises étaient occupées. Les tables voisines ne pouvaient pas davantage l'accueillir. À force de déambulations et de questions timides, le compagnon découvrit où on l'avait logé : c'était sur le banc des teinturiers, si distinctement mis à part du banquet qu'il donnait l'impression d'en recevoir le relief, comme une tablée de mendiants. Là étaient installés Maître Boniface, Maître Charles, Maître Guillaume et d'autres maîtres qui n'avaient pas la qualité de jurés.

L'accueil fut rien moins qu'amical. Honteux de leur exil, les teinturiers semblaient vouloir s'en payer sur le nouvel arrivant. Aussi bien, n'était-il pas l'associé de Fressard ?

« Holà, compagnon ! lança Maître Guillaume. On vous assoit avec les galeux ! Bel hommage que rend Fressard à votre teinture ! Il faut croire qu'il vous tient en pauvre estime, enfin qu'il a soin de sa gloire plutôt que de votre mérite ! »

Simon fut peiné de cette réception. Mais l'esprit de corps prévalait, et Guillaume s'en tint là.

D'autres paroles vinrent, plus aimables. Elles concernaient la nappe bleue que les maîtres maniaient sur leurs genoux, étudiaient avec compétence.

« C'est belle teinture, Simon, reconnut Maître Albert. J'ignore l'art d'obtenir un bleu si franc, qui ne pâlit pas lorsqu'on pince la fibre. Quel mordant emploies-tu ? »

Le compagnon sourit à la feinte. Il se déroba poétiquement, arguant d'un secret si délicat qu'il « s'éventait comme parfum au débouché du flacon ». Mais Boniface le prit à revers :

« Ce tissu a sous mes doigts le lissé d'une amande. Pareil vernis n'est pas d'étoffe mais de couleur. Confesse, Simon, que tu nourris d'huile le bain à teindre !

— ... Ou d'indigo ! lança un autre maître. Car on n'a pas écume si bleue sans y tremper la pierre d'Orient. »

La finesse des maîtres, balançant l'astuce non moins grande du compagnon qui répondait sans répondre, installa un bon rire à la table des teinturiers. C'était une joie de se sentir ensemble, écartés peut-être, mais unis, et jouissant familièrement des blandices de la couleur.

Maître Boniface profita du vent favorable pour semer la bonne nouvelle :

« Te voici parvenu, compagnon. Le tissu à la Vierge est renommé, ton atelier prospère. As-tu songé à passer ta maîtrise ? »

À ce mot qui proclamait ses espoirs les moins confiés, le compagnon sentit flamber sa tache rouge.

« Oui, poursuivit l'ancien prévôt, car enfin la disgrâce de Lucas a laissé sans honneur le nom des Terrefort. La relève est à prendre.

— J'en rêve ! confessa Simon.

— Est-il temps de prévoir le rassemblement des jurés ?

— Il serait sot d'attendre.

— Quand donc ? Sans doute es-tu très affairé ?

— La mi-septembre, avança le compagnon, ravi de tant d'égards.

— La mi-septembre, si fait... Convenons la Sainte-Adelphe, car ensuite sont les vigiles de la Sainte Croix, il n'est pas séant de faire banquet un jour de maigre. »

L'allusion au repas donné par le maître nouvellement reçu fit le compagnon se dilater d'aise. En deviser si simplement lui faisait croire avoir déjà passé l'épreuve. Il répondit avec élan à la coupe que Maître Guillaume avait levée pour porter une santé.

« À Maître Simon ! lança le prévôt.

— À Maître Simon ! » doublèrent les teinturiers.

Dix coupes s'entrebaisèrent.

Le vin de malvoisie fouettait l'appétit. Maître Boniface le fit savoir :

« Et maintenant, penchons-nous s'il vous plaît sur nos écuelles. Il est connu qu'un aveugle a le nez fort long, or ce que je flaire ici n'est pas bouillie à pourceau. »

C'était table d'abbé, en effet, que celle du pastelier. Jusqu'à matines, viandes charnues, tourtes et pâtés montagneux accablèrent les dîneurs. Il n'y avait plus âme vive dans la salle du banquet, mais des bourgeois crevant du supplice de la barrique, la braguette béante, le col ouvert, respirant avec le bruit d'un soufflet de forge. Plusieurs sommeillaient, étendus sur les bancs ou par terre.

Seules la table des teinturiers, moins bien pourvue, et la table de Fressard, dont les occupants étaient endurants aux festins, acceptèrent le boutehors de vin sucré que les pages s'acharnaient à servir. On y avait longuement débattu, utilement discuté, de quoi jouir sereinement de cette dernière gâterie.

Du côté du pastelier, les trophées étaient splendides. Le bailli et le gouverneur ne pouvant décemment se soustraire à ses questions, Fressard avait eu tout loisir de les tourmenter, de les pousser pied à pied vers l'issue qu'il désirait. Le temps pour les cierges de rapetisser en moignon de cire, l'affaire était faite : le bailli s'engageait à protéger le commerce des tissus à la Vierge en le dispensant de nombreuses taxes ; le gouverneur, à plaider devant le roi l'élévation de Fressard au titre de baron.

Simon n'avait rien conquis de si glorieux. Mais le rang de maître qu'on lui promettait valait à ses yeux tous les biens de la terre. Il goûtait d'y rêver, il jouissait surtout de s'en croire digne, auprès des maîtres qui le traitaient en pair, lui disaient « tu » et flaconnaient à sa santé... ces maîtres dont certains seraient ses jurés le jour de l'examen !

L'heureuse issue du banquet répandait des sourires parmi les tablées. On se croyait à point de finir sur cette jolie note, quand Joachim Fressard leva sa coupe, introduit par une nouvelle clameur de trompettes. Les convives s'ébrouèrent.

« Messeigneurs, honorables bourgeois ! commença le pastelier. Ce banquet vous a été donné en célébration d'une grande réussite, celle du bleu dont je fais le négoce. »

Simon qui s'était levé retomba sur son banc. Son nom n'était pas cité.

« Toutefois, c'est à mon épouse Maguelonne que je voudrais porter santé. »

Ce disant, le pastelier tendit sa coupe vers une table distante où Maguelonne était assise en compagnie des dames. Le compagnon suivit ce geste, intrigué.

« Il est connu qu'une branche sans fruit n'est bonne qu'à cheminée : ainsi en est-il de l'homme sans lignée... Il y a bel âge que j'attends un fils. Longtemps, le ventre de Maguelonne est resté infécond. Mais un remède l'a guérie ! »

Ignorant la confusion de son épouse dont le visage flambait sous la poudre de céruse, Fressard fit l'honneur de sa coupe au bailli. Il avait pris dans ce mouvement une posture avantageuse — buste en avant, poing à la taille — à quoi semblait participer le renflement de l'aiguillette entre ses jambes. Nulle dame présente ne pouvait douter que ce mâle fût un bon géniteur.

« J'ai l'honneur, proclama le pastelier d'une voix superbe, j'ai le grand honneur de vous annoncer la naissance de mon fils, Clément Auguste Philippe de Fressard, pour septembre de l'année. Si Dieu nous favorise, l'enfant verra le jour le huitième du mois, où l'on célèbre, comme chacun sait, la Nativité de la Vierge. »

Une vague d'applaudissements déferla sur la bonne nouvelle. Seuls Maguelonne, terrassée par l'aplomb de son mari, Simon qui l'était d'apprendre cette grossesse et enfin le gouverneur, choqué de la particule dont Fressard avait effrontément grandi son nom, se retranchèrent dans le silence.

Personne du reste n'en prit ombrage, tant semblait unanime, ce jour-là, l'adhésion du monde au triomphe du pastelier.

XII

Au fond de son cachot, l'homme qu'on avait naguère titré maître, et qui pour ses gardiens s'appelait simplement Lucas, vivait des heures amères.

La geôle qu'on lui avait assignée, quelque part dans le soubassement d'une tour militaire, faisait jour par un soupirail armé de barreaux. Le soupirail s'ouvrait si haut que le prisonnier ne pouvait l'atteindre à moins d'escalader le mur aux briques saillantes. Encore était-ce pour entrevoir, dans une cour boueuse, pigeons et roues de charrettes, sabots et solerets d'armures. Le ciel du teinturier était le sol pour d'autres : à l'étage le plus élevé de sa prison, Lucas n'atteignait que la poussière...

Pendant des mois, la seule distraction du teinturier fut de mettre sa tête au soupirail. Jour après jour, il effectuait la pénible escalade avant de prendre, plus pénible encore, un poste incertain à flanc de mur — le cou tordu, les poings noués aux barreaux. Oh ! comme Lucas peinait à s'étirer ainsi vers le jour ! Mais la douleur s'apaisait vite, tandis que la soif de couleur le tourmentait sans relâche.

Homme libre, évoluant dans le monde lumineux d'en haut, Lucas avait ignoré quel besoin physique, quelle impérieuse nécessité de sa chair le tenait en besoin de couleur, comme on est esclave du pain qui nourrit, de l'eau qui abreuve.

À son entrée dans le cachot, on avait dépouillé Lucas de son habit rouge pour lui faire passer une camisole. Elle était rêche et malpropre, mais surtout d'une noirceur effrayante — telle, sans doute, que la toison de l'animal.

« Je ne la porterai pas ! s'écria le teinturier. Quoi, j'aurais teint la soie et le brocart pour endosser pareille défroque ! Plutôt l'enfer ! »

Lucas avait supplié le gardien de lui laisser sa houppelande, sinon de lui procurer une autre chemise, fût-elle teinte avec du bleu de ronce, la pire verdure d'ortie ou de fougère. On n'avait rien voulu entendre.

Admis de nuit, Lucas s'était avisé le lendemain du peu de jour que recevait son cachot. La lumière entrait mal et fanait presque aussitôt. Baignées d'une obscurité favorable, les mousses et les barbes-de-capucin prospéraient sur les murs. Cette découverte l'alarma. Derechef, le teinturier pria son gardien :

« Ouvrez-moi un cachot mieux éclairé ! Sinon, j'y laisse la vie ! »

Ces requêtes qu'il croyait de commodité irritèrent le geôlier. Il avertit Lucas de se tenir tranquille, sans quoi il le ferait jeter au cul-de-basse-fosse, là où n'étaient ni jour ni issue, mais de grouillants tapis de rats qui auraient tôt fait de mettre ses os à l'air. Le teinturier brida sa langue.

Le jeûne de couleurs l'éprouvait davantage que les restrictions d'eau et de nourriture. À Éléonore qui lui rendait souvent visite et, quand elle n'était pas admise dans le cachot, se présentait au soupirail, Lucas commandait de porter des robes aux teintes vives. Il se plaignait à elle du ciel couvert, de la pluie grise, des brumes qui ternissaient le paysage.

« Le printemps tarde, Éléonore. Voici venir l'Annonciation, et toujours pas de bourgeons aux branches du noisetier. Comme je me réjouirais pourtant de voir sortir leurs têtes vertes — un vert si frais, si tendre !

— Veux-tu que j'apporte des biscuits ?

— Je prie aussi pour revoir le rouge-gorge, venu hier becqueter mon quignon de pain. Une merveille, sais-tu ? Son jabot de plumes étincelait, comme semé de cristaux, peut-être s'était-il baigné à la fontaine ?

— Lucas, tu ne m'écoutes pas... Belle affaire qu'un rouge-gorge, que les bourgeons du noisetier, quand ton visage se creuse de faim ! Allons, dis-moi ce qu'il te faut ?

— Je veux des couleurs, Éléonore. Écrase un peu de cochenille ou de garance dans une gaufre, et apporte-la-moi. Je teindrai cette affreuse camisole avec l'eau de mon broc, et ma pisse s'il le faut.

— Le geôlier le verra.

— Non, il fait trop sombre ici pour démêler une camisole grise d'une camisole rouge. Ou bien je dirai qu'il s'agit de mon sang, qu'un rat m'a mordu... Oui, mon sang ! Voilà de la couleur ! Que n'ai-je pensé plus tôt à m'écorcher !

— Lucas, ta raison file en quenouille ! »

Les entretiens d'Éléonore et de Lucas venaient toujours à la couleur, celles dont le teinturier portait le deuil et celles qu'il savourait, grain à grain, goutte à goutte, trouvant là son vrai réconfort et la paix revenue de son âme.

L'univers s'était réduit pour lui à une image, celle qu'il mendiait chaque jour au soupirail. Oh ! comme il aimait les processions, ces défilés de clercs en camail violet, supportant croix et reliques dans leurs coffrets dorés, sur leurs coussinets écarlates ! Comme il goûtait l'entrée des ambassades, les écuyers en livrée de parade, les oriflammes bigarrées !

À l'inverse, sa réprobation était vive de ceux qui, par doctrine, s'en tenaient au noir ou au blanc. Il fustigeait les moines bénédictins, caverneux sous leur coule sombre, aussi bien que les cisterciens, dont la robe était claire. L'empêchement où se trouvaient les paysans de vêtir autre chose que le bistre de la terre lui semblait une grave infirmité : il regrettait de n'avoir pas offert une teinture rouge à ces misérables, en son état passé de teinturier.

Mais, davantage que les couleurs connues par le soupirail, c'étaient les nuances formées par son imagination dont se délectait Lucas.

Ses rêves étaient simples, des rêves de reclus : il tenait pour précieuses, et hautement désirables, les cerises, les groseilles, les airelles, rouges étendards de la nature. *Idem*, les jeunes poires dont verdissait le dôme, au pédoncule courbé comme un sabre. « Ceux d'en haut ignorent leur bonheur », raisonnait le teinturier en inventant des corbeilles d'abondance, cent fruits réunis pour l'agrément des yeux : mûres, noix, coings, pêches, nèfles et prunelles, côtoyant légumes et épices aux parures véhémentes — fleur de safran jaune, asperges à chef vert, carottes teintes du couchant, et cardes, et chicorées, et persil ! Lucas jouissait de toutes ces couleurs, et aussi de vérifier que l'azur n'y entrait pas :

« N'est-ce pas une preuve cardinale de l'hérésie du bleu ? On n'en mange mie ! »

En tel appétit de couleurs, Lucas n'avait guère d'attention pour la comédie du monde. C'était sans trahir la moindre émotion qu'il écoutait sa femme lui en faire le récit : la transformation de Figues en moulin à pastel ; le banquet fastueux qu'avait donné Fressard ; le château de Rayssac qu'il venait d'acquérir ; son titre de baron, obtenu grâce à l'intercession du gouverneur...

Les nouvelles de Simon ne le concernaient pas davantage. Au demeurant, le rapport en était maigre, tant le compagnon semblait s'être abstrait du monde, vivant en confinement dans l'atelier de Signac où il teignait, prenait ses repas et dormait sans pousser aucune porte vers le dehors. Au dire des villageois, le bleu devenait son obsession, sa passion exclusive — le bleu qu'il entretenait comme une personne, lui reprochant une tache ou une éclaboussure... Ces façons démentes, assaisonnées des prières à la Vierge que le garçon débitait sans relâche, portaient le doute sur l'équilibre de son esprit. Mais qui s'inquiétait encore du compagnon ? Pourvu que Simon teignît, il était bien égal à Fressard et à quiconque qu'il lui advînt malheur.

« Et à moi itou ! » marmonna Lucas qui trouvait long l'article sur son fils.

De toutes ces nouveautés, seule la maternité de Maguelonne fit impression sur le teinturier.

« Quoi ? Que dis-tu ? Maguelonne attend un enfant ? Et de qui donc, par Dieu ? Le pastelier n'a jamais eu que cendres en bourse.

— La faute est sur sa femme, dit la rumeur...

— La rumeur est menteuse, gronda Lucas. Fie-toi à moi. Que Maguelonne fût empêchée d'enfant, voilà ce dont Fressard répandait le bruit pour se couvrir lui-même. Il l'entraînait à Notre-Dame de la Drêche, en pèlerinage sous l'arbre centenaire ! Et encore à Notre-Dame de Sanguinou — la pauvrette devait tirer la corde de la chapelle et dire : "Sanguinou, sanguinou, fais-moi les tétons aussi longs !" Oh, que n'a-t-elle pas souffert pour ce rustre ! C'était pitié de la voir certains jours, les paupières basses, le visage cuit par les larmes, et ses pauvres mains qui s'enfouissaient dans les crevés de son manteau... car il était brutal, à n'en pas douter. Ah ! l'infâme ! Ah ! l'ignoble Fressard ! »

Le teinturier ne faisait rien pour déguiser ses sentiments et, en telle éruption de colère, secouait les barreaux, s'y pendait, se jetait à bas du mur pour revenir d'un bond à l'ouverture.

Ce fut à cet instant que le gardien fit irruption dans le cachot. Tout ce charivari l'empêchait de jouer une partie de trictrac, et il comptait faire au prisonnier une leçon de bonnes manières. Mais, découvrant Lucas au soupirail, et sa ménagère derrière, venue sans doute lui passer quelque râpe, il explosa :

« Ah ! tu croyais me jouer ! »

Une main saisit le teinturier par le fond de culotte et l'envoya rouler à terre. Entre-temps, des maréchaux avaient surgi dans la cour pour s'emparer d'Éléonore.

Le châtiment fut terrible : Lucas descendit de sa geôle aérée dans un cachot noir, simple cube de maçonnerie qui échangeait avec le dehors par un guichet à verrou. Quant à la fille aux doigts d'arc-en-ciel, retenue sur l'évidence des faits, elle fut logée dans la pièce qu'avait quittée son époux. On ferait son jugement plus tard.

« Pauvres de nous ! gémissait le teinturier. Le monde est sans justice. »

Tandis que Lucas et, désormais, Éléonore goûtaient au séjour du cachot, c'était une loge non moins étroite, mais claire et bienheureuse, où s'éveillait l'enfant de Maguelonne : son ventre.

Resté longtemps plat, le ventre de Maguelonne n'avait gagné qu'à mesure, et fort paresseusement, la courbe maternelle. Pendant trois mois, l'épouse du pastelier avait passé sans différence ses robes cintrées, et attaché à même longueur sa ceinture de plaques d'or — un sursis dont la future mère était reconnaissante à la nature, mais qui contrariait Fressard, impatient de voir son œuvre s'afficher.

« Sur ma foi, va-t-il s'arrondir un peu ? On finira par dire que je vous ai engrossée d'air. »

Ce fut donc avec satisfaction que le maître de Castelviel, qui ceignait chaque matin le ventre de sa femme, constata un jour qu'il n'en pouvait faire le tour de son bras. La longueur d'un pouce manquait pour fermer le geste. Quelques semaines plus tard, cet espace était d'un poing ; au cinquième mois, d'une main ouverte. Maguelonne éprouva conjointement les embarras de la grossesse : le souffle lui manquait pour marcher loin, tandis qu'elle avait peine à gravir un escalier et à prendre les chemins pentus.

« Voilà qui fera taire les bavardages ! commenta le pastelier. Allons, donnez-moi le bras, que nous fassions parade de ce beau ventre devant la maison des teinturiers de rouge ! »

Mais la future mère n'en voulut rien faire. Le lendemain, elle déclina pareillement une invitation en promenade et, le jour d'après, refusa de quitter sa chambre.

« Quelle comédie est-ce là ? » s'irrita Fressard.

Maguelonne persista. Depuis qu'elle sentait la vie

s'éveiller en elle, l'univers lui semblait menaçant, semé de pièges et de chausse-trapes dont son enfant pouvait mourir. La rue mal pavée, encombrée de charrettes, dressait des obstacles sans nombre. Les berges du Tarn étaient glissantes et dangereuses. Pareillement le marché la glaçait d'effroi : comment s'y aventurer, quand on risquait à chaque pas une bourrade ou un coup de coude ?

Tant d'embûches au-dehors lui firent préférer d'être dedans : à l'intérieur de l'hôtel, qu'elle ne quitta plus, puis dans sa chambre où elle vécut recluse. C'était là que l'épouse du pastelier recevait ses visites ; c'était là aussi qu'elle prenait ses repas, passait le temps en broderie et lectures religieuses.

Cependant, se prémunir contre les accidents de la nature n'était pas assez : il fallait en outre se garantir des atteintes surnaturelles. Maguelonne disait un nombre considérable de prières, autant de boucliers contre les traits du sort : il en existait pour prévenir les infirmités du bébé, pour assurer une délivrance heureuse, pour donner un garçon plutôt qu'une fille... mais les plus longues et les plus ferventes s'adressaient à la Vierge, que Maguelonne implorait de garder son enfant en vie.

Telle était en effet sa hantise — que son deuxième enfant connût le sort du premier, tué dans son ventre. Ce souvenir l'obsédait : « La camarde m'a pris mon fruit, elle le pourrait encore », se répétait Maguelonne. Au contraire des mères impatientes de délivrance, l'épouse du pastelier voyait avec effroi avancer sa grossesse. Chaque jour écoulé lui donnait l'impression de cheminer vers une issue de mort — cette échéance de six mois où son premier enfant avait cessé de vivre ; où le second, peut-être, périrait...

Fressard n'était pas homme à compatir, et volontiers se rangeait-il au parti de ceux qu'irrite l'émotivité du beau sexe. Ces frissons, ces reniflements lui portaient sur les nerfs : comment les excuser, quand on jouissait comme sa femme d'un hôtel splendide, d'une fortune inépuisable, de joyaux et de belles robes ?

Force lui fut pourtant de composer avec les caprices de Maguelonne. Puisqu'elle refusait de quitter la chambre, il renonça à produire sa belle épouse, enceinte d'héritier, devant les aristocrates dont son titre récent lui promettait l'estime. Le pastelier répondit « non » aux seigneurs dont il avait brigué l'amitié, « plus tard » à ceux qu'il brûlait de connaître. Sa défaillance se couvrit au besoin des plus grossiers mensonges : « Mon épouse est malade... elle garde le lit », alléguait le baron dans ses lettres d'excuse.

Chaque jour l'exercice était plus difficile, et plus exigeante la règle de sourire malgré les sanglots de Maguelonne et le demi-deuil qu'ils imprimaient à son entourage, à la maison tout entière.

Cependant la grossesse était régulière. Le sixième, puis le septième mois furent franchis sans encombre. Il s'en fallut de peu, aux dernières chaleurs de l'été, que l'enfant vînt au monde avant terme, mais Fressard y mit bon ordre en chassant Maguelonne de la chambre étouffante où elle restait confinée.

« Prenez de l'air ! Sans quoi mon fils pourrait chercher son souffle hors de votre ventre. »

Les contractions véritables débutèrent le troisième de septembre — trop tôt, au goût du pastelier.

« Ayez patience, ma mie ! Ce n'est affaire que de discipline. Si Clément naît avant le huitième, j'aurai trahi ma parole, donnée au bailli lui-même. »

La nature se plia à la volonté du baron. Les contractions reprirent au moment opportun, jusqu'aux dernières survenues le jour de la Nativité de la Vierge, le huitième de septembre 1443. Quand la délivrance s'annonça, on transporta le lit de Maguelonne dans la salle d'apparat de l'hôtel où étaient réunis une trentaine de familiers. Ce fut sur cette place bruyante, parmi les rires et les conversations, que l'accouchement eut lieu.

Hérita ce jour-là du nom de « Fressard », augmenté de sa jeune particule, un bébé aux joues pleines qui fut selon le vœu du maître de Castelviel... un garçon.

« Je te souhaite la bienvenue, Clément Auguste Philippe de Fressard ! déclara le pastelier en recevant l'enfant des mains des accoucheuses. Puisses-tu briller dans ce monde comme j'y brille moi-même, et porter plus haut encore le nom que j'ai illustré. »

Les applaudissements crépitèrent. Joachim brandissait le nouveau-né ainsi qu'un trophée, le portant à bout de bras vers les groupes de visiteurs.

Toutefois, comme il passait devant une fenêtre, son regard fut attiré par certaine tache rouge qui prenait le nez et la joue du bébé. Ce n'était guère qu'une bavure, d'ailleurs discrète dans le visage barbouillé de sang, mais dont le pastelier reçut une impression désagréable. Il rendit Clément aux accoucheuses.

« Faites sa toilette ! Sur-le-champ ! »

L'enfant baigné, la médaille n'en fut que plus apparente... On eut beau appliquer une eau de savon, frotter avec précaution la peau du nouveau-né, rien n'y fit. Clément de Fressard naissait taché.

Le baron s'abstint de commentaire. Seulement, il retourna d'un pas nerveux au chevet de Maguelonne.

« Cette tache, rugit le maître de Castelviel, elle n'est pas d'un Fressard, cette tache ! Toussaint ! On dirait la signature de ce teinturier de pastel ! »

Comme il faisait cette réflexion, le visage de Fressard changea d'expression. On eût dit que le sens des mots qu'il prononçait venait seulement de lui apparaître. Un regard terrible tomba sur l'accouchée. Si les yeux du pastelier avaient été des poignards, nul doute qu'ils eussent transpercé Maguelonne de part en part.

« Lui ? » fit mystérieusement le baron.

Un ongle léger suivit le cou de Maguelonne. Pas de coup plus violent.

Fressard se détourna brusquement de sa femme et quitta la salle à grandes enjambées. On le surprit un moment après dans le verger de la propriété, hurlant tel un pauvre de cervelle, fouettant à toute volée les branches chargées de fruits qui tombaient en pluie sur ses pas. Au dire du jardinier, rien de plus épouvantable que la physionomie du baron à ce moment — bleue et convulsée, avec la salive coulant de la bouche comme du mufle d'un fauve.

Et cependant, quand il eut ravagé de cette manière la moitié des pommiers, le baron parut d'un coup recouvrer ses esprits. Il rengaina l'épée poissée de sève, détachant une à une les écorces qui y collaient. Sa main passa ensuite dans ses cheveux, étira pour le défroisser son pourpoint — grâce à quoi l'homme qui parut peu après dans la salle n'était guère différent de celui qu'on avait vu sortir. Repris aussitôt par la fête, Joachim de Fressard trinqua à la naissance avec le bailli et d'autres invités.

Des sentiments du pastelier à l'endroit de Clément, cet épisode fut le seul témoignage. Il n'y eut pas d'autre exemple, acte ou parole, pour donner aux bourgeois d'Albi le soupçon de la vérité. En revanche, la conception que Fressard avait de l'existence, déjà peu aimable au genre humain, parut s'accuser dans le sens de la misanthropie : « Rien ne sert de s'attacher aux hommes, car ils déçoivent toujours, répétait le baron à ses familiers. Au contraire, l'argent comble ses serviteurs. Voilà pourquoi j'ai fait de celui-ci ma fin, et de ceux-là rien qu'un moyen ! »

Depuis qu'il avait pris congé de la corporation de teinture, où sa présence n'était plus qu'honorifique et son office de consultation, Maître Boniface vivait une retraite paisible dans une belle maison du quartier de Verdusse. La pension de la corporation suffisait à son entretien, et même à couvrir les soins que lui prodiguaient les frères cordeliers, dont le refuge pour aveugles était tout proche.

Tel était le nouveau train du maître : levé à prime, avec le soleil, il assistait à la messe, partait en promenade au bras de son épouse avant de travailler à l'entretien du clos qui bordait leur propriété. Sa grande fierté était de pouvoir s'acquitter seul des corvées jardinières, tant sa connaissance des plantes rassemblées là — pour l'essentiel, des plantes donnant de la couleur — était profonde et documentée.

Ses après-midi, l'aveugle les consacrait aux visites, celles qu'il donnait aux aînés du voisinage et celles, nombreuses, qu'il recevait de cadets venus prendre son conseil.

Le plus assidu était sans conteste Maître Guillaume, le jeune prévôt que sa charge accablait, et qui n'osait rien entreprendre sans l'assentiment de son devancier. Chaque jour ou presque, le jeune homme poussait la grille de Boniface, annonçant son arrivée d'un « Salut, teinturier ! » amical et sonore. Un paquet voyageait sur son épaule : c'était tantôt une bouteille de poiré qui gloussait gentiment, tantôt une paire de colombes aux ailes entravées, dont le roucoulement troublait les pensionnaires du pigeonnier voisin. Le visiteur s'asseyait près de son hôte, à l'ombre d'une tonnelle de vigne.

S'engageait alors la causerie journalière, consistant pour Maître Boniface à prendre les nouvelles de la corporation, et pour Maître Guillaume à exposer ses doutes sur les affaires en cours.

Depuis peu, la conversation roulait sur le prochain jugement de maîtrise de Simon, auquel le renom des Terrefort et la prospérité des tissus à la Vierge conféraient une double importance.

D'entrée, les maîtres étaient tombés d'accord qu'une taverne n'était pas un lieu convenable pour l'épreuve. Où loger les cuves, tout l'appareil de teinture ? Surtout, il fallait éviter une récidive des événements de la Mère Dieu Grosse et un nouveau face à face avec la maréchaussée.

Le principe d'une séance publique fut pourtant conservé. Boniface proposa la réquisition d'une grande maison de teinture, la plus grande qui se pût trouver. Le banquet et la cérémonie de maîtrise se tiendraient dans la salle aux cuves, ensuite le jury délibérerait dans la boutique.

« Pourquoi pas chez Joachim de Fressard ? proposa Maître Guillaume qui se rappelait la salle d'apparat de Castelviel.

— Hélas ! Je doute que Simon soit assez cousu avec le baron pour jouir de son hôtel. Le soupçon m'est venu de leur fâcherie le jour du banquet : le fils Terrefort était assis avec les teinturiers au lieu de siéger à la table d'honneur. J'ai entendu depuis certaine histoire qui prouve assez le mépris dans lequel Fressard tient son artisan de bleu. »

Maître Guillaume remplit la coupe de l'aveugle, façon de le pousser à confidence.

« C'est un charretier qui me l'a rapporté, poursuivit Boniface. Un jour qu'il livrait du pastel à Signac, l'homme ne put trouver le teinturier dans la maison, dont les volets étaient mis comme aux jours de marché. Aucun bruit dedans, et personne alentour qu'un gueux, assis contre la façade à prendre le soleil. Que croyez-vous que fit le charretier ? »

Le prévôt s'accorda un moment de réflexion, aidé d'une même mesure de boisson.

« Le pastel était-il payé ?

— Oui-da... Fressard avait acheté tout le produit de la saison.

— Nul doute, alors, qu'il ait vidé son faix devant la porte. »

L'aveugle choqua sa coupe contre celle du prévôt.

« Bien raisonné, Guillaume. Toutefois, par scrupule, le charretier voulut confier la garde du pastel au gueux. C'était un homme d'aspect très misérable, voûté, crotté, qui allait pieds nus et sans chapeau. Comme il avait aussi le visage barbouillé de bleu, le charretier supposa que Simon l'employait aux travaux de peine.

— Que fit le gueux ?

— Rien. Il laissa trois pièces rouler entre ses jambes, sans répondre s'il veillerait ou non le tas de couleur. En s'approchant, le charretier l'entendit marmonner un cantique à la Vierge. Il comprit que le pauvre homme avait l'esprit boudin. D'ailleurs, si j'en crois cet ami dont la langue est loyale, il n'avait pas plus tôt repris son attelage que le gueux se précipitait sur les sacs de bleu, les ouvrait des dents et des ongles pour ensuite... en flairer le grain telle une bête. »

Une grimace étira les traits du prévôt.

« Ribaud du diable ! Et le nœud de l'histoire ?

— Sachez que ce vilain, ce manant pouilleux assis devant la maison de Signac porte un nom illustre chez les gens de teinture. Il se nomme... Simon Terrefort ! »

La coupe de Maître Guillaume s'abattit brutalement sur la table.

« Ah çà ! Voilà comme le baron de Fressard prend soin de son employé ! Simon marmiteux, tandis que son bleu couronne l'étalage. On ne sait le plus à plaindre, du père Terrefort jeté au cachot, ou du fils pauvre de cervelle ! »

S'avisant qu'il avait devant lui la victime présumée de Lucas, Maître Guillaume bredouilla une excuse. L'aveugle ne parut pas lui en tenir rigueur, qui poursuivit sagement :

« À propos, je crois bon, pour la consolation de cette famille si éprouvée, d'inviter Lucas à l'examen de Simon.

— Cette pensée vous honore, commenta le prévôt. Toutefois, je doute que le bailli desserre son prisonnier, pour une heure ou pour un jour.

— J'en fais mon affaire.

— Reste à louer une maison capable d'avaler telle compagnie, ce qui n'est pas la moindre chose. Adieu, Boniface. Le temps nous est compté. »

Une poignée de main s'échangea entre les deux hommes.

XIII

De l'examen de Simon, il fut question maintes fois au cours de l'été. Si souvent Guillaume avait poussé la grille de Maître Boniface, que la cave de l'aveugle regorgeait de bouteilles, et son pigeonnier de colombes à l'œil velouté.

Tout fut à point pour la Sainte-Adelphe. Le bailli avait satisfait à la requête du prévôt en livrant, les fers aux pieds et sous bonne escorte, le prisonnier Lucas issu de son cachot. La corporation louait la maison dite « des Brassières », où un appareil de teinture avait été dressé : des cuves flambant neuves, parce que des chaudrons culottés de bleu ou d'une autre couleur auraient brouillé l'œuvre du compagnon ; une chaudière aux beaux reflets de cuivre ; un moulinet à essorer... Pour sa part, Simon apportait les outils, qui seraient examinés avant l'épreuve, et choisissait le pastel. Les pièces à teindre, d'étoffes variées, attendaient au fond d'une champagne.

En ce jour solennel, Maître Boniface avait choisi d'endosser son habit rouge, normalement l'otage d'un coffre à clef et d'un fourreau de mousseline. Si ses yeux n'en apprenaient plus rien, sa mémoire détenait encore les mille nuances éveillées sur la soie par les jeux de lumière. Agitant leur bouquet instable et souvent renouvelé, Maître Boniface s'abîmait dans de longues rêveries.

« L'as-tu boutonné, à la fin, cet habit ? Tu nous mets en retard. »

Le maître prit docilement le bras de son épouse. À ses côtés, il passa de l'ombre unie du dedans à celle, diffuse, du dehors. Troublé, l'aveugle sondait avec des avancées du menton, d'illusoires poussées vers la lumière, la nuit qui semblait pâle. Il sentait sur ses épaules tiédir la soie ensoleillée.

Le couple chemina de la sorte jusqu'au lieu où le jury tenait séance. Aux abords de la maison des Brassières, il fallut s'accommoder d'une foule tassée qui s'ouvrait de mauvaise grâce à l'aveugle poussant son bâton. Pour finir, des compagnons lui frayèrent un passage. Maître Boniface prit place à la table des jurés.

« Quelle affluence ! confia le teinturier à son voisin Maître Guillaume. Simon est-il avec nous ?

— Oui, c'est le pastel qui tarde.

— Quoi ? Fressard n'a pas livré ?

— Pas encore. Simon s'est vu offrir du bleu par un moulinier d'ici, mais il a refusé. Ce mulet exige le pastel de Fressard et pas un autre ! »

Maître Boniface sourit au défi de Simon. Chez les gens de teinture, on prisait les têtes fortes.

« Et notre compagnon, a-t-il l'air si sauvage qu'on le dit ?

— En vérité ! Depuis tantôt, il n'a pas quitté son banc. Le voilà au milieu de ses pelles comme un martyr entouré des instruments de son supplice. Il y a peu, un juré qui voyait remuer ses lèvres s'est approché, croyant qu'on lui parlait : mais c'étaient encore des prières.

— Ah ! si cet homme ne devient saint, à tant louer la Vierge ! Et quelle est sa mine ?

— Farouche, pour le moins. Sans doute, il s'est mis en frais de chausses neuves, et aussi de paille fraîche pour ses sabots où l'ancienne garniture tournait fumier. Mais cela ne déguise ni sa maigreur d'ermite, telle qu'on pourrait compter les côtes, ni les ronces de sa barbe, une barbe à piéger le couteau. Ah ! Voilà le pastel ! »

Maître Boniface entendit l'ébranlement d'une charrette, puis le pilonnement de sacs qu'on vidait du plateau sur le sol. Le bruit d'un godet brassant le grain de couleur lui apprit que le compagnon s'affairait autour de la livraison. Survinrent presque aussitôt le déluge de l'eau au fond des cuves, le froissement de la flamme dans un nid d'herbes sèches... On eût dit non pas un homme mais plusieurs, ensemble à l'œuvre de teinture. Maître Boniface confia ses doutes à Maître Guillaume :

« Simon a-t-il des commis avec lui ? Le règlement pourtant est contre !

— Non, Simon est seul. Mais il fait tant qu'on le croirait aidé. Fiez-vous à moi : c'est merveille que de voir ce garçon en train. Le bougre sait son métier. »

Maître Boniface opina gravement de la tête.

« Fressard est-il venu ?

— Oui, il a pris fauteuil au bout de notre table, comme s'il était des jurés. »

La voix du prévôt fut couverte par le plongeon d'une grande pelle dont Maître Boniface reçut la fine éclaboussure. Le lourd instrument, manié avec des ahans d'effort, heurtait sourdement la paroi de la cuve. Cela semblait l'ébranlement d'une cloche noyée.

Sur ce thème familier jouaient des motifs inattendus : en particulier, un friselis de chaîne qui revenait par intervalles dans le concert de la préparation.

« Est-ce Lucas que j'entends remuer ses fers ?

— En effet, confirma Maître Guillaume : Lucas affublé de gardes dont l'un tient la chaîne passée à son cou, et l'autre, une hallebarde aux vilains crocs. Sa figure est toute pareille à la grimace de cire que lui faisaient les artistes du temps du caméléon. C'est à peine s'il a tourné la tête à l'entrée de son fils.

— Pardi ! Notre homme a trop la religion du rouge pour goûter ce rituel du bleu. D'ailleurs, peut-on lui faire procès de bouder Simon, allié à son ennemi ? »

Au cours des trois journées que dura l'examen de Simon, la conversation des maîtres se poursuivit en pointillé. Alternaient de longues relâches, propices à la causerie, et des moments de grande activité où l'attention des jurés était appelée par les efforts du compagnon.

Enfin, au midi du dernier jour, Simon annonça qu'il allait lever la champagne. Les jurés se redressèrent sur leurs sièges.

« Messieurs, le teint bleu de pastel, par Simon Terrefort ! »

Maître Boniface, Maître Guillaume, Maître Charles et Maître Albert assistèrent à la pêche de la nasse d'osier. La liqueur de teinture tombait à verse de l'étoffe trempée. Des compagnons prêtèrent main forte à Simon pour transporter ce fardeau ruisselant jusqu'à la table, et vider le filet : le tissu se répandit au milieu d'une flaque verdâtre. On l'étala au moyen d'une pelle. Pour finir, des flambeaux l'entourèrent.

L'assistance émue resserra son cercle, étirant un peu plus le cordon de teinturiers qui gardait les abords de la cuve. Lucas lui-même tendit le cou.

« Alors ? demanda Maître Boniface, seul à ne pas voir.

— C'est vert, répondit un compagnon porteur de torche, un splendide émeraude. »

Les applaudissements crépitèrent.

« Pas si tôt ! intervint énergiquement Simon. Du vert au bleu, il y a plus loin que de Soissons à Rome ! »

Les jurés approuvèrent ces paroles de métier. On dicta le silence à la foule impatiente.

L'attente parut interminable. Cerné de flammes qui exposaient jusqu'à ses moindres aspects, le tissu muait graduellement du vert natif vers le bleu de la maturité. Dans ce mouvement, l'œil exercé des teinturiers discernait mille nuances où la couleur suspendait un instant sa marche vers l'azur. Chacune dotait d'une facette nouvelle le suspense du teint.

« Est-ce bleu, à la fin ? » s'enquit Maître Boniface, troublé par le silence qui régnait autour des cuves.

À cet instant, premier devant les jurés, les maîtres et tous les gens de teinture, Simon vit poindre la tache — la tache infime et pâle qui souillait le bleu à venir. « Marie... », prononça muettement le compagnon en portant la main à son cœur. Il se frotta les yeux et se pencha pour mieux voir. Les flambeaux l'accompagnèrent.

La tache subsistait, robuste, effrontée, hideux parasite prospérant dans la chair de l'étoffe, verrue narquoise au cap du visage... Elle ressortait mieux du bleu que du vert, ce qui permit à un des éclaireurs de la distinguer à la suite de Simon. Les autres finirent par voir ce qu'on leur désignait. Entretemps, la tache essaimait, s'étalait ici, éclatait ailleurs en fine grenaille, si bien qu'aux yeux de tous jaillit bientôt la sinistre évidence : la teinture avait échoué.

Simon poussa un juron qui se répercuta en rumeur consternée dans la foule. Il fallut deux compagnons pour l'empêcher de lacérer la pièce qu'il avait empoignée avec rage.

« Lâchez-moi ! hurlait le forcené. Je la réduirai en charpie ! »

Saisi aux bras et aux jambes, Simon se débattait comme un fauve sous le filet. Ses ruades avaient mis les gaillards à terre, mais d'autres accouraient, en nombre supérieur, qui bloquèrent le compagnon contre la cuve.

Les jurés avaient quitté leurs fauteuils et tenaient conseil autour du tissu. Le cas était embarrassant. Les annales de la corporation gardaient mémoire de compagnons sans talent dont l'épreuve avait vérifié l'inaptitude, et, à l'opposé, de compagnons doués qu'un chef-d'œuvre avait sacrés. Mais de teinturiers capables qui fussent trahis par le verdict de la toile, Maître Boniface ne s'en rappelait aucun. Comment accepter qu'un si beau train de teinture, conforme aux moindres prescriptions de l'art, donnât cette grimace de bleu ?

Reflet de leurs pensées voisines, les regards des jurés convergèrent sur la pièce dont l'étrange mue se poursuivait. À mesure qu'opérait la teinture, l'étoffe enlaidissait davantage. D'abord mouchetée à la façon d'un linge qui reçoit la cendre, elle parut se tapisser de moisissure, se couvrir de dartres, pour présenter enfin l'aspect ocellé d'une fourrure de léopard.

« C'est à ne pas croire ses yeux ! s'exclama Maître Guillaume.

— Le diable m'enchaîne ! fit Maître Charles.

— Sait-on pareille chose ? Un tour de sorcier ! » conclut Maître Albert.

À ce mot de « sorcier » prononcé dessus les autres, la foule tendit l'oreille. Traditionnellement, les teinturiers étaient regardés comme suspects d'accointance avec les forces obscures. Alors, trouver quatre d'entre eux en mystérieux conciliabule, tandis qu'un cinquième donnait tous les signes du mal saint Mathurin, l'œil enflammé et l'écume aux dents ! Voilà certes de quoi hâter le pouls des honnêtes gens !

« Hi, camarades ! s'exclama un roulier qui tenait sa jument par la bride. J'engage le bourreau à tailler des braies dans la peau de mon ventre, si ce n'est là frairie de vaudois et de jeteurs de sort !

— Et moi, je veux qu'il me vienne du persil au lieu de la moustache, si ce garçon, qui fait le bleu en écaille de truite, n'est pas l'engeance d'Asmodée et de Belzébuth !

— *Vade retro ! Vade retro !* » ajouta un écolier fier de son jeune latin.

Sur ces considérations échangées à voix de trompe, l'émotion populaire changea de tournure. On s'était senti de la sympathie pour le pauvre compagnon à la teinture manquée ; on s'en défiait à présent. Des regards méchants fixaient l'enragé aux mains de ses gardes.

« Un sorcier ! » lança fougueusement une voix dans les derniers rangs.

En peu de temps, la foule entière fut convertie à l'idée que Simon pratiquait l'art obscur. N'était-il pas connu pour vivre en retrait du monde, s'adonner dans la solitude à d'étranges préparations ? N'avait-on pas vu se glisser chez lui une fort jolie demoiselle, vêtue à la mode ancienne, et qui chevauchait sans escorte à la nuit tombée ?

Au reste, tout s'éclairait de cette facile conjecture :

sortilège, que le triomphe des tissus à la Vierge, cet attrait magique qu'exerçait sur quiconque le bleu de Signac ! Maléfice, que ce chiffre obscur — une madone auréolée d'étoiles — dont le teinturier signait ses œuvres !

« Au bûcher ! Au bûcher ! réclamèrent des voix portées au rouge.

— Oui, qu'on nous livre Simon avec son père ! Au feu les Terrefort ! » fit le bourreau en souci de clientèle.

L'agitation grandissante inquiéta les gardes de Lucas. Le salut de leur prisonnier ne leur semblait pas mériter ce face à face avec la foule. Quelques moulinets de hallebarde leur frayèrent un chemin vers le dehors. Ils disparurent avec le teinturier.

« Lucas est parti, fit le prévôt pour Maître Boniface.

— Oui, j'entends le traînement des chaînes. J'entends aussi les barriques qu'on roule, les fouets tendus aux poings des voituriers. Un coup de chien se prépare, Guillaume... Fais lever les tables du banquet et sauve ce qui peut l'être ! Il faut surtout qu'un apprenti, le plus vif et plus dégourdi, prenne les raccourcis vers l'office des maréchaux.

— Encore les maréchaux ! gémit Maître Guillaume. À ce train-là, il n'y aura bientôt plus de teinturiers que ferrés !

— Le fer me sied mieux aux pieds qu'en travers de la tête. »

Comme Maître Boniface donnait ce mot philosophe, un projectile siffla au ras de son oreille pour terminer, guère plus loin, en étoile de verre brisé. Épicée d'un rire de brute, cette provocation secoua l'ensemble des gens de teinture. Il apparut à tous comment l'excitation populaire, ayant fait son hors-d'œuvre du lynchage de Simon, leur chercherait querelle pour plat de résistance.

« Paix, compagnons, paix ! implora Maître Guillaume, dont la voix était submergée par les clameurs des deux bords.

— Tu perds ton temps ! intervint Boniface. Rappelle plutôt nos gars, avant qu'ils ne prennent un mauvais coup. »

Le prévôt fit signe aux teinturiers dispersés dans la foule. Sans tarder, les hommes de ce côté se dégagèrent avec énergie vers les leurs. Un regroupement d'artisans se fit autour de la table, comme le carré des fantassins dans une bataille perdue. On s'armait à la hâte d'un bâton, d'une pelle à remuer les bains ; on édifiait des barricades avec les bancs mis en travers. Les rangs s'organisaient : en première ligne, les compagnons à la forte carrure, aptes à soutenir la charge la plus active ; plus en retrait, les maîtres vieillissants, les apprentis cadets, eux-mêmes boucliers des jurés de la corporation.

Au début, les gardiens de Simon l'avaient entraîné avec eux derrière les barricades. Mais bientôt les jurés s'avisèrent du danger que leur faisait courir cet otage encombrant. Il était manifeste que la foule en voulait à Simon plus qu'aux autres. Les pierres volantes le préféraient pour cible, de même les insultes qui, sans épargner « l'orde race des teinturiers », lui réservaient les sobriquets honorifiques de « crachat de Satan », « pet puant de sorcière » ou « chair à cuire ».

« Ce gars va nous perdre ! fit Maître Charles avec un frisson. Livrons-le ! »

Guillaume croisa les bras, perplexe.

« Livrer Simon, c'est-à-dire ?

— Le jeter en pâture à ces furieux, développa Maître Charles. La foule en sera apaisée, pour notre salut. »

Maître Guillaume consulta les jurés qui souscrivirent d'un grave hochement de tête.

« Ce serait l'abandonner à une mort certaine !

— Les maréchaux sauront brider le peuple.

— Nous ne pouvons pas, rétorqua bravement le prévôt, les teinturiers ont devoir d'entraide. »

Maître Charles intervint d'une voix diplomate :

« La règle n'exclut pas le bon sens, Guillaume... D'ailleurs, s'il n'est que de cela, révoquons Simon pour motif d'inaptitude à l'art de teindre. Sa couleur n'est pas digne d'un compagnon, non plus que d'un maître !

— Allez-vous aussi l'accuser de vauderie ? éclata le prévôt. Maître Boniface, j'en appelle à votre sagesse ! Ratifiez-vous ces sottises ? »

L'aveugle, fort embarrassé de répondre, fut tiré d'affaire par une grande clameur qui jaillit à ce moment de la foule. Les deux camps en étaient venus aux mains. Des compagnons et des bourgeois s'empoignaient virilement, se colletaient avec une énergie croissante. L'engagement était radical, sans trace de cette bonhomie qui distingue souvent les mêlées de taverne.

« Le temps presse, Guillaume ! Livrons Simon sur-le-champ ou c'en est fait de la teinture albigeoise.

— Je m'y oppose ! Je m'y oppose formellement ! rugit le prévôt en sortant du cercle des jurés.

— Dans ce cas, annonça froidement Maître Charles, j'appelle un vote pour démettre Guillaume de sa charge de prévôt. Nous élirons son suppléant.

— Vous n'avez pas le droit !

— La mesure est de circonstance, enchaîna promptement le juré. Moi, Maître Charles, suis candidat à prévôté. Qui avec moi ? »

Au comble de l'effarement, Maître Guillaume vit s'élever une forêt de mains. Le bras de Maître Boniface se dressait avec les autres. La majorité en faveur de Charles était trop patente — et du reste, le temps trop compté — pour qu'on prît la peine de dénombrer les votants.

Sur ce brillant résultat, Maître Charles s'intronisa lui-même prévôt de la corporation. Une décision brutale inaugura son règne : radier Simon du greffe des teinturiers.

« S'il est donné, c'est avec moi ! s'écria Guillaume qui prit le côté du compagnon.

— Soit ! répondit le nouveau prévôt. Dans ce cas, nous demandons de faire sortir ces deux du cercle. »

Les compagnons chargés d'appliquer la sentence hésitèrent. C'était quelque chose, tout de même, d'attraper au col ces frères de teinture et de les jeter dans l'arène comme des malfaiteurs !

« Exécution ! » tonna Maître Charles.

Perdant patience, le prévôt empoigna les deux hommes et, d'une poussée formidable, les envoya rouler aux pieds de la foule.

Cette initiative suspendit aussitôt la bagarre. Le front de la mêlée, qui avait reculé, considérait l'appât avec un mélange d'approbation et de surprise. Ainsi le monstre flaire-t-il sa victime sur la pierre à sacrifices...

Un long moment passa dans une observation triangulaire. La corporation regardait le peuple, le peuple envisageait les deux teinturiers, les deux teinturiers considéraient un côté puis l'autre, sans trouver nulle part d'issue à leur destin.

Il résulta de cet échange un nouvel équilibre à l'avantage de la corporation : comme Maître Charles l'avait prévu, le peuple s'en désintéressa, concentrant sa menace sur les teinturiers à terre.

Au dire de certains, le premier à frapper le fils Terrefort, et en telle force qu'on entendit un os craquer, était un homme de belle allure, dont l'oreille portait pendu un bijou de verre. Certains savaient son nom : Joachim de Fressard. « Voilà pour ma femme ! » aurait crié le baron dans cet élan furieux.

Ce coup entraîna les autres. Corriger deux sorciers n'était pas si grande affaire... Aussi les poings, les bâtons, les cailloux ne tardèrent-ils pas à pleuvoir sur Simon et Guillaume, rossés par un grand nombre jusqu'à ce que leurs membres trempassent inertes dans un bain de sang.

Entre-temps, la corporation quittait la salle par le

couloir que lui avait ménagé la foule. L'humeur était chagrine parmi les gens de teinture. Compagnons et maîtres évitaient le regard arrogant des bourgeois qui leur servaient au passage injures et méchants mots.

« Éloignons ce triste tableau ! soupira Maître Albert. Rayons de nos mémoires le nom maudit des Terrefort, racine de nos malheurs.

— Bien parlé ! approuva Maître Charles. Nous devons oublier la Mère Dieu Grosse, oublier les Brassières. Bientôt, une ère nouvelle s'ouvrira pour la corporation de teinture. Les beaux jours reviendront.

— N'est-ce pas, cher Boniface ? conclut Maître Charles en cherchant l'aveugle autour de lui.

— Boniface est à la traîne... Allons, pressons, j'entends les maréchaux. »

En effet Boniface s'attardait en arrière, près de la table où le tissu de Simon était exposé. Avant de suivre ses pairs, on ne sait pourquoi, le vieux teinturier voulait manier la toile que les autres jurés n'avaient fait que regarder. Il fit donc jouer dessus la pulpe de ses doigts, la froissa, la tâta... et de cette façon, découvrit ce qui avait échappé aux maîtres : une poudre adhérant à la couleur, dont les grains agglomérés roulaient partout où des taches étaient venues. Son visage pâlit comme un cierge.

« Qu'avez-vous trouvé, Boniface ? »

L'aveugle tressaillit à cette voix — cette voix dont l'intonation faisait vibrer une corde secrète, et dangereuse, au fond de sa mémoire.

« Fressard !

— Qu'avez-vous trouvé, Boniface ? bissa le pastelier avec une raideur intimidante.

— Eh bien ! balbutia l'aveugle. Le pastel est gâté. Il y a dedans du sable ou autre chose. Mais je me suis trompé, sans doute.

— Sans doute... Ce sont vos doigts qui ont gardé du sable d'un poisson de rivière : n'en eûtes-vous pas pour déjeuner ? Ou bien la table est rongée et vous touchez la sciure. D'ailleurs, du sable se serait-il mêlé à la couleur, la faute en reviendrait à Simon, et non à moi. N'est-ce pas, Boniface ? Je ne peux garantir chaque sac d'agranat que livrent mes vingt moulins à pastel. En revanche, le moindre d'un teinturier est de vérifier la couleur qu'on lui fournit ! M'entendez-vous ? »

La voix du pastelier s'était faite étroite et méchante comme un lasso dont on resserre le nœud. Boniface entendit la sienne monter d'une gorge étranglée :

« Je vous entends ! »

L'aveugle voulut rejoindre les teinturiers dont les derniers rangs passaient la porte, mais Fressard s'interposa. Il semblait à Boniface qu'une muraille se dressait face à lui et l'écrasait de son ombre.

« Laissez-moi, par la grâce de Dieu ! » implora le teinturier.

Fressard s'effaça, non sans marquer son avantage d'une légère bourrade qui fit tituber l'aveugle.

« Je vous souhaite le bonsoir, fit le pastelier dédaigneux.

— Bonsoir », bredouilla Boniface.

XIV

Avant de partir pour les Brassières, Fressard avait consigné Maguelonne dans sa chambre. Une barre entravait la porte qui faisait échanger la pièce avec le reste du logis — cette même porte que gardait, du dedans, le cuisinier de la maison. Le garçon d'écurie tournait au pied de la fenêtre, autre issue possible. La consigne des deux hommes était courte : retenir Maguelonne chez elle jusqu'au retour du pastelier.

« N'ouvrez sous aucun prétexte ! insista Fressard. La diablesse inventera quelque livre oublié sous la tonnelle pour descendre au jardin. Elle alléguera des maux de ventre, un colporteur dans la rue... N'écoutez rien ! M'avez-vous compris ?

— C'est compris, maître.

— Et s'il vient quelqu'un pour elle, faites répondre qu'elle est malade, qu'elle ne reçoit pas.

— Nous vous obéirons. »

Ses instructions données, le pastelier était monté en selle. Dans la fente étroite des rideaux, Maguelonne avait vu s'avancer le grand cheval blanc, puis, au train campagnard, un bœuf qui tirait une charrette garnie de pastel, badigeonnée de bleu contre les mouches. L'œil aigu de Fressard avait trouvé le sien, imprimant à l'épouse une peur soudaine qu'elle n'avait dominée qu'à grand-peine. Puis le convoi était passé, laissant le chemin sous un dais de poussière, et Maguelonne plus remuée que si la mort en grand équipage eût défilé sous ses yeux.

Ses pas sinueux la conduisirent vers le fauteuil où elle tomba de faiblesse. Le livre d'heures, la broderie furent impuissants à régler ses nerfs. Elle repassait les lignes sans les comprendre, ou bien se piquait le doigt d'une aiguille distraite, rompait maladroitement le fil. Pendant de longues heures, l'ennui le disputa à la peur, ranimée par le galop lointain d'un cheval ou les vagissements de Clément entendus à travers le plancher.

Plus tard, Maguelonne reprit son poste à la fenêtre. L'homme qui gardait son balcon était là — assis commodément à l'ombre d'un platane, creusant un fruit avec la pointe de sa dague. La figure patibulaire se tourna à l'instant même où Maguelonne écartait les rideaux. « Je suis prisonnière ! » pensa l'épouse du pastelier en reculant dans l'ombre de la chambre.

Toutefois la curiosité la fit revenir. Le garçon d'écurie n'avait pas bougé. Son regard restait fixé sur Maguelonne dont il semblait étudier la silhouette avec intérêt. Jouant son va-tout, elle ouvrit les rideaux et s'accouda à la fenêtre. À son apparition, l'homme lui servit maints ronds de jambe et tours de bonnet, comme d'une révérence goguenarde.

« Défense d'aller par là ! s'exclama le drôle en se fendant, dague au poing.

— Et si j'allais quand même ? risqua Maguelonne.

— Si vous descendiez de ce balcon — ce qui, considérant sa hauteur, serait déjà forte aventure —, je serais au bas pour vous recevoir dans mes bras, vous coucher sur l'herbe, vous lier les mains, et autres amusements pleins d'agrément pour moi, mais dont vous pourriez être moins contente.

— Sans doute », confirma Maguelonne qui jugeait à distance l'impressionnante carrure du garde.

L'homme parut flatté de cette adhésion. Avec un naturel benêt, il fit rouler les manches de son paletot pour découvrir deux rouleaux de muscles qui s'animèrent d'une houle puissante. Puis ses poings frappèrent à coups redoublés un arbre dont l'écorce vola en éclats. Le lancer d'une grosse pierre conclut cette exhibition de lutteur de foire. Maguelonne feignit l'admiration :

« Vous êtes un colosse !

— Et vous, une fort jolie femme », repartit le garde essoufflé en envoyant une manière de baiser vers la fenêtre.

Maguelonne accueillit d'un sourire cet hommage pataud.

« Votre nom ?

— Noël Guirado.

— Noël, quelle charmante signature ! Se peut-il

qu'on commette un homme aussi galant à une tâche aussi vile... la garde d'une innocente ? »

Couronné de ce nouveau compliment, le garçon d'écurie se rengorgea :

« À la vérité, j'ai d'abord refusé. Monsieur le baron m'a prié longuement de veiller votre porte. Il m'offrait de l'argent sur mes gages. Je répondais que l'or n'est pas tout, qu'au-dessus vient l'honneur ! »

Content de sa trouvaille, Noël pausa un instant, laissa couler le miel... Une ponctuation du joli menton de Maguelonne l'entraîna à poursuivre.

« Il me répugnait d'être le veilleur d'une dame de condition. Mon ordinaire est différent, voyez-vous. Je sers aux écuries.

— Noble tâche », fredonna Maguelonne en pleine minauderie, jouant du cordon de sa robe et respirant les jeunes grappes de la treille.

Sentant que ses jambes mollissaient, le garçon d'écurie chercha l'appui d'un tronc. Cet entretien lui tournait la tête.

« Êtes-vous souffrant ? s'enquit Maguelonne d'une voix musicale.

— C'est seulement les efforts de tantôt. Voyez, je suis un gars solide, mais délicat au fond. L'exercice me fane. »

Maguelonne eut un petit rire coquet, de ceux qu'abritent les éventails. Comme elle sentait sa proie mûre et leur conversation près d'éclore, elle décida de porter le fer :

« Monsieur le garde, me rendriez-vous service ? »

Mieux apprivoisé qu'un chevalier servant, Noël se jeta à genoux au pied du balcon.

« Dites ! j'obéirai...

— Vous le feriez, même si cela devait fâcher un peu monsieur le baron ? »

Le garde hésita au bord de la trahison. Mais Maguelonne semblait si sincère, et sa voix d'une telle innocence, qu'il écarta facilement ce dernier scrupule.

« Monsieur le baron n'en saura rien.

— À la bonne heure... Eh bien, puisque vous consentez à m'aider, il me faut vous apprendre la grande détresse où je suis. J'ai le goût de broder, savez-vous ? Or, ayant commencé ce matin un ouvrage — il s'agit d'une corbeille de roses —, je me trouve à court de fil rouge... Le rouge, il en faut beaucoup pour les roses ! Vous seriez le meilleur des hommes si vous envoyiez un garçon de peine acheter une bobine de fil au colporteur.

— S'il n'est que de cela, trompeta Noël, j'y cours moi-même. »

La certitude de servir la baronne sans léser le baron donna des ailes au brave factionnaire. Un moment après, la bobine était là, qu'il apporta personnellement à Maguelonne en escaladant la vigne grimpante. L'épouse l'en remercia d'un baiser sur la joue.

« Madame, triompha le garçon d'écurie descendu des nuages, s'il vous plaît de m'enrôler encore, j'y serai avec plaisir.

— Je n'oublierai pas », fit Maguelonne souriante.

Puis l'un et l'autre reprirent leurs occupations, très contents d'eux-mêmes.

Au coucher du soleil, le chemin sous la fenêtre connut une animation nouvelle. Survint d'abord une troupe de cavaliers, toutes épées dehors, dont l'uniforme était celui de la maréchaussée d'Albi. Cette chevauchée entraînait à sa suite tout un flot de curieux, montés sur mulets ou charrettes, qui semblaient courir à un événement extraordinaire. Une minute ne s'était pas écoulée que surgit dans la direction opposée une escouade du bailli hérissée de hallebardes, selon toute apparence l'escorte d'un prisonnier qui titubait au milieu de ses chaînes. Celle-ci allait en marchant, mais ce fut à pas de course que déferla une autre bande, faite de maréchaux et de teinturiers, avec deux civières aux mains des plus vigoureux. Sur ces civières, des corps ensanglantés...

« Mon Dieu, qu'est-il arrivé ? » tressaillit Maguelonne.

Fressard s'annonça peu après. Son visage avait l'éclat du triomphe. Prodigue de ses pensées, le pastelier confia les plus sournoises à Maguelonne :

« Votre amant a échoué dans son examen de maîtrise. Sa teinture a déplu. Compagnon il fut, compagnon il reste !

— J'ai foi en Simon, s'enhardit Maguelonne. Il se présentera à neuf, et sera vainqueur.

— J'en doute fort, ma mie. En vérité, seul un miracle le rendrait aux cuves. »

Jouissant du désarroi de sa femme, Fressard quitta la chambre dont il verrouilla la porte après lui. Il n'avait pas plus tôt tourné le dos que Maguelonne se précipitait à la fenêtre, provoquant chez son garde un sursaut d'émotion.

« Noël, me servez-vous ?

— Avant Dieu même ! blasphéma le garçon d'écurie.

— Alors, je vous adjure d'aller céans à la maison des Brassières, où un compagnon de teinture a passé aujourd'hui son jugement de maîtrise ! Il est arrivé un malheur dont le baron ne veut rien m'apprendre.

— J'y serai devant le lièvre ! » promit Noël dont le bonnet s'envola en un salut de gloire.

Le voyage fut court, et des plus fructueux. La rumeur s'était propagée si vite que Noël trouva son rapporteur dès le coin du champ. Ce fut de cette manière qu'il apprit les événements de la journée et les répéta à Maguelonne.

« Simon est mort ? s'alarma l'épouse du pastelier.

— On ne saurait dire... Un groupe de teinturiers l'a conduit tantôt chez le barbier de l'hospice Saint-Jacques. Mais, de l'aveu des brancardiers, il a perdu tant de sang qu'il ne saurait porter le souffle jusqu'à la nuit. Ses os, dit-on, sont si moulus dessous la peau qu'ils rendent un son de crécelle ! »

Les ongles de Maguelonne crissèrent sur la balustrade.

« Il ne faut pas qu'il meure, entends-tu ? Clément connaîtra son père ! Prends cet argent pour ton service. »

Et, rentrant dans la chambre, l'épouse du pastelier tira de son matelas une aumônière dont elle répandit la manne sur Noël. Le garçon d'écurie fit sa cueillette au pied du balcon.

« M'es-tu dévoué ? s'inquiéta encore la captive.

— Jusqu'à la mort ! s'écria le garde dont l'or excitait le rêve chevaleresque.

— Alors, viens et écoute... J'ai une offre à te faire. »

Les visages de Simon et de Guillaume portaient tant de plaies et de boursouflures, et le sang s'y épanchait si profusément, qu'aucun des teinturiers présents ne put d'abord démêler le compagnon du maître. Il fallut éponger le sang et laver à grande eau les figures pour trouver enfin la tache de Simon, et s'aviser qu'il était mourant mais que l'autre était mort. Les teinturiers ôtèrent leurs bonnets en s'agenouillant devant la civière de Guillaume :

« C'était un bon prévôt. Dieu l'ait en sa sainte garde.

— Son office a été court. Puisse-t-il goûter l'éternité aux côtés du Seigneur ! »

Les teinturiers se saisirent des brancards et emportèrent la dépouille du prévôt. Simon, lui, fut étendu sur la table de chirurgie au milieu des instruments. Le barbier de l'hospice Saint-Jacques inspecta gravement cette charpie qu'était le compagnon.

« Que je sois pendu si j'ai vu de ma vie homme si mal en point ! Se sont-ils échauffés pour le mettre en telle viande ! Même le chevalier de Romont, dont j'ai un jour extrait par l'œil gauche une flèche d'une aune de long, paraissait en santé auprès de ce misérable ! Je me demande s'il vaut la peine de gâcher du fil et de coûteuses potions pour un homme si près de la porte !

— C'est la peine ! assura l'un des brancardiers. Simon est loyal... S'il a reçu des coups, la faute en revient à la méchanceté des hommes ! »

Le barbier eut une moue dubitative.

« A-t-il de quoi payer, au moins ? Je connais les moines : pour eux, deux âmes sauvées valent mieux qu'une, et trois sont meilleures que deux. »

Le brancardier s'apprêtait à dire que la corporation couvrirait la dépense, mais, rien n'étant moins sûr, il s'abstint.

« Je vois... poursuivit le barbier en sondant les plaies du bout de sa lancette. Un sans-le-sou... Eh bien, si affligé qu'en soit mon cœur chrétien, je me dois d'abandonner cet homme à la mort. Les moines me feraient procès d'avoir vidé leurs bocaux pour un moribond.

— Halte-là ! Je paye ! » s'exclama une voix pantelante.

Toute l'assistance se retourna d'un même mouvement. On n'eût pas été autrement surpris de voir un ange glisser du ciel, mais ce n'était qu'un homme descendant de son mulet jaune.

« Qui êtes-vous ? s'enquit le barbier en évaluant d'un coup d'œil la bourse au poing du vilain.

— Noël, répondit l'homme hors d'haleine.

— Noël est toujours bienvenu ! Posez votre or là-bas, j'ai à faire avec monsieur. »

La Providence, qui avait dépêché Noël au chevet du compagnon, voulut encore que le barbier de l'hospice Saint-Jacques eût fait sa carrière sur les champs de bataille. Il s'y entendait si bien en blessures d'armes que l'opération de Simon fut pour lui comme un jeu d'allumettes. Incisant ici, drainant et suturant là, il parvint en quelques heures à rendre stature humaine au teinturier.

« Le voilà tiré d'embarras. Il appartient désormais à Dieu de le faire vivre ou mourir...

— Mille mercis ! s'exclamèrent les brancardiers. La corporation vous doit une infinie reconnaissance. Sans vous, Simon aurait rendu le souffle.

— Louez plutôt l'ange qui veille sur lui. À propos... où est Noël ? »

Le portier s'avança.

« Il est parti, et n'a même pas voulu d'une écuelle de soupe ! Mais voici de l'argent pour vous. Il a promis d'en donner aussi longtemps qu'on s'occuperait du blessé.

— Qu'il soit tranquille, nous le soignerons bien. Ah ! si tous nos malades étaient ainsi couvés, ils auraient brioche au lieu de pain ! »

Ainsi débuta la convalescence de Simon à l'hospice Saint-Jacques.

Adossé à l'église qui en épousait la longueur, l'établissement ouvrait trois salles aux malades. La première, de dimensions modestes, comportait des lits élargis, avec rideau de jour et bassin à crachements, que les malades occupaient seuls. Asile des moribonds et des contagieux, elle communiquait par une porte — le sinistre « huis des cendres » — avec la chapelle où l'on célébrait l'office des morts.

La deuxième, affectée aux cas bénins, n'offrait que des lits collectifs pour deux ou trois malades.

Dans la dernière salle couchaient les convalescents avec les pauvres, les pèlerins et les voyageurs sans ressources. Le régime était celui de l'abbaye : viande trois fois la semaine, un pot de vin par jour et par personne.

En considération de son état d'une grièveté inouïe, et aussi de la protection dont il semblait jouir, Simon ne fut logé dans aucune des salles, mais dans la propre chambre du concierge de l'hospice. C'était une pièce confortable, garnie au sud de fenêtres élevées. Deux cheminées y répandaient une tiédeur régulière, et souvent le parfum lénifiant de plantes mises à brûler. La chambre avait assez d'étendue pour accueillir les meubles du compagnon : principalement un lit de grand modèle qui n'eût pas déparé dans la maison d'un prince, plus un coffre et des cuveaux destinés à son service personnel.

Ces aménagements devaient beaucoup à l'entremise du barbier, encore ému de la bourse qu'on avait tantôt déposée dans sa main, et résolu à faire pondre la poule aux œufs d'or.

« Laissez-le cuire dans ses baumes, conseillait-il aux infirmiers. Guérissez-le, mais lentement, cuillère après cuillère. Cet homme est pour l'hospice une rente vive. Nous serions sots de nous en défaire trop tôt. »

La nature exauça le barbier au-delà de ses espérances.

Il fallut pas moins d'une neuvaine, de la Sainte-Croix de septembre à la Saint-Maurice, pour stopper l'épanchement du sang qui trempait les bandages. Deux mois furent nécessaires à l'assainissement des plaies, quatre à l'embellissement de la peau marbrée d'ecchymoses. Les fractures réduites avec soin, et guidées par des attelles sur les bras et les jambes, sévirent plus longtemps encore. Jamais, de mémoire d'infirmier, on n'avait vu de guérison si paresseuse.

« Ah çà ! un limaçon pareil, l'envie me vient de lui bailler des coups pour faire pousser l'allure !

— Trêve ! Il a son compte ! »

Ce qui était vrai des membres l'était aussi de la cervelle. Jusqu'à l'Avent, Simon resta plongé dans l'inconscience. Gisant sans mouvement sur le lit, le visage creusé et les mains unies sur la poitrine, le compagnon donnait toutes les apparences de la mort. Il y eut des visiteurs mal informés pour croire à des soins funéraires, et se recueillir dans la chapelle voisine en recommandant à Dieu cette âme libérée.

Puis, un jour, un infirmier qui faisait la toilette du teinturier vit frémir ses doigts sur la couverture. Son saisissement fut tel qu'il laissa échapper une cuvette pleine d'eau savonneuse.

« Simon s'éveille ! Simon s'éveille ! » s'écria-t-il à l'adresse du barbier.

Quand ce dernier pénétra dans la chambre, ce fut pour découvrir Simon les yeux ouverts, les lèvres clapotant comme un poisson hors de l'eau.

« À la bonne heure ! » mentit l'homme de médecine à qui ce pensionnaire plaisait mieux endormi qu'éveillé.

À nouveau, le recouvrement des facultés du compagnon fut long et laborieux. Chaque semaine, le barbier venait aux nouvelles pour suivre les progrès infimes réalisés par son protégé : tel jour, c'étaient les lèvres qu'il avait desserrées devant une cuillère de potage ; tel autre, une grimace expressive dont il avait honoré l'infirmier chargé de laver ses plaies... Mais aucune de ces attitudes ni les rares paroles auxquelles s'essayait le compagnon n'attestaient encore la moindre pensée personnelle. Simon demeurait une façon de fantôme, un être sans présence ni mémoire qui portait sur son entourage un regard désert.

« A-t-il parlé de la maison des Brassières ? s'enquérait souvent Noël dont le bailleur semblait impatient.

— Pas encore, assurait le barbier. Mais ses progrès sont réels. Au déjeuner, voulant du pain pour sa bouillie, il a dit : "pain". N'est-ce pas éloquent ?

Nous ne doutons pas qu'il pourra dans quelques mois tenir une conversation... à condition, bien entendu, que nous lui prodiguions jusque-là des soins attentifs. »

Ce disant, le barbier tendait la main pour recevoir la manne accoutumée qui, de mensuelle, était devenue hebdomadaire. Noël cédait la petite bourse jaune.

« Dieu vous le rende ! s'inclinait le barbier.

— Que Simon recouvre la santé nous dédommagera assez », assurait Noël avant de disparaître.

Cette profusion d'or inspirait au barbier, ainsi qu'à tout le personnel de l'hospice, des songes fabuleux au sujet de Simon.

Personne n'avait prêté foi à la vérité, révélée en partie par les brancardiers qui avaient amené le compagnon. Le banal récit d'une empoignade de teinturiers manquait de sel. Quoi, ce jeune homme couvert d'or, un simple artisan du teint ? Ce chevalier zébré de plaies, la victime d'un règlement de comptes ? On n'en voulait pas.

Plus volontiers s'imaginait-on quelque grand prince tombé dans une embuscade : des ennemis l'obligeaient à une convalescence secrète, mais un jour, rétabli, il conquerrait le pouvoir à la tête d'une armée vengeresse.

D'autres se représentaient un brigand en fuite. Ses comparses lui adressaient cet or anonyme.

Quand Simon sortirait de l'hospice, dix hommes masqués sur des chevaux noirs l'emporteraient vers leur repaire au fond des bois.

C'étaient d'atours plus merveilleux encore qu'on revêtait le mandant de Noël, ce personnage munificent qui pouvait, de semaine en semaine, débourser de pleines poignées d'or pour le bien d'un moribond. Duc sans doute, cardinal peut-être, les destinées les plus hautes étaient acquises à cette figure de fable. Beaucoup eussent souffert deux fois les blessures du compagnon pour se prévaloir d'un tel parrainage.

Certes, les infirmiers de l'hospice Saint-Jacques eussent été bien soufflés d'apprendre quel être malheureux se cachait derrière le bienfaiteur de Simon !

En son hôtel de Castelviel, Maguelonne découvrait une vie menacée, soumise à l'autorité d'un méchant homme.

C'était un train tout nouveau qu'avait inauguré la maison Fressard depuis la naissance de Clément et les tragiques révélations de sa paternité. D'un jour à l'autre, le toit de Maguelonne était devenu sa geôle : Fressard lui défendait de sortir, de visiter ni de recevoir ; Fressard l'empêchait de voir son enfant, emporté loin d'elle, et dont seuls les cris — leur écho hantait la cheminée à la manière d'affreuses chauves-souris — assuraient qu'il était encore vivant.

« Si je pouvais le tenir dans mes bras ! » priait l'épouse du pastelier.

Mais la nourrice en charge du nouveau-né n'avait jamais monté l'escalier de l'étage : suivant les instructions du maître, elle demeurait au rez-de-chaussée, dans l'espace étroit défini par la cuisine, le jardin et la petite pièce sans ouverture, voisine du cellier, où le berceau avait été transporté. Pour être passée sous la fenêtre de Maguelonne, une autre bonne d'enfants avait d'ailleurs reçu son congé.

« Le nourrit-on au moins ? s'inquiétait la mère. A-t-on soin de lui ? Il me semble l'entendre crier de faim ! »

La chambrière cherchait des paroles de réconfort.

« Madame, soyez assurée de rien craindre pour la vie de Clément ! J'ai cru d'abord que le baron lui ferait du mal. Nous autres gens de maison l'avons vu quelquefois rôder autour du berceau, l'épée tirée et les yeux fous.

— Que dis-tu là ? s'alarmait l'épouse du pastelier.

— Mais c'est chose oubliée, enchaînait promptement Marine. Des seigneurs visitent Castelviel : tous demandent après Clément, l'héritier des Fressard. Et le baron se priverait d'une telle attraction, qui fait parler de lui jusqu'aux toits de Toulouse ? Votre époux n'est pas si sot. »

Ce raisonnement n'apaisait guère Maguelonne.

« Mais qu'adviendra-t-il quand les seigneurs auront satisfait leur curiosité de Clément, et que mon mari se lassera d'en faire parade ? Je crois moi qu'il lui passera l'épée en travers du corps ! »

À cette pensée atroce, Maguelonne était prise d'un haut-le-cœur.

« On voit tant d'enfants mourir, reprenait la mère dont les yeux débordaient de larmes. Mon époux aura beau jeu d'accuser les fièvres, ou l'étouffement ! Ah ! Marine ! Je n'en puis mais ! Je veux voir Clément !

— Hélas ! La chose est impossible ! soupirait la chambrière. Le baron fait garder votre fils plus étroitement qu'une poterne...

— Je descendrai du balcon à la nuit. Noël m'est acquis.

— Mais la nourrice tient ses gages de monsieur de Fressard ! Elle vous écarterait du berceau. Il y aurait des éclats, du tumulte... »

Une résolution farouche perçait dans la voix de Maguelonne :

— Qu'importe, je verrai Clément ! J'arracherai mon fils à cette maison de malheur !

— Madame, gardez votre raison ! Vous n'auriez pas fait une lieue que les hommes de Fressard vous auraient retrouvée. Alors, malheur à vous deux ! »

Le visage de la mère, éclairé un instant du feu de la volonté, paraissait soudain rentrer dans l'ombre.

« Hélas ! Tu dis vrai. Clément et moi sommes à la merci du baron. »

Cette vérité brutale, impossible à tourner ni à adoucir, emplissait la mère d'un grand chagrin. Ses épaules se courbaient, tout son corps paraissait s'affaisser, comme creusé de l'intérieur.

Ne trouvant rien à dire, Marine lui prenait la main et partageait ses larmes.

Sous un tel régime, Maguelonne devait multiplier les ruses pour se procurer chaque semaine l'or indispensable aux soins du compagnon.

Son pécule personnel s'était vite épuisé. Il fallut alors rançonner les amis, les connaissances, et mille petits créanciers qu'avaient laissés ses emplettes insouciantes d'hier. Le colporteur lui devait dix sous de monnaie ; le tisserand, cent deniers... Noël se prêta de bon cœur à cette œuvre d'huissier. Il courut à l'est, courut à l'ouest, et parvint quelque temps à réunir les sommes nécessaires.

Se présentèrent ensuite les vraies difficultés. Certaine qu'un usurier l'éconduirait, Maguelonne n'avait d'autre solution que de puiser dans le trésor de son époux.

Pratiquement, rien n'était plus simple : elle savait l'endroit où se trouvaient les coffres, comment se procurer les clefs et le moyen d'endormir les soupçons du pastelier.

La difficulté venait de son enfermement qui l'empêchait d'agir elle-même. En effet, Noël se montrait des plus réticents à l'idée de dépouiller son maître.

« Jamais ! protesta énergiquement le garçon d'écurie. Vider un coffre, c'est autre chose que de voler des saucisses au charnier !

— Tu n'as rien à craindre. Fressard laisse le soin de sa caisse à un argentier qui vient une fois la semaine en transférer le contenu à la banque. Autrement, le magot est laissé sans surveillance.

— Jamais ! » bissa Noël, inflexible.

À ce moment, frappé de découvrir où l'entraînait sa bienveillance, Noël menaça Maguelonne de la dénoncer pour ses idées coupables. Un projet vite oublié, quand la captive lui représenta quel châtiment il encourrait lui-même, si la vérité était découverte...

« C'est juste, admit pesamment le garde, pourtant je ne peux me résoudre à ce que vous me demandez.

— Personne n'en saura rien. D'ailleurs, l'idée te viendrait-elle de glisser dans ta poche une ou deux poignées de pièces, je n'y trouverais pas à redire. »

Si les prières de Maguelonne n'avaient joué qu'en sourdine à l'oreille de Noël, cet or imaginaire y tinta bellement. Il se fit répéter la chose pour se garantir d'un malentendu, accident familier des entretiens d'affaires :

« Je pourrais puiser à mon compte ?

— Oui, si tu veux », confirma l'épouse du pastelier.

Noël glissa bourgeoisement ses pouces dans les crevés de sa chemise. D'instant en instant, son regard s'éveillait, comme allumé déjà d'un reflet de pièces d'or.

« Dans ce cas... », annonça le garçon d'écurie avec une pudeur feinte.

Maguelonne déposa un baiser sur le front chauve.

« Merci, Noël, je n'en attendais pas moins d'un ami. À présent, prête-moi attention... Il va de ta vie que tu retiennes ces paroles ! »

De ce jour, Fressard devint à son insu le soutien de Simon et le banquier de Maguelonne. Les coffres débordants du pastelier étaient purgés une fois la semaine par l'intrépide Noël, qui se dédommageait princièrement de ses courses aventureuses : la moitié du butin échouait dans sa poche...

« Qu'as-tu pris pour toi ? » demandait Maguelonne, troublée par les pièces que Noël semait derrière lui comme les cailloux du Petit Poucet.

— Mon pourboire seulement ! mentait le garçon d'écurie en fourbissant une dague neuve.

— Mais cette ceinture de soie à ta taille, et ce pourpoint lacé, et ce cheval ?

— Eh quoi ? Faut-il rougir d'être économe ? »

Ces ponctions répétées n'avaient pas manqué d'infléchir les comptes des tissus à la Vierge. Chaque mois, le solde accusait un déficit inexplicable, dont le report à l'année faisait une somme colossale, quoique limitée à l'échelle des recettes du bleu.

L'argentier de Fressard ne fut pas long à renifler quelque larronade, et voulut incontinent mettre aux fers tous ceux qui, de près ou de loin, avaient main au trésor.

« Le charretier est un coquin. Dieu me donne une mauvaise fièvre si je ne l'ai pas trouvé un jour tournant son couteau dans la serrure d'un coffre ! Il ne serait que de moi, je l'enverrais céans méditer ses péchés sur un banc de galère. Le comptable ne vaut pas mieux. Foi de chrétien, cet homme a derrière ses besicles les prunelles rouges du rat. Et les hallebardiers ? Peuh ! Des manants qui n'ont en tête qu'un pichet de cervoise, payé avec votre bien ! Aux fourches, ceux-là !

— Ne faut-il pas aussi dresser le gibet pour vous pendre ? ironisait le pastelier. De tous ces aigrefins, vous êtes le plus familier à mon argent. »

Réduit à quia, l'argentier ne devait plus émettre le moindre avis sur l'affaire.

Le plus étonnant, somme toute, était que Fressard s'émût si peu de la fuite de son or. Était-ce la modicité du préjudice, rapproché d'un avoir considérable, qui le fît négligeable à ses yeux ? Titré baron, nourrissait-il des ambitions plus hautes que simplement s'enrichir ?

Quoi qu'il en fût, Joachim de Fressard se montrait chaque jour plus détaché de son bien et dédaigneux de sa conservation. De même qu'il avait boudé son argentier, il resta sourd à l'avis d'un lieutenant du bailli qui lui conseillait le déménagement des coffres dans une place plus sûre.

« Pour rien au monde ! se cabra le pastelier. Éloigne-t-on un enfant de son père ? D'ailleurs, j'ai le goût de manier mon or, et le veux en toute saison à portée de mon gant. »

L'indifférence de Fressard était le gage le plus solide des exploits de Noël. Pendant tout l'hiver, le suppôt de Maguelonne poursuivit son œuvre de détrousseur sans être jamais inquiété. La chambrière et plusieurs des gens de la maison étaient dans la confidence, quelques-uns même avaient surpris Noël les mains dans un coffre, pourtant les vols continuaient... Pourquoi s'abstenir, quand le maître lui-même fermait les yeux ?

Aux premiers jours du printemps, le barbier de l'hospice Saint-Jacques informa Noël que Simon avait recouvré la faculté de lire. Cette nouvelle fut accueillie avec joie par Maguelonne qui attendait de correspondre avec le compagnon.

Dès ce moment, les messages commencèrent d'affluer au chevet du convalescent. Ils empruntaient la voie des bourses d'or, mais en flux si nourri que le brave Noël devait courir quatre fois la semaine à l'hospice, au lieu d'une fois auparavant. Maguelonne écrivait sans répit, dans une fièvre qu'animaient à la fois son intérêt pour Simon et l'ennui de son enfermement. C'étaient chaque jour deux et trois billets, produits d'une plume rapide et parfois redondante, comme si, davantage que les messages eux-mêmes, importât le signe qu'ils constituaient, l'assurance qu'ils donnaient d'une pensée attentive auprès du compagnon.

Sans être aimant ni tendre, le style révélait de l'estime, et cette fraternité qui naît entre victimes d'une même épreuve. Les thèmes ne variaient guère : les mauvais traitements du pastelier, les affres de la réclusion, auxquels se mêlaient, selon la rumeur, des nouvelles de Lucas et d'Éléonore emprisonnés.

Dans une lettre tardive, cependant, Maguelonne devait se saisir d'un sujet plus grave : c'était la paternité de Simon.

Le compagnon, en effet, continuait d'ignorer qu'il était le père de Clément. Fressard s'était bien gardé d'apprendre au compagnon cette vérité humiliante. Quant à Maguelonne, elle avait espéré une rencontre, bientôt compromise par la méfiance du pastelier. Restait le courrier porté à l'hospice Saint-Jacques... Sa discrétion en faisait l'agent idéal des confidences.

Ce fut donc un billet que rédigea l'épouse du pastelier, le vingtième de mai 1444, pour apprendre à Simon qu'il était père. Dans cet écrit net et sans ambages, elle lui révéla du même trait la défense que lui faisait Fressard de voir leur enfant, et l'inquiétude qu'elle nourrissait quant aux intentions du pastelier : s'il ne faisait périr Clément de façon ou d'autre — le serpent en était bien capable ! —, c'était au mieux à l'abandon, au lâche exil des porches d'église, qu'il destinait la pauvre créature. Fressard n'était pas homme à abriter chez lui la preuve de sa duperie.

Cette lettre fut la première à laquelle Simon

apporta une réponse. L'annonce de sa paternité le bouleversait. La naissance de Clément, écrivait-il, le tirait d'une torpeur qu'avaient entretenue la malignité du pastelier et sa passion immodérée pour le bleu. Une énergie nouvelle donnait en lui, qui l'emplissait de courage pour affronter les épreuves à venir. D'ailleurs, il avait réfléchi le moyen de contrecarrer le baron. La lettre terminait sur une invite énigmatique, quelques mots tracés d'une main sûre : « Nous arracherons Clément aux griffes de Fressard ! Tiens-toi à ton balcon, demain, quand sonnera complies. Je t'y retrouverai. »

Ce rendez-vous mystérieux plongea Maguelonne dans une grande perplexité. Elle voulut envoyer Noël s'informer précisément des intentions du compagnon, le dissuader au besoin d'entreprendre une action dangereuse.

« Hâte-toi ! soupira la captive, je crains que Simon ne soit déjà en route ! »

Hélas ! Maguelonne n'avait pas plus tôt prononcé ces paroles qu'apparut Fressard au pied du balcon. Comme servi par l'intuition, le pastelier alla droit au garçon d'écurie.

« Je ferai demain une visite à la prison du bailli. Vous garderez Maguelonne en mon absence. »

Suivirent des recommandations d'une longueur particulière.

Quand le baron en eut terminé, la nuit était tombée et Noël, courant à jambes folles, ne trouva à l'hospice qu'un lit vide : Simon s'était enfui à la faveur du crépuscule...

XV

La charrette allait au train paysan sur un chemin de campagne. Les cahots du sentier, l'inconstance des bœufs qui répondaient par de brusques élans à la bastonnade puis paressaient longuement en bordure d'un pré, donnaient au voyage l'allure la plus capricieuse et bien peu de confort. Cette brute de charretier n'en souffrait guère, au contraire de Simon enfoui sous les gros sacs d'agranat de pastel, et que déprimait le souvenir du lit douillet de l'hospice.

« Mes pauvres os ! geignait le compagnon. Rajustés à peine, voilà qu'on vous inflige cette torture ! Vrai, ces balles feraient rendre leur jus aux noix de Grenoble ! »

La charrette qui emportait Simon était celle du collecteur dont, des années auparavant, il avait visité le moulin en compagnie de Fressard et de Maguelonne.

Dès la nuit, le compagnon s'était glissé hors de l'hospice pour gagner seul, vêtu de sa chemise de malade, l'écurie du couvent Saint-Dominique où il savait de beaux chevaux peu surveillés. Une jument à la robe aussi noire que sa camisole était blanche le porta en moins d'une heure au moulin du collecteur. Là, un tas de bois l'abrita jusqu'à l'aube.

Le teinturier avait couru sa chance qu'en ce jour de printemps, on livrerait du pastel à l'hôtel de Castelviel, et le sort l'avait brillamment servi : ce matin-là, une charrette partait pour l'entrepôt de Fressard avec la première collecte de l'année. Le véhicule était chargé, les bœufs attelés. Simon n'eut qu'à bondir sur le plateau et ramper entre deux sacs à l'arrière. Peu après, la charrette s'ébranla.

Le trajet fut rien moins qu'agréable. À un moment, le charretier voulut s'assurer des cordes qui amarraient les balles : il grimpa sur le tas, puis, goûtant sans doute le paysage, s'assit dessus afin de contempler plus à son aise — le compagnon manqua d'étouffer. Il y eut des secousses à faire sortir les clous, d'interminables haltes dans la rage du soleil.

Enfin le chemin pierreux fit place à une voie damée qui annonçait l'entrée dans le faubourg. À l'approche de la maison du baron, le charretier fustigea ses bœufs dont le pas s'anima. Ce fut à belle allure que le convoi passa les portes de l'hôtel de Castelviel, refermées aussitôt derrière lui.

« Holà, charron ! entendit Simon. Un bon voyage ? »

C'était la voix du garçon d'écurie.

« Pardi, les chemins sont mauvais ! répondit le charretier. Gras et boueux comme au début d'avril.

Pourtant mes bœufs ont tiré toute la longueur, c'est que je les fouettais ! »

« Menteur ! » songea le compagnon. Il poussa un sac pour ménager une ouverture sur le côté de la charrette. Les planches à claire-voie laissaient voir une paire de bottes crottées que Simon adjugea au garçon d'écurie et une autre, de sabots à brides, qu'il décerna au charretier. Les deux hommes devisaient pluies, récoltes, cours du pastel. Un silence déférent signala l'approche de Fressard.

« Voici donc le bleu de l'année ! » fit le pastelier dont apparurent les souliers à boucle d'or.

La charrette grinça sous l'effort du baron qui se hissait à l'arrière. Épouvanté, Simon fit de son mieux pour se couvrir du coin d'une bâche. Il trouva une pierre qu'il empoigna. Fressard maniait une balle tout près de son visage. « Dieu me protège ! » pria le compagnon en se mordant les lèvres. Mais le pastelier se contenta de fouiller l'agranat à la bouche du sac.

« Le pastel est beau !

— C'est qu'il a fait chaud et plu comme il faut, commenta le charretier.

— Avec pareille qualité, il suffira d'un bain pour teindre les livrées de tous mes gens. Car j'ai pris écu de baronnie, savez-vous ? Il est d'azur au lion couronné. Dans la pointe sont des graines de pastel.

— Noble invention, messire ! flatta le charretier.

— Tous ceux de ma maison porteront mes armes, et même les teinturiers... Assez de tabliers morveux ! Je les habillerai d'un bel uniforme azur et quand on les verra, on dira : “Voici les teinturiers de monsieur le baron de Fressard !”

— Admirable ! fit le charretier. C’est donc que vous engagez de nouveaux teinturiers, messire ? »

Fressard prit le temps de répondre. Simon devina qu’il jouait de son pendant d’oreille.

« En effet... Il faut relever Simon Terrefort qui n’est plus bon à rien, qui d’ailleurs n’a porté que malheur et vergogne dans cette maison. Voyez comme on l’a moqué lors de son jugement de maîtrise ! Ce jour-là, j’ai pensé que c’en était fini du bleu à la Vierge. Mais les ventes se sont redressées, il est temps de remonter l’affaire. Nos tissus méritent un homme d’expérience, un maître confirmé... »

Ce disant, le pastelier descendit de la charrette, au grand soulagement de Simon qui n’en pouvait entendre davantage.

« J’ai à faire en ville, annonça le baron. Transportez le pastel au magasin de Signac, et mettez les cuves en état de teindre. Si le sort m’est favorable, nous aurons ce soir un nouveau teinturier. »

Le maître en allé, les deux hommes ne se pressèrent pas d’exécuter ses ordres. Ils commencèrent par débonder un tonnelet de cervoise, ce dont Simon profita pour se couler hors de la marchandise et gagner l’abri d’une cabane à l’entrée du jardin.

Depuis qu'il était descendu d'un cachot sombre dans une fosse plus noire encore, Lucas semblait avoir reculé de l'homme à la bête.

Pour quelqu'un épris des couleurs, cette retraite était la plus barbare qu'on pût imaginer : une cave rampante, comme le fond d'un puits dont on eût muré l'œil, un égout où régnait continuellement une pestilence de mort, tel était l'endroit où le teinturier avait été jeté.

Cet enfer n'offrait la commodité ni de se tenir debout, ni de s'adosser à la paroi gluante, ni même de coucher par terre où prospérait la vermine. Lucas passait ses journées recroquevillé sur un banc — ce banc, ravi de haute lutte à une colonie de rats, qu'il défendait encore contre leurs morsures.

Ici n'entraient ni l'air ni la lumière : six coudées de briques séparaient le cachot du reste du monde, de quoi décourager le rayon le plus têtu d'un midi d'été. Deux pas après la porte, les flambeaux s'étouffaient, comme coiffés d'un linge humide. Alors, pour servir l'eau ou le pain noir, le geôlier employait le guichet qu'il tirait d'un coup sec et ramenait presque aussitôt — fenêtres au jeu éclair, ouvrant sur d'éblouissantes chevelures de flamme, dont Lucas attendait la manifestation comme l'avènement d'un ange.

Les visites du garde égayaient ses journées. Le teinturier les guettait avec fièvre, traînant son oreille contre les briques pour suivre le cliquetis rythmé — *dililing, dili diling* — qui situait son geôlier dans le dédale des souterrains. Approchait-il ? S'éloignait-il ? L'écho était plein d'espérances trompeuses.

À l'instant où manœuvrait le portillon, Lucas se pressait déjà derrière. La lumière affluait, aiguë, blessante. Ce n'était pourtant qu'un clair-obscur, le pauvre rougeoiement d'une torche charbonneuse ; mais aux yeux du teinturier : un soleil, une aurore fulgurante. Ses doigts tenaient ses yeux écarquillés pour les garder ouverts. L'image s'imprimait profondément dans sa mémoire, chaque trait et chaque couleur déposés comme une relique merveilleuse : la flamme léchant la voûte basse, la crasse des ongles du geôlier, un cafard patrouillant sur le mur... De ces simples choses, Lucas ferait son régal des heures durant.

Cependant, un jour, le portillon joua à un moment qui n'était ni celui du repas ni celui de la toilette. Contrarié qu'on eût trompé sa vigilance, le prisonnier accourut en vociférant.

« La paix ! tonna le garde. Un visiteur est là pour toi. Tiens-toi tranquille, sinon, foi de Malevard, je te donne la discipline au pli des genoux ! »

Un tour de clef suivit ces paroles autoritaires. Craignant l'entrée du bourreau, un homme dont le fouet marchait toujours avant la botte, Lucas se blottit peureusement dans un angle du cachot. Mais ce fut une silhouette frêle, prolongée d'un chapeau à toupet de plumes, qui se découpa dans le demi-jour de l'entrée.

« Sainte fièvre ! Quelle puanteur ! »

L'accent était gentilhomme. Peut-être un officier du roi venu lui signifier sa grâce ? Dans la pitoyable intention de se faire bien voir, le teinturier passa une main rapide dans la broussaille de ses cheveux.

« M'en veux-tu de rester sur le seuil ? poursuivit l'inconnu qui humait l'air du cachot. Cette pestilence... D'ailleurs, j'ai peu de temps. »

Lucas étudia avec attention le profil de son visiteur. Cette voix ne lui était pas étrangère, bien que l'écho et certain accent qu'elle avait pris la fissent méconnaissable.

« Fressard ! glapit Lucas.

— Baron de Fressard, s'il te plaît ! Je n'ai pas tant ferraillé après ce titre pour qu'on le taise aujourd'hui. Baron de Fressard et rien d'autre ! »

Le sang bouillonnait dans les veines du teinturier.

« Fressard tu es et Fressard tu restes ! tempêta Lucas. Mon ennemi juré, le fléau de ma race !

— C'est la liberté que je t'apporte ! » plaida le pastelier en pointant un doigt vers la voûte du cachot.

Soulevées dans un élan de haine, les chaînes se tassèrent entre les jambes du prisonnier.

« La liberté ?

— Entière... Je veux te tirer du cachot comme j'en ai tiré ton fils. Prononce un seul mot, et la grâce du bailli t'est acquise ! »

Lucas scruta la pénombre pour déchiffrer la physionomie de son visiteur. Hélas ! le pastelier se tournait de manière à n'avoir jamais le visage éclairé.

« Le bailli n'a que faire d'un emmuré, c'est une bouche à nourrir, reprit Fressard.

— Oui, et quelle nourriture ! railla le prisonnier en baisant le cercle formé par ses deux doigts. Bouillie à chaque service.

— Réjouis-toi quand même d'être en vie ! Seule la bonté de Maître Boniface t'a épargné les fourches, sais-tu ? Il pouvait appeler sur toi la peine capitale.

— D'autres attendent leur tour, Fressard... Quand donc sera instruit le procès de tes vilenies ? »

Depuis le banc où il était assis, Lucas vit s'animer la silhouette du pastelier, détachée du jour de la porte pour se fondre à l'obscurité. Ce mouvement n'était pas marche humaine, mais reptation fluide et silencieuse, écoulement ralenti du poison dans l'eau claire...

Une peur irraisonnée s'empara du prisonnier, qui s'adossa au mur et rassembla ses chaînes.

« Langue pointue ! fit le baron venu tout près, Dieu veuille que ces méchantes paroles n'atteignent pas mon cœur !

— Nous avons à parler, osa Lucas d'une voix nouée.

— Je suis prêt à t'entendre. Mais pourquoi dans ce bas-fond où règne une punaisie de charogne ? Je t'offre un fauteuil sous la tonnelle de mon jardin de Castelviel. Avec le printemps, des roses magnifiques se sont épanouies. Les jacinthes embaument, un rouge ému vient aux cerises. Dis seulement un mot, Lucas, un mot !

— Quel mot ? s'enquit le prisonnier qui sentait fléchir sa résistance.

— Celui par lequel tu acceptes d'être mon teinturier de bleu et de prendre la suite des tissus à la Vierge. »

Une détente prodigieuse enleva le teinturier de son banc. Lancées comme des fléaux d'armes, les chaînes volèrent au visage de Fressard qui esquiva d'un mouvement brusque. Malgré tout, quelques maillons s'étaient enroulés au bras du pastelier qu'ils serrèrent à la façon d'un nœud coulant.

« À moi ! La garde ! » hurla le baron.

Ce cri attira le geôlier qui se porta en rugissant au secours du visiteur. Dès les premiers coups de poing, Lucas tomba évanoui. Cela n'assouvit nullement le garde qui rossa l'homme étendu à terre.

« Épargnez-le ! haleta Fressard dégagé de ses chaînes. Il ne sera plus bon à rien... »

Le geôlier s'écarta, surpris.

« Messire, je doute que ce coquin soit utile à autre chose qu'à engraisser les rats !

— Vous avez tort ! Lucas Terrefort est un maître éminent dont la science, en fait de teinture, est sans rivale dans le royaume. Allons, laissez-nous, je me fais fort d'arrondir cette tête pointue ! »

Ahuri du traitement que lui faisait le gentilhomme, le garde libéra un grand coup de botte dans les côtes de Lucas avant d'obéir. Sur le seuil du cachot, sa lourde tête pivota pour surprendre une scène curieuse : Joachim de Fressard tapotait gentiment la main du teinturier étendu sur son banc... Le geôlier prit le couloir en marmottant.

Les heures jusqu'à la nuit ne furent pas perdues pour Simon.

Il chercha d'abord à cerner le train de la maison en guettant les allées et venues et en faisant dans sa main, avec de petits cailloux, le compte des domestiques. Son plan prévoyait d'approcher le balcon de Maguelonne à la faveur de la nuit : aussi devait-il réfléchir le chemin le plus sûr, qui n'était pas le plus direct. Combien de foulées séparaient cet arbre de ce palis ? Que trouverait-il au bout de ce mur, dont il ne pouvait voir le prolongement ?

Tandis que Simon agitait ces questions difficiles, les cris d'un bébé lui parvinrent depuis une fenêtre. Son cœur se cabra.

« Clément ! » s'exclama le compagnon qui entendait pour la première fois la voix de son fils.

L'élan d'y répondre et la rage de savoir l'enfant dans des mains étrangères manquèrent alors le jeter dans l'action. Il réprima à grand-peine son envie d'empoigner un bâton et de courir à la maison. Au moins sa résolution était prise : coûte que coûte, il emporterait l'enfant.

À la tombée de la nuit, Simon se faufila hors de la cabane et longea le mur nord de l'hôtel. Parvenu à l'angle que formait ce mur avec la façade sur jardin, celle où donnait la chambre de Maguelonne, le compagnon fit halte pour observer.

Ce qui s'offrait à ses yeux était un paysage de cauchemar : non pas de ces cauchemars violents et tourmentés qui font chevaucher des balais de sorcière ou rouler dans la gueule d'un monstre, mais de ceux-là où l'on remonte interminablement un chemin sans but ni contours, parmi des pierres dont chacune paraît loger un serpent, au milieu d'arbres qui tous ont un ventre d'écailles.

Sous le froid rayonnement de la lune semblaient s'éveiller des vies contre nature : l'œil d'une mare clignait d'épouvante, un frisson passait sur les buissons, les troncs dressés ainsi que des potences remuaient leurs membres patibulaires.

« Brrr ! Plutôt coiffer le diable que de tarder ici », songea Simon.

Il n'avait pas plus tôt formé cette pensée qu'une voix forte donna à quelques pas :

« Qui va là ? »

Le sang de Simon se figea en glace. Il roula des yeux fous autour de lui.

« Simon ? »

Qui savait son nom ? Ah çà ! c'était donc un piège ! On le guettait, on le tenait en joue peut-être ! Et lui qui n'avait pour toute maille qu'une chemise de malade !

« Hou, hou ! » contrefit Simon dont les jambes cliquetaient comme des dents de peigne.

« Simon ? » répéta, plus haut et s'approchant, un homme.

Allait-il se taire ? À présent Simon distinguait la silhouette massive prolongée d'un bâton, qui marchait droit sur lui. Le compagnon soupesa une pierre dans sa poche. La bonne idée qu'il avait eue d'emporter ce caillou !

Sans attendre un nouvel appel, Simon lança le projectile de toute sa force. Un choc mat lui apprit la destination de son jet. L'homme porta la main à son front chauve et s'écroula.

Cette rencontre avait trop battu le sang de Simon pour qu'il sentît aucun allégement de son succès. Au contraire, découvrant la menace qui le cernait, il se sentit porté d'un incroyable élan de peur. D'un bond, il fut au pied du balcon de Maguelonne. Un effort vigoureux le hissa jusqu'en haut. L'épouse du pastelier lui tendit la main pour enjamber la balustrade. Elle s'étonna de la légèreté de ce fantôme dont la chemise flottait au vent.

« Comme tu as maigri !

— Il s'agit bien de mon lard, quand des brutes sont après moi ! J'ai assommé quelqu'un, sous votre fenêtre. Un front chauve.

— Lui ? Il m'est acquis. Tu n'as rien à en craindre.

— Trop tard ! » fit le compagnon d'un air avantageux.

En humeur d'agir, Simon s'empara du bras de Maguelonne.

« À présent, derrière moi !

— Non, va seul.

— Il n'y a pas d'autre chemin. Allons, du cœur ! Ce n'est pas si rude qu'en apparence. La vigne est bien cramponnée.

— Avec moi, tu n'aurais aucune chance. Prends Clément et chausse des ailes ! »

Simon renifla, excédé.

« Avez-vous le mal saint Mathurin pour vous entêter en pareil moment ? Vous courez bien assez vite ! Rappelez-vous certaine nuit de mars, près d'une chapelle à la madone.

— La chapelle, oui... Si Dieu le veut, je t'y retrouverai le premier de septembre. Le premier de septembre, à matines, entends-tu ?

— Jongleries ! Cette chapelle est perdue.

— C'est près de Marssac, sur la voie de Toulouse. Demande la "madone bleue." On te conduira...

— Une dernière fois, quittons ce lieu ! »

À ce moment, une trouée se fit parmi les nuages. Le croissant de lune apparut, tel un pendant d'oreille brillant de feux glacés. Une clarté lugubre tomba sur le paysage, découpant chaque feuille d'arbre, taillant en perles noires les baies du groseillier. Le balcon fut exposé comme en plein jour.

« À moi !

— Malepeste ! Nous sommes perdus ! s'écria Simon en apercevant le garde qui titubait au pied du balcon, une main sur le front.

— Noël ! fit Maguelonne.

— Sans doute a-t-il médiocrement goûté le caillou que je lui fis tantôt connaître en pleine figure ? Dans un instant, les autres seront là. Vite, enjambez ce balcon ! »

Maguelonne se dégagea farouchement de l'étreinte du teinturier.

« D'accord, va devant. »

À peine Simon s'était-il pendu à la vigne qu'elle lui donna une bonne poussée dans la poitrine. Le compagnon lâcha prise et chuta d'une grande hauteur — par chance, sur la terre meuble.

« La peste soit... », gémit le teinturier en tâtant ses côtes brûlantes.

Le temps lui manqua pour chanter sa complainte car Noël était déjà sur lui, armé d'un bâton qui lui fouetta les jambes. Ce traitement éveilla chez Simon des souvenirs si cuisants qu'il bondit sur ses pieds.

« Halte-là ! protesta le compagnon dans un souffle. Suis-je tambour pour être ainsi battu ? »

Plus vif que son adversaire, Simon agrippa un poignet qu'il désarma d'une formidable clef de bras. L'épaule rendit un craquement de noix brisée — gage qu'avant longtemps il n'aurait rien à craindre de ce drôle-là.

« Mille excuses, Noël... Nous ferons un autre jour les présentations ! »

Cependant, l'appel du garde avait ameuté les gens de la maison.

Des hommes et des femmes accouraient dans leurs cottes de nuit, pâle encerclement dont l'aspect, sous la lune, était des plus effrayants. Simon essuya passivement quelques volées d'armes — ces poêlons et tisonniers dont les gens s'étaient saisis à la tombée du lit — avant d'engager la riposte.

Alors, le bâton repris à Noël, une merveille de bâton aux nœuds plus durs que des cailloux, joua en virtuose contre les domestiques. Simon frappait, taillait, moulinait, dardait — en telle rage que, bientôt, personne n'osa plus l'entreprendre. Profitant du désarroi de ses assaillants, le compagnon franchit leurs rangs et courut vers la maison.

« Il en veut à Clément ! Sus au maraud ! » hurla Noël.

En quelques instants, Simon fut à l'intérieur de l'hôtel, enleva de son berceau l'enfant endormi, puis échappa par une fenêtre qui ouvrait sur le dehors. Ses poursuivants l'imitèrent mais, retardés par de lourds sabots, renoncèrent au coin de la rue.

« Ah ! Ah ! fanfaronna le compagnon assuré de son avance. Six après moi, et pas un n'a tenu ! Est-il prouesse plus merveilleuse ? Clément peut sourire d'avoir un tel père. »

Ainsi parlait-il, faisant tournoyer son bâton telle une épée de parade, et serrant bien fort son fils dont l'enivrait la chaleur vivante tout contre lui. Un bonheur fulgurant s'allumait dans ses entrailles, au mépris de la nuit, des coups et de toutes les embûches.

Simon fut longtemps à courir les rues désertes de Castelviel, par ce seul élan que lui avait acquis la peur, et qu'alimentait depuis la joie de la délivrance. Son bâton donnait violemment dans les enseignes, sur les gouttières, partout où cela sonnait clair. Fût-il passé un soldat du guet dans son armure cliquetante, il n'eût pas craint d'en faire une autre cymbale.

À un certain moment, une voiture entra dans la rue. Cette rencontre lui rendit d'un coup ses esprits. Le teinturier s'écarta du caniveau pour gagner l'ombre d'un encorbellement.

« Dame, qui peut rouler dans Castelviel, à pareille heure ! »

Tout à ses pensées, Simon ne releva pas l'écu peint sur la portière. Un lion couronné identifiait la jeune baronnie de Fressard. L'écu échappa à son attention, mais pas le poinçon de lumière que le joyau du pastelier, penché un instant au-dehors, avait reçu de la lune.

« Fressard ! s'écria le compagnon en serrant Clément contre lui.

— Simon ! » s'exclama Fressard.

Mais les pensées du baron couraient d'autres lièvres. Le teinturier fut quitte pour cette exclamation d'un hasard qui, survenu un moment plus tard, eût été malencontreux. Disparu dans Castelviel sans demander son reste, Simon n'eut pas le temps de voir l'autre passager qu'emportait le carrosse.

« Je croyais ton fils à l'hospice, commenta distraitement le pastelier. Les Terrefort ne sont jamais où on les pense. »

Lucas s'abstint de répondre.

XVI

Après une méchante nuit passée en compagnie des gueux sous le porche de l'église Saint-Loup, Simon s'éveilla le plus misérable des êtres.

La situation était telle qu'un homme doué de raison eût pris sans tarder le chemin de l'hospice, celui peut-être dont Simon avait délogé, pour confier au Dieu de miséricorde l'enfant affamé et lui-même. Il manquait de doigts pour dénombrer tous ses maux : sans feu ni lieu, recru de fatigue, dépositaire pour tout bien d'un bâton et d'une chemise sale ; avec cela chassé par Fressard, renié par son père, abandonné de ses frères en teinture, trahi par sa mie qui l'avait poussé dans le vide au plus fort du danger... Qui n'eût déjà rendu les armes ?

Or, Simon n'était pas de cette fibre. Quand ce matin-là lui apparut la grimace du monde, quand il découvrit, blotti contre sa poitrine, cet être vulnérable et torturé de faim, le compagnon se mit debout — en somme, ce premier mouvement était tout, le réussir donnait l'élan des autres.

Simon fut debout et marchant à grandes foulées

devant l'église Saint-Loup. Il n'avait nulle part où aller, et personne à l'attendre. Sa camisole blanche faisait de lui la cible des regards et certainement un appât de choix pour la maréchaussée. Enfin, Castelviel n'était pas sûr : à n'en pas douter, on l'avait cherché toute la nuit.

« Partons d'ici ! »

Mais Clément criait d'appétit : la priorité était là. Ce qu'il fallait, c'était trouver à manger.

« Ne pleure plus, petit Clément... Nous allons faire bonne chère. »

Réflexe d'homme pourvu, Simon prit aussitôt le chemin d'une taverne. La chance voulut qu'au même moment s'y présentât un groupe de frères prêcheurs, religieux de pauvre aspect, vêtus d'une coule blanche, auxquels le compagnon put se mêler sans différence. Il partagea de bon cœur le pain et le potage que le tavernier leur servit par charité, puis s'attabla à part, car sa faim caressée montrait toujours les dents.

« Allons, patron, la crème de ton cellier, la fleur de ta cave ! J'ai plus d'appétit qu'une baleine ! »

Le tavernier fit les gros yeux devant Clément qui braillait dans les bras de son père mais, croyant peut-être à un enfant recueilli, servit sans polémique. Simon se régala de tourte et de lard, et parvint, non sans peine, à pousser dans la bouche minuscule de Clément un doigt de purée de fèves, un dé de cervoise tiède. Que cela fût au goût du bébé, rien ne le disait, mais au moins remplissait-il son ventre.

La suite fut plus pénible. Quand Simon mit la main à sa poche, il s'aperçut qu'elle était vide, pour la raison élémentaire que sa camisole n'en comportait pas... Il lui manquait le moindre argent pour payer leur repas. Un regard vers le tavernier lui apprit qu'on avait percé son trouble, et deviné du même coup l'imposture. La main du patron s'avançait déjà sous le comptoir, vers un gourdin peut-être. Frissonnant des coups qui s'annonçaient, Simon brandit son bâton d'un geste imprécatoire.

« Il suffit ! tonna le compagnon. Assez de plaies et de bosses ! Allez-vous rosser un moine à qui ce pauvre enfant fut confié par sa mère mourante ? »

Et Simon de brandir Clément, content qu'en telle urgence l'enfant remplît si bien son rôle, qui était de vagir à fendre l'âme.

« Vous êtes un homme sans cœur, sanglota le compagnon. Par Notre Dame, je m'en vais sans payer ! »

Sur quoi, Simon se leva de son banc et prit la porte à la barbe du tavernier. Quand la petite famille fut dehors, le père déposa un bécot sur le front de son fils.

« J'applaudis à votre astuce, Maître Clément. Sans vous, Dieu sait quelle pénitence m'eût infligée ce triste sire ! »

L'enfant émit un gazouillis d'approbation.

Cette aventure persuada Simon d'éloigner au plus tôt Castelviel, gîte de ses ennemis. Enrichi d'une corde qui donnait un tour franciscain à son habit de moine, il passa les remparts et se mêla aux allées et venues des voyageurs. Toutes les routes s'offraient à lui, chacune promettant un lot égal de succès et d'épreuves, de joies et de tourments. Le vent jouait dans le flottant de sa camisole blanche, tirait ici, poussait là, volontaire infatigable d'horizons tournants.

Droit devant s'ouvrait Albi, cité forte sur ses six promontoires. « Non, trop de gibets par là ! » songea le compagnon qui se détourna de l'imposante cathédrale. Alors, suivre la muraille par le sud, vers le Bondidou et le ravin de Verdusse ? « ... Le ravin des teinturiers ! Plutôt passer la corde ! » protesta Simon. Ou encore le côté du Tarn, le Pont-Vieux de pierres et de briques ? « Peuh ! L'autre bord vaut celui-ci. Et puis, comment payer le péage ? »

Le compagnon était en tel débat sur le chemin à prendre, quand lui revinrent en mémoire les consignes de Maguelonne, spécialement le rendez-vous devant la chapelle à la madone.

« La belle affaire ! Près de Marssac ! C'est autre chose de marcher que d'aller à cheval ! Il y a trois lieues d'ici ! »

Le voyage ne le tentait guère, mais davantage, à la réflexion, qu'une journée à mendier devant les portes de Castelviel. Il se mit en chemin.

La route était longue et tortueuse. Sans cesse, des carrioles garnies de bois le chassaient de la voie étroite, ou bien l'ensevelissaient sous d'énormes bancs de poussière d'où Simon ressortait blanc comme un spectre et l'enfant pris d'éternuements. Comble d'infortune, le soleil qui n'avait pas démérité depuis la veille se fit paresseux : il chercha l'oreiller de grands nuages blancs qui privaient la campagne, et Simon en particulier, d'un précieux bien-être. Serrant Clément contre sa fine camisole, le compagnon ne savait plus si c'était pour réchauffer l'enfant ou pour s'attiser lui-même.

« Courage, mon fils ! Dieu a voulu que nous nous trouvions au travers des périls, il ne permettra pas que nous mourions d'un rhume ! »

À la longue, ce climat difficile fit renaître les pleurs du bébé. Simon était bien peiné de voir le petit visage se froncer et ruisseler de chagrin, sans trouver toutefois ni la cause ni le remède. Pardi ! Il était garçon, et les hommes de ce temps connaissaient moins d'un enfant que de l'envers du monde !

« Tu as faim peut-être ? Trois heures que nous n'avons mangé. Ou bien soif ? Veux-tu que j'aille puiser pour toi l'eau de cette fontaine ? »

Le teinturier couchait son fils à l'ombre d'un saule et faisait alentour la tournée des champs et des vergers. De cette promenade, il rapportait carottes, cardes, poireaux, fraises, choux et chicorées, plus une provision d'herbes goûteuses et l'eau qu'à défaut de flacon il gardait dans sa bouche. Clément repoussait la plupart de ces présents, sauf les baies, proportionnées à son étroit gosier, et dont il aimait fort se barbouiller la figure.

« Es-tu souillon ! » le grondait Simon.

Ce fut en baignant Clément dans le ruisseau qu'il découvrit la cocarde, déjà prometteuse, qui couvrait les deux joues de l'enfant.

« Une tache ! Et rouge, comme moi. Fallait-il que tu sois crotté pour qu'elle disparaisse ! Tu es bien mon fils ! » s'exclama fièrement le compagnon.

Une demi-lieue plus loin, Simon s'instruisit longuement auprès d'une nourrice qu'il avait vue donner le sein sur le pas de la porte, et dont il voulut tout apprendre au sujet des bébés : la toilette, les soins, les repas, et même quelques comptines pour endormir. Certes, le compagnon ne pouvait comme elle dégager le téton, mais à tout le moins découvrit-il que la bière n'était pas au régime ordinaire d'un nourrisson, qu'à huit mois d'âge on n'était pas censé causer patois, qu'il fallait avoir grand égard des petites fesses roses et autres secrets de mères dont Simon se montra fort curieux. Enfin, Clément fut invité au banquet du sein, ce qui l'enchanta mais désobligea cruellement l'autre poupon, assuré sans doute que coulait pour lui seul cette fontaine de délices.

« Te voilà assez régalé. Savoure, mon fils, car tu n'auras pas tous les jours tel mets de prince. »

Sur quoi, le teinturier salua la nourrice et reprit le chemin de Marssac.

La chapelle à la madone fut atteinte avant la nuit.

L'émotion du teinturier fut vive en retrouvant l'oratoire bien-aimé, avec sa croix tordue et son huis envahi de lierre. Certes, depuis deux ans qu'il en avait passé le seuil, le sanctuaire avait bien vieilli : du plâtre tombait en flocons des lézardes et l'autel disparaissait sous les coulures de suif. Mais la madone, sur son pauvre piédestal de clous, resplendissait comme au premier jour..

« Regarde, fit Simon en portant religieusement son fils devant la statue de la Vierge. Cette dame est très belle. Un manteau comme le sien, on n'en trouve de semblable qu'au paradis. Admire, Clément ! Peut-être seras-tu un jour maître de teinture ? Alors, tu te rappelleras cette chapelle, cette madone au bois rongé avec sa traîne de sciure... Tu te souviendras de ce bleu. N'est-ce pas, mon fils ? »

Clément fit une gracieuse risette, que Simon imagina d'approbation.

Cependant le jour déclinait, il devenait pressant d'aménager un abri pour la nuit. Le compagnon rapprocha deux bancs pour faire une couche à son usage, tandis qu'il garnissait de mousse, du foin de ses sabots, de duvet et de fleurs séchées le bénitier où dormirait son fils. Des moignons de chandelles roulaient partout, qu'il alluma en farandole autour du berceau.

Le père et le fils sombrèrent dans un sommeil peuplé de rêves sous le regard bleu de la madone.

Certes, les villageois de Marssac eurent beaucoup d'étonnement quand, à l'aube du lendemain, ils découvrirent le campement des Terrefort dans la chapelle forestière.

On s'amusa du père, dont les pieds déchaussés débordaient d'une bonne coudée les bancs d'église, et qui ronflait tel un soufflet d'orgue. Mais, comme de raison, ce fut le fils qui rallia les suffrages attendris des visiteurs. On trouvait charmant le berceau de fortune et sa litière improvisée, garnie de tout-venant comme un nid d'oiseau ; la petite figure emmaillotée plaisait plus encore : d'aucuns lui trouvèrent une ressemblance avec l'Enfant Jésus, jovial et poupin, dont la statue trônait dans l'église de Marssac.

« Oh ! le petit ange ! fredonnèrent les mères en bordant sur les bras potelés un fin tapis de mousse.

— N'est-ce pas que la madone a les yeux sur lui ? Regardez, sa tête est tournée. »

Il régnait sur la scène un parfum de miracle, mais surtout beaucoup de voix et de tumulte qui eurent tôt fait d'éveiller le compagnon.

Or, Simon vit l'affluence dans la chapelle, vit le monde autour du bénitier, et crut, dans un demi-sommeil, qu'on s'emparait de son enfant. Cette impression souffla le feu dans ses veines. Avec énergie, il s'empara de son bâton et bondit sur l'autel, pointant un doigt imprécatoire vers une femme qui berçait Clément dans ses bras.

« Halte-là, démone ! Sur mon tablier de teinture, je te broie la cervelle si tu ne laisses pas mon fils ! »

Un vicaire qui semblait le berger de la procession s'avança en joignant les mains.

« Paix, monsieur ! Nous ne sommes que les villageois de Marssac venus fleurir la madone pour la fête de la Visitation. »

Simon inspecta d'un coup d'œil l'attroupement dans le petit oratoire. Force lui fut d'admettre qu'aucun des fidèles n'avait la mine ni l'allure de ravisseurs d'enfants. Pas d'armes, pour commencer... On eût pu faire une passable rapière de la grande croix d'argent enlevée par la procession. À la rigueur, le lourd reliquaire fût devenu massue, et lances les bannières à la gloire de Marie. Mais à quelle offensive employer les gerbes de fleurs, le calice ou l'étole brodée ? Le teinturier comprit son erreur.

« Mille pardons ! fit Simon en essuyant l'autel qu'il avait foulé. Je vous ai mêlés avec de méchantes gens qui m'ont pris en chasse depuis Castelviel. J'ai grand-peur qu'ils n'aient flairé ma piste jusqu'ici.

— Oh ! s'exclamèrent ensemble les processionnaires.

— Pourquoi en ont-ils après vous ? demanda une femme.

— C'est une longue histoire, elle vous ennuierait sans doute.

— Non pas, non pas ! » protesta le vicaire.

Le compagnon s'assit commodément pour jauger son public. Il vit dans tous les yeux le même pétillement curieux.

« Dame, songea Simon. Je n'ai rien à gâcher de leur dire ma vie, peut-être même en serais-je payé ? »

Fort de cette idée, le compagnon commença par faire longuement l'article de l'histoire qu'on allait entendre. C'était, à l'en croire, un récit des plus plaisants, farci d'aventures et de prouesses, dont maints troubadours avaient déjà fait leur miel, et à peine moins de seigneurs dans leurs fiefs brumeux.

À l'heure où l'on parlait, il se faisait grande dépense d'encre et de parchemin dans les études des moines pour faire écrire cette épopée. Des hommes si opulents qu'ils se mouchaient dans des carrés d'hermine passaient commande de copies somptueuses, avec fermoirs d'argent incrustés de rubis, qui deviendraient la gloire et l'ornement de leur bibliothèque.

« L'histoire, monsieur ! L'histoire ! » jappa le vicaire.

Simon s'inclina courtoisement.

« Soit, mais je veux salaire pour ce conte : le manger et le boire, et aussi un toit pour m'abriter avec mon fils...

— Tu les auras », promit un bourgeois dans la procession.

Ravi de sa conquête, le compagnon ne se fit pas prier davantage. Avec une éloquence qu'on n'eût pas supposée au modeste artisan de teinture, il dressa la chronique minutieuse de sa vie. Rien ne fut contourné ni omis : depuis son apprentissage chez Maître Lucas jusqu'au drame de la maison des Brassières, en passant par le difficile noviciat du bleu et l'évasion de l'hospice Saint-Jacques, Simon fit sa confession entière. Béats comme à la messe, les fidèles savouraient l'édifiant récit du compagnon de teinture.

À la fin, la nuit était venue et Clément, dont les sanglots comptaient les heures mieux que les cloches paroissiennes, s'était maintes fois pendu au sein des villageoises. Chacun était repu, de lait ou de paroles.

Seul le vicaire, jaloux peut-être d'un succès que ses prêches n'obtenaient pas, fit mauvaise réception au récit de Simon.

« Sornettes ! Dieu ne permet pas qu'un fidèle ait vie si misérable. Et croyez-vous que Marie, la très sainte mère du Christ, abandonnerait celui qui lui voue tant de prières ? Vous fabulez, compagnon ! »

Simon fut piqué au vif.

« Si je mens, que céans le diable me fende la langue en deux, comme il fit au serpent qui est entre les bêtes la plus fourbe et la plus repoussante ! »

La réplique du vicaire cingla comme un fouet :

« Oui-da, mais l'avoir fourchue n'est pas si grand mal, et j'en connais qui étonneraient le monde, s'ils montraient quelle limace rose, à deux ou trois museaux, brode leur salive !

— Alors, qu'il me pousse au menton une barbiche de bouc, et au front des cornes si aiguës qu'elles percent mon bonnet !

— Bah, il en faut plus pour glacer la pucelle, et beaucoup font leur miel de figures encore pires, auxquelles même le miroir refuse l'hospitalité !

— Eh bien, j'engage les sorcières à coudre sur moi la fourrure d'un ours noir et puant, et de mes dents, faire de vilains clous de girofle, si je feins d'un seul mot !

— Ce serait plaisant à voir, assurément, mais l'homme que vous dites est déjà inventé : il s'appelle Jehan, et fend les bûches pour la cuisine des moines !

— Je ne mens pas ! tonna Simon à bout de nerfs et d'arguments.

— Vous mentez ! repartit le vicaire. Ou si vous ne mentez, vous bâclez vos prières ! »

La joute des deux hommes avait semé le trouble parmi les fidèles. Ces bons paroissiens n'osaient prendre parti contre leur vicaire, sans se résoudre non plus à attaquer le compagnon dont la vie semblait déjà si malheureuse.

À la fin, ce fut un bourgeois qui tira d'embarras tout le monde en rappelant la tombée du jour, la férocité des loups du voisinage, et le grand festin que leur promettaient cent chrétiens dodus errant dans les sous-bois. La justesse du raisonnement frappa les villageois. Des torches de résine furent allumées aux cierges de l'autel et chaque famille s'égailla derrière son porteur de lumière.

Simon ne fut pas oublié. Son bienfaiteur lui offrait un lit dans sa maison et un berceau pour Clément. Le compagnon accepta avec empressement.

« Je vous dois une infinie reconnaissance, messire.

— Mon nom est Arnould. »

Dès le lendemain, Arnould installa Simon dans une chaumine en bordure de la forêt de Marssac, à moins d'une portée d'arc de la chapelle à la madone.

Quatre murs de brique, trois poutres en bois, une coiffe de genêts sur un toit à deux pentes constituaient l'humble bâtiment, jadis logement des maçons de l'oratoire, depuis simple abri de bergers ou de chasseurs surpris par l'averse. Le mobilier avait disparu, consommé pièce à pièce par les flambées d'hiver. Ne restaient pour égayer le sol de terre battue qu'une table et une paillasse. On y vivait quand même à l'aise : une source réputée coulait au coin du champ, et les fourrés voisins grouillaient de lièvres.

« C'est tout ce qu'il me faut ! déclara le compagnon.

— Tant mieux ! se réjouit Arnould. Voici une miche de pain avec du lard. Je vous ferai porter des pâtés dans la journée... et bientôt, peut-être, un habit neuf, si vous me régalez d'une belle histoire ! »

Simon remercia chaudement son hôte qui prit congé. « Quels gens charmants », songea le teinturier en humant les bonnes victuailles.

Les semaines qui suivirent devaient l'affermir dans cette opinion. Nulle part, en effet, le compagnon n'avait connu d'âmes si charitables ni de cœurs si ouverts à la détresse d'autrui. Il ne passait pas un jour sans qu'un chasseur apportât quelque lapin pris au collet, ou un maraîcher, une botte de poireaux au frais parfum de terre. Le boulanger offrait son pain signé d'une croix ; le pâtissier, de succulentes terrines dans des poteries vernissées. Mais les visites les plus assidues étaient rendues par les nourrices : dès l'aube, celles que ne retardaient pas les travaux de ménage accouraient chez Simon, jalouses d'accueillir le nourrisson sur leur poitrine tiède... « Ah çà ! songeait le teinturier, si mon fils ne s'étourdit, à tant baiser de mamelles ! »

La popularité du compagnon ne pouvait seule expliquer une telle affluence. Sans doute l'air d'ermitage de la chaumine au fond des bois, le costume religieux que Simon avait gardé et même parfait d'une tonsure avaient-ils leur part dans cet engouement : les paroissiens mêlaient le teinturier à quelque figure de saint ou d'anachorète. Qu'il se fût longtemps frotté au monde amplifiait l'humanité du personnage. On le révérait d'avoir péché, et d'expier à présent par une vie solitaire.

« Pardi ! J'aimerais mieux une autre compagne ! Mais Dame Solitude a seule voulu de moi. »

Au moins cette fiction lui garantissait-elle une vie de confort. Simon n'avait jamais vécu plus à l'aise qu'auprès des Marssacois. Comme d'autres bourgs avaient leur reclus, leur guérisseur ou leur faiseur de sorts, Marssac avait son ermite. C'était un invité de marque qu'elle choyait, cultivait et engraissait, dans l'espoir de dresser un jour ses os en reliques.

« Ceux-là me voient déjà confit en châsse », s'amusait Simon.

Toutefois, aux bienfaiteurs des premiers jours se mêlèrent assez tôt d'autres visiteurs, dont les intentions étaient moins généreuses. Sur le bruit que l'ermite faisait des miracles et prodiguait des conseils à l'éclatante sagesse, nombre d'hommes et de femmes venaient présenter leurs doléances.

Il s'agissait d'un enfant fiévreux dont on priait la guérison, d'une brebis perdue qu'appelait le troupeau, ou souvent, parce que Simon était réputé avoir l'oreille de la Vierge, d'une femme sans enfants ou sans lait qui appelait sa part des joies de la maternité.

Le compagnon se prêtait sans malice à ces entretiens, apposait ses mains, donnait baisers et accolades selon la demande. Que ce traitement fût sans résultat n'éloignait nullement les pèlerins, toujours prêts à signaler le grand bénéfice qu'ils avaient reçu de leur visite, et à nourrir autour d'eux la renommée de l'ermite de Marssac.

Ce serait mal juger Simon, toutefois, que de croire qu'il recevait le gîte et le couvert sans contrepartie. En vérité, le compagnon brûlait de se rendre utile, et s'y employa dès qu'il put confier Clément à la garde d'une nourrice. Sa bonne volonté se fit connaître alors, pour le plus grand bien des villageois qui avaient épaulé ses jours difficiles. Il allait chez les uns fendre le bois, faucher l'herbe ou garder le troupeau ; chez les autres, il tondait les moutons ou barattait le beurre.

Ces menus services se complétaient d'autres travaux, rémunérés ceux-ci. Deux mois après l'évasion de Castelviel, le teinturier ne craignait plus de paraître à Albi, où il allait chaque mardi louer ses bras.

Ce fut ainsi, sous un nom d'emprunt et une grimace méconnaissable, qu'il occupa successivement les emplois de fabricant de peignes, d'ouvrier foulon, de porte-briques et porte-lettres, de maître des fontaines pour le quartier du Vigan, de marchand d'orviétans, de pèlerin professionnel, de faux témoin à décharge — ce dernier, bien des étudiants en mangeaient — et même, suprême audace, d'aide-jardinier chez Joachim de Fressard...

Ce dernier état, où Simon fut un seul jour et piétina beaucoup de roses, lui offrit de revoir Maguelonne. Le compagnon sentit un grand allégement lorsqu'il vit l'épouse du pastelier à son balcon — vivante ! Ses craintes se dissipèrent. Peut-être Fressard faisait-il si peu cas de Clément qu'il tenait son enlèvement pour un épisode mineur, indigne de ses foudres ? Assurément, les desseins du baron étaient opaques.

Le teinturier ne fit rien pour déclarer sa présence mais lança, enveloppant une pierre, un billet qui portait des nouvelles de Clément et des siennes. « Nous serons à l'endroit que tu sais, au jour convenu », indiquait le message.

Après quoi, Simon mit bas son tablier de jardinier et reprit la route de Marssac.

XVII

L'été à Marssac fut torride.

Dans la cour des fermes s'étaient formées les aires à battre le grain. La campagne vivait à la cadence des fléaux, lancés à tour de bras sur les dunes d'or — leur sifflement s'alliant au grondement de la meule, au râle du moulin, au chuintement du van pour rythmer les journées des paysans sans horloge.

Vers la Saint-Barthélemy, des pluies généreuses hâtèrent le mûrissement des fruits : l'ordinaire de Simon s'enrichit alors de pommes fraîches gaulées au sommet des arbres, et même de jeunes raisins détachés des treilles ensoleillées. Les framboises, les groseilles et les mûres venaient si abondantes que les sentiers rougissaient.

Âgé bientôt d'un an, Clément bénéficiait de cette prodigalité de la nature. Les nourrices vantaient son pas déjà ferme, son regard éveillé, les mots nombreux que l'enfant savait articuler.

« Maguelonne se réjouira de voir comme tu as profité », disait le compagnon.

Enfin le premier de septembre arriva.

Le rendez-vous avec Maguelonne était fixé pour matines, pourtant Simon se mit en chemin dès la tombée du jour.

Qui savait si Fressard ne lui tendrait pas une embuscade ? Si, à l'instant le plus exposé, des hommes de main ne s'abattraient pas sur lui ? Après tout, Joachim avait pu soutirer des aveux à sa femme ! À moins que ce rendez-vous ne fût un piège concerté entre eux ? La traîtresse l'avait bien poussé dans le vide !

« Tu perds le sens », grommela Simon en secouant la tête.

Il allongea quand même le pas. La prévoyance la plus élémentaire conseillait d'être le premier sur les lieux.

La clairière apparut dans le soleil couchant. Un silence sacré flottait autour de la chapelle, nimbée de cuivre comme les saints des fresques byzantines. Personne en vue : le compagnon n'en fit pas moins l'inspection prudente des fourrés alentour avant de revenir à l'oratoire.

« Pentecôte ! » s'exclama Simon en pénétrant dans la chapelle.

La nef resplendissait de lumière. Un flot ardent s'épanchait à travers le vitrail, un déferlement d'or qui rendait leurs flammes aux cierges éteints, drapait de gloire le plâtre nu, couvrait d'enluminures les missels oubliés sur les bancs.

« Sur mon âme, Clément ! Quelle splendeur ! »

Le plus beau était l'illumination de la madone.

Avec son visage serti de larmes étincelantes, elle figurait la reine des anges. Jamais le bleu de la statue, pourtant nuancé ici des rouges du couchant, n'avait paru si pur.

Au comble de l'émotion, Simon joignit les mains.

« Ah ! Sainte Vierge, comme je te vois belle et merveilleuse ! »

La couleur l'hypnotisait. Il ne résista pas à l'envie de toucher le manteau de la statue, qui rendit sous ses doigts une chaleur vive, presque animale. Son pouls s'anima. Derechef, il tendit la main vers la madone, mais ne rencontra cette fois qu'une surface de bois écaillé. Comment toucher le bleu ? Cette pâte suave, grasse et profonde, où semblait s'enfoncer le regard ? Dix fois, la main de Simon s'avança vers la statue ; dix fois, elle s'en détacha avec humeur. Comme il eût aimé, pourtant, empoigner ce bleu sans consistance, le faire rouler au fond de sa paume, couler entre ses doigts ! Et encore : le mâcher et connaître sa saveur !

Mais le bleu planait sur sa peau sans y laisser aucune impression. Au bout de sa langue, c'était une eau fade ; pour ses narines, une vapeur.

Simon ferma les yeux. Quand il les rouvrit après un moment, le bleu avait fui dans la traîne du soleil. Sur le manteau de la madone ne régnait plus qu'un gris d'ardoise.

Le compagnon entendit son fils qui criait d'appétit.

« Tu as faim ! Et moi, bête, qui n'ai rien emporté. Ah ! si j'avais seulement quelques mûres ! »

Simon fouilla la poche qu'il avait fait coudre sur sa camisole, mais n'y trouva qu'un morceau de pain. Il fit une boule de la mie détachée et, l'imprégnant de salive, la tendit à Clément. Lui-même s'octroya la croûte, longuement mâchée pour donner l'exemple.

L'obscurité était venue. Par crainte d'attirer à eux les loups ou les rôdeurs, le compagnon n'alluma qu'une veilleuse à couvert de l'autel. Il surveillait l'entrée de la chapelle, une main sur le bâton et l'autre sur la lampe.

Trois sabliers s'écoulèrent. Lassé de jouer, l'enfant s'endormit dans les bras de son père.

Enfin, des mille bruits qu'emportait le vent, se détacha le trot d'un cheval. Cela venait dans leur direction. Simon souffla la veilleuse dont la mèche répandit une odeur âcre. Il écouta les piaffements qui se rapprochaient, le cavalier mettre pied à terre avant de nouer la bride au tronc d'un arbre. « Une femme... », déduisit le compagnon d'un délicat froissement d'étoffe.

Un instant plus tard, la silhouette de Maguelonne se profila à l'entrée de la chapelle. La robe ajustée à la taille était celle portée lors des visites à l'atelier de Signac : même col carré à bord de velours, même traîne serpentine qui nappait le sol jusqu'à trois pas. Mais cette nuit-là, la lune donnait l'aspect d'un pelage au tissu duveteux, et Simon sentit monter en lui l'effroi des revenants.

L'épouse du pastelier s'avançait vers l'autel, ses longues manches ondulant sur ses flancs tels des serpents familiers. Son visage se tournait avec lenteur d'un côté puis de l'autre, masque cireux dans l'encadrement de la chevelure. Une sorte d'hébétude interdisait au compagnon de se manifester. Au contraire, il enveloppait Clément dans son manteau et se tassait lui-même pour n'être pas vu. Son poing était crispé sur le bâton.

« Simon ? » appela Maguelonne.

La voix bien-aimée dissipa tous les enchantements. S'ébrouant comme au sortir d'un cauchemar, le compagnon ralluma la chandelle au moyen d'une braise et s'avança vers Maguelonne muni de cette courte lumière.

« Pourquoi te cachais-tu ? demanda l'épouse du pastelier.

— Cette robe... Elle me déplaît. »

Maguelonne acquiesça d'un sourire triste que ne permit pas de déchiffrer le faible halo de la flamme. Cependant son regard, déplacé un instant vers la statue, revint sur le teinturier dont elle détailla avec ironie l'accoutrement de clerc.

« Tu es venu avec Clément ? fit Maguelonne après un silence.

— Oui, il est là. »

Simon la conduisit derrière l'autel. Les parents s'inclinèrent sur l'enfant endormi.

« Qu'il est beau, admira Maguelonne, et comme il a grandi. Par Notre-Dame ! La tache sur ses joues... Elle n'y est plus !

— Ce n'est que la lumière. La tache est là, bien rouge : mon père dirait “garance capucine”.

— Ton père ne teint plus le rouge. J'ai beaucoup à t'apprendre, Simon... »

Enveloppant l'enfant dans les plis relâchés de sa robe, Maguelonne fit asseoir le compagnon près d'elle pour l'entretenir de Castelviel. C'étaient des nouvelles étonnantes qui firent le teinturier s'écrier plusieurs fois, et souvent écarquiller les yeux avec l'air de ne pas y croire. Il était admirable qu'en quelques mois, Fressard eût commis tant de méfaits sans essuyer le moindre blâme ni affronter la moindre opposition. Le diable en personne n'eût pas mieux tissé son ouvrage.

Ainsi, Lucas était libéré pour devenir le teinturier du baron ? Éléonore acceptait pour prix de sa liberté une place de chambrière à l'hôtel de Castelviel, où elle supportait brimades et corvées ? La mesure était comble !

« Je suis le plus misérable des hommes ! se lamenta Simon en enfouissant son visage dans ses mains. Quel secours peut me venir aujourd'hui ? La corporation est à la solde de Fressard, la justice lui obéit, mon père et ma mère sont employés dans sa maison ! »

Maguelonne pressa dans les siennes la main du compagnon. L'habitude des épreuves, à moins que ce ne fût Clément blotti contre elle, l'emplissait d'une force neuve prête à s'offrir aux autres.

« Il faut fuir, s'anima l'épouse du pastelier. On t'accuse d'avoir enlevé le fils de Joachim. Le tribunal a prononcé contre toi la peine de pendaison. J'ai apporté de l'or. Il paiera un cheval pour Toulouse.

De là, gagne Foix, l'Espagne si tu peux. Chaque lieue que tu mettras entre Fressard et toi est une heure de vie.

— Mais Clément ? » fit le compagnon.

La femme posa sur la tête de son fils un regard infiniment doux dans lequel perçait, comme l'amande au cœur du fruit, une résolution inflexible.

« Clément part avec toi ! »

À cet instant, un bruit qui n'était ni du vent ni d'une bête se fit entendre au-dehors. Le compagnon bondit sur ses pieds, à temps pour entrevoir, derrière le vitrail, un chapeau d'homme que profilait la lune. La face rentra aussitôt dans l'obscurité.

« Quoi ? On vous a suivie ? »

Un regard méfiant tomba sur Maguelonne, ricocha vers le bâton. Simon se précipita hors de la chapelle, mais trop tard : l'espion enfourchait déjà son cheval, attaché d'un simple tour de bride à une branche, et donnait violemment des étriers. Dans le mouvement son chapeau s'envola, révélant un crâne nu.

« Chauve ? Malepeste ! L'homme du balcon ! »

Simon ramassa le chapeau dont la doublure était foncée de sueur. Pensif, il retourna dans la chapelle avec son trophée.

« À présent, Fressard connaît nos projets ! s'écria le compagnon d'un air redoutable. Voilà pourquoi il vous laissait aller... On relâche le loup pour débusquer la meute ! »

Un grelot tremblait dans la voix de Maguelonne :

« Qui m'a suivie ?

— L'homme chauve.

— Noël ? Impossible ! Il m'a rendu de grands services.

— Cette sorte de gens n'est fidèle qu'à l'or.

— C'est affreux, sanglotait Maguelonne en serrant contre elle Clément endormi.

— Il n'est plus question que vous retourniez à Castelviel. Dès demain, nous louerons une charrette pour fuir cette terre de malédiction. Je m'établirai teinturier en pays d'Italie, à Venise. Il paraît qu'on y prise les maîtres de couleur. Notre métier est là-bas un *arte maggiore.* Clément sera mon apprenti et vous, ma boutiquière.

— Clément va avec toi. Moi, je reste ici. »

À travers les larmes de Maguelonne s'alluma derechef cette volonté indéfectible, cette détermination de mère, comme un caillou sous la roue du destin. Simon la déchiffra et, cette fois, n'insista pas. Ce fut l'épouse du pastelier qui, dominant ses sanglots, lui débita tout d'une traite :

« N'est-ce pas assez pour Clément qu'un père en fuite, dont l'ombre est un gibet et le nom allume la poudre ? A-t-il besoin d'une mère répudiée, cible des pierres et des injures ? Je suis l'épouse de Joachim devant Dieu. C'est pour lui que j'ai cherché un homme, le père de mon enfant. Si l'artifice n'avait pas été découvert, Clément porterait le nom du baron et habiterait Castelviel auprès de nous. »

Les paroles de Maguelonne avaient ouvert une tranchée vive dans le cœur du compagnon. Certes, elles ne lui apprenaient rien qu'il ne sût déjà ; à tout le moins, rien dont l'attitude équivoque de Maguelonne — sa réserve d'hier, son refus de le suivre à présent — n'eût donné le soupçon. Mais c'est une chose de connaître, et une autre d'entendre... Face à la vérité, Simon découvrit qu'il préférait un jour voilé au plein soleil.

« D'ailleurs, poursuivit l'épouse du pastelier dans un dernier souffle, je n'ai pas d'amour pour toi. »

Le coup de grâce était porté. Le teinturier se fit un devoir d'endiguer sa colère, et aussi d'éteindre les injures qui fusaient de son cœur en flèches furibondes. Malgré quoi, de méchantes paroles se frayèrent un passage entre ses dents serrées :

« Vous m'avez bien joué, madame de Fressard ! La comédie de votre amour était bellement réglée, je ne sais baladin pour en donner de telle. Étais-je sot de goûter vos baisers, de guetter vos visites ! Vous n'avez jamais poussé ma porte qu'en besoin de semence, vous auriez aussi bien pratiqué l'étable, si un taureau avait fait l'affaire ! Soit, puisque ni Clément ni moi n'avons le talent de vous garder, et qu'en tout vous suivez votre baron, je vous fais mes adieux. Soyez assurée que nos chemins s'écartent aujourd'hui pour jamais. »

De sa vie, Maguelonne croyait n'avoir vu de physionomie si tourmentée, ni non plus de poings si près de jaillir, et qu'un effort violent, semblait-il, gardait près du corps.

Elle déposa Clément dans les bras de Simon sans même oser un baiser sur le front de son fils. Un instant plus tard, sa robe fuyait en désordre sur les pavés du sanctuaire, trouble et miroitante comme un flux de poissons paniqués.

« Allez-vous-en ! hurla le compagnon. Hors de ma vue ! »

Au fracas de ce cri succédèrent, frêles petites gouttes dans les mailles du silence, les pleurs de l'enfant réveillé. Maguelonne se figea. La voix de son fils l'appelait comme une corde au ventre.

« Où irez-vous ? demanda l'épouse du pastelier sans se retourner.

— Nulle part ! fit Simon. Pourquoi fuir ?

— Fressard est à tes trousses ! »

Un sifflement dédaigneux ouvrit la réponse du compagnon :

« Qu'il vienne, qu'il approche seulement ! »

Maguelonne rassembla le bouffant de la robe puis sortit sans un mot. Dans le ciel noir perçait un point de jour : l'aube était proche.

Noël galopait de tout l'élan de son cheval, debout sur les étriers qui battaient en cadence les flancs nerveux de la bête. La bride cinglait l'intérieur de ses mains comme un fouet saisi à mi-course.

« Plus vite ! » s'écriait Noël à l'oreille dressée du cheval.

Le bois fut traversé d'un jet. Partout des branches, surgissant comme l'épée d'un mannequin de quintaine, frappaient violemment l'épaule du cavalier. C'étaient aussi des pierres projetées par les sabots contre ses jambes, ou l'aile d'un rapace glissant en ombre sur sa joue. Noël n'en avait cure. Le front mouillé de fièvre, les yeux rouges, il se jetait dans la course comme un désespéré au fond du gouffre.

Enfin le chemin s'ouvrit dans des tourbillons de poussière. Noël cravacha sa monture jusqu'aux portes de Castelviel.

« Monsieur le baron ! Monsieur le baron ! »

Fressard, debout sous le balcon de Maguelonne, se hâta vers le cavalier.

« Tu l'as vu ? » fit nerveusement le pastelier.

Noël manqua faire la culbute dans sa hâte à tomber de selle.

« J'ai vu Simon, oui ! Et l'enfant aussi, qui m'a paru bien pâle, tout amaigri... Ce vilain le nourrit de racines ! »

Fressard haussa les épaules.

« Où est-ce ?

— Une petite chapelle, dans la forêt près de Marssac. Si votre cheval est sellé, dans un instant j'aurai changé le mien. »

Le pastelier fit non de la tête. Sous l'oreille pointue, une perle tournait, ainsi qu'une épée autour de la lame adversaire.

« Marssac... Telle est donc la retraite de ce damné rougeaud. Il n'est guère effrayé de moi, s'il campe à trois lieues de Castelviel ! »

Une jubilation féroce se peignit sur le visage de Noël.

« Monsieur le baron, ce serait un jeu de lui tendre une embûche ! Depuis que Boniface... »

Une main gantée couvrit brusquement la bouche du garçon d'écurie.

« Ne t'avise plus de prononcer ce nom ! rugit le pastelier. Et puis, ton crâne serait-il garni d'une cervelle au lieu de paille, tu verrais le danger d'employer deux fois le même moyen ! Simon Terrefort est sur ses gardes, il ne se laissera pas prendre...

— Alors, tout est perdu ! » lança Noël, prompt à basculer d'une opinion à l'autre.

Un long silence s'ouvrit pendant lequel Joachim de Fressard, immobile, semblait faire la revue des solutions possibles. Enfin les lèvres minces, jusqu'alors tendues comme la corde d'un arc, se relâchèrent en formant un sourire.

« Tu dis que Maguelonne lui écrit des lettres ?

— Si fait, messire, de longues lettres que Simon attend en grande impatience. »

Subitement, Fressard pivota sur ses talons en laissant Noël au milieu de la cour.

« Monsieur ! Ma récompense ! » glapit le cavalier.

Un pied sur les marches du perron, le baron lui accorda un dernier regard.

« Tu es sale, Noël, ta veste ruisselle de sueur... Passe une livrée neuve, il me déplaît de voir le jeune écu de Fressard ainsi torché de boue ! Nous verrons plus tard pour ton salaire. »

Noël bredouilla une excuse avant d'entraîner son cheval fumant dans l'écurie.

Loin d'éveiller Simon aux risques de sa position, celle d'une proie sur l'aire d'un prédateur, l'avertissement de Maguelonne ne fit que remanier les songes qu'il formait de l'avenir. La distribution en fut abrégée : Maguelonne n'y figurait plus, ni la corporation de teinture, non plus que Lucas et Éléonore dont le compagnon avait espéré en secret le pardon.

Seul Clément partageait désormais son exil. De là, une prolifération d'horizons et de possibles, sans autre frontière que sa volonté, ni autre jalon que son humeur. Choisirait-il l'état de moine, et la vie contemplative ? Personne ne lui semblait de trempe à l'en empêcher. Sa préférence irait-elle au vagabondage, prendre chaque jour un nouveau maître, coucher chaque nuit dans un autre fossé ? Il croyait en disposer aussi librement. Tous les chemins du monde s'offraient à son caprice, tel un rang de courtisanes rivales pour lui plaire.

Le nouvel état d'esprit de Simon ne tarda pas à s'inscrire dans les faits.

Dès le lendemain, le compagnon abandonna la chaumine au fond de la forêt pour une maison de village, qu'Arnould lui procura facilement. Le déménagement se fit dans la foulée, au grand étonnement des Marssacois : l'ermite renonçait-il à la solitude ? On s'interrogeait, triste et un peu coupable, devant l'homme qui échangeait sa robe blanche contre un habit de ville, et coiffait d'un bonnet sa tonsure négligée.

Plus tard, quand le compagnon emprunta aux

lavandières des baquets pour teindre, un nouvel espoir se fit jour : « Dieu lui prescrit de s'humilier dans le travail », avança le curé. Cette hypothèse entraîna rapidement l'adhésion des paroissiens, qu'elle convainquit aussi de reprendre leurs visites. Les mêmes attroupements qu'avait connus la chaumine se formèrent devant la maison de village, à la différence qu'on n'y trouvait plus enfants fiévreux ni veaux malades, mais rouleaux de drap et écheveaux de laine. Chacun brûlait de porter les couleurs du saint homme, parées déjà de vertus extraordinaires.

Ce fut ainsi, par la main de la Providence, que Simon rentra dans son état passé de teinturier. Certes, l'atelier sur les hauteurs de Marssac n'était qu'un pâle reflet de la maison de Signac, et le matériel réuni là, tout juste convenable au travail des couleurs : deux chaudrons de cuisine, quelques tonneaux percés et pour champagne un filet à poissons... Mais au moins ce nouveau toit le relevait-il de la détestable tutelle de Fressard. Enfin, Simon échappait à la nécessité de vendre pour vivre qui fausse tant d'œuvres et piège tant de génies.

Le premier fruit des cuves fut médiocre au jugement du compagnon, quoique admirable au goût des villageois. Sur les fermiers dont l'habit ordinaire était tissé de toile brune ou de tiretaine grise, les franches couleurs du teinturier firent une impression merveilleuse. On croyait voir déposées les nuances de l'arc-en-ciel.

Cependant, tant de splendeur intimidait : hésitant sur le vêtement qu'ils feraient tailler dans l'étoffe nouvelle, les villageois n'en trouvaient pas d'assez noble, ou bien d'assez voyant — le gant était peu de chose, la ceinture ordinaire ; le bonnet s'envolait et la cape prenait la boue.

D'ailleurs, le calendrier ne leur semblait rien offrir qui méritât pareil endimanchement. Les rois pouvaient faire parade de leurs beaux atours à l'occasion des sacres et des couronnements... mais quoi de plus risible qu'un paysan capé de jaune dans une procession de campagne ?

Les pièces de Simon connurent donc le sort des êtres vraiment beaux, qu'on isole et qu'on enferme : des coffres, des cassettes, des tonneaux scellés de cire ravirent au soleil leurs couleurs admirables. Ce n'était guère qu'un nouvel article du trésor domestique : avec les chandeliers, les assiettes fines et le linge brodé, le drap de couleur créait la ressource des jours maigres.

Au demeurant, Simon se souciait peu de l'emploi qu'on faisait de sa teinture. Comme naguère dans l'atelier de Signac, un azur idéal emportait ses songes. Il n'avait que mépris pour le bleu routinier.

Ses recherches reprirent, plus forcenées que jamais. Simon achetait tout l'agranat qu'Arnould voulait bien payer — c'étaient des provisions considérables — et, sur des qualités différentes, osait des recettes neuves. Tantôt il dressait un bain froid où la couleur montait péniblement mais plus unie ; tantôt, un bouillon qui la soufflait comme le rocher pulvérise l'écume. Il laissait décanter jusqu'à vingt courses de sablier, ou seulement six, afin de garder le teint dans sa jeunesse miroitante. Tous les dosages étaient essayés, tous les râbles et tous les récipients mis à l'épreuve — tant il semblait au compagnon que la teinture, comme le vin, prenait l'accent du corps dans lequel elle était élevée.

Peu à peu, le compagnon vint à piloter ses cuves en grande discipline. Il était à leur tête comme un maître d'équitation derrière des chevaux de manège — flattant ici, corrigeant là, plus confiant dans ses bêtes que dans ses propres mains.

Le bleu idéal continuait pourtant de lui échapper. Chaque jour, Simon se hâtait vers la chapelle avec un bout d'étoffe ; chaque jour, il retournait déçu. Entre le bleu de ses cuves et le bleu de la madone, l'écart était infime, mais réel : telle est la nuance qui sépare un regard vivant d'un œil mort, un corps endormi d'un cadavre — un *rien* où loge néanmoins la magie.

De ses doutes et de ses tâtonnements, le compagnon prenait à témoin la madone élevée sur son piédestal de clous. Elle lui tenait lieu ensemble de modèle et de confidente, comme ces sujets dont les peintres font leurs égéries.

Ainsi, tandis qu'il disait ses prières, sa voix s'emplissait d'inflexions douces et presque mélodieuses. Simon adorait de toute son âme la petite idole peinte en bleu, avec l'intuition, peut-être, que l'œuvre commencée sous son patronage ne pourrait aboutir sans son inspiration.

Après plusieurs mois d'efforts, Simon acquit la certitude que le pastel seul ne pouvait accomplir son idéal du bleu. La confiance d'Arnould l'entraîna alors à frayer d'autres chemins, encore inexplorés, vers la couleur suprême.

Son premier pas fut naturel : Simon chercha l'artiste qui avait façonné la madone. Une courte enquête lui désigna un berger des environs, le dernier qu'on eût supposé amateur de sculpture. Or, le passe-temps de cet homme était de ramasser des morceaux de bois aux contorsions étranges, dont il dégageait au moyen d'un couteau de petits personnages. Un jour, l'artiste avait pris pour modèle une fille de ferme : sous ses mains était venue une Vierge à la robe longue, au manteau couvrant les pieds sans sabots. Le curé de Marssac l'avait vue, l'avait aimée. Il s'en était porté acquéreur pour le prix d'un bon repas, afin de garnir un petit oratoire dont l'autel était nu.

« Mais la couleur? intervint Simon que ce récit n'éclairait guère.

— La couleur? C'est du bleu que l'on passe sur les cornes des bœufs, du bleu contre les mouches...

— Du bleu de pastel?

— Je crois. »

Le compagnon prit congé du berger sans prolonger cette piste décevante.

Vers le milieu de septembre, les recherches de Simon changèrent d'orientation : il abandonna recettes et procédés, accusés d'introduire l'artifice dans le travail des couleurs, pour se vouer au bleu vivant, celui dont resplendissent pelages et plumages des créatures animées.

Arnould, féru de sciences, approuva chaudement ce projet auquel il voulut consacrer des fonds exceptionnels, en offrant d'assister lui-même les démarches du teinturier. Il ouvrit sa maison pour abriter les expériences, tandis qu'on fermait provisoirement l'atelier de Simon.

Cette nouvelle aventure s'engagea par la collection d'animaux dont une partie définie du corps affichait la couleur favorite. Une basse-cour azurée fut réunie, qui comptait de nombreux paons mâles mais aussi des faisans, des canards au col ardoise et, logés à part des volatiles, des chats à la fourrure bleutée. L'isatis, ou renard, jouissait d'une cage particulière.

Après les créatures de la terre furent admises les créatures des eaux. On creusa deux viviers, remplis l'un d'eau pure et l'autre d'eau salée, pour les peupler de poissons aux écailles céruléennes : c'étaient des truites arc-en-ciel pêchées dans l'étang voisin, mais aussi des anguilles, des maquereaux de haute mer qu'il avait fallu acheminer à grands frais depuis Bordeaux, et dont plusieurs avaient crevé pendant leur voyage en barrique.

La maison abritait encore une volière de grand format destinée aux perroquets et une autre, miniature, dont le grillage délicat gardait prisonniers des papillons et des libellules.

L'espoir du compagnon était d'extraire mécaniquement le bleu des parures animales. Il s'y employait en broyant écailles, plumes, poils, coques et carapaces dans un mortier soumis au feu. La mixture subissait ensuite toutes sortes d'opérations — calcination, distillation, tamisage... — inspirées pour une part de l'œuvre alchimique, pour le reste de la voie tinctoriale. Alors seulement, il était question d'en imprégner un bain dans lequel on mettait à tremper le tissu.

Or, le résultat fut désastreux : de l'azur primitif, la cuve n'apprit rien. L'étoffe était repêchée salie plutôt que teinte. Cet échec porta un coup sévère au moral des deux hommes, sans entamer pourtant leur détermination.

« Nous faisons fausse route, raisonna Simon. Sur une créature qu'elle habille de naissance, la couleur n'est pas libre. Il faut piéger le bleu à son apparition, lorsqu'il monte dans les plumes ou se fixe sur le bec...

— Oui, et tondre les nuages ! Nous rêvons l'impossible. »

La physionomie de Simon s'éclaira d'un sourire inventif.

« Non pas, Arnould. Je sais un animal dont la robe est changeante comme un ciel de mars, et qui produit un bleu profond aussi bien que le jaune, le vert ou l'argenté.

— Quel monstre est-ce là ?

— Mon père l'avait pour enseigne : c'est le caméléon... »

Bien sûr, se procurer un caméléon fut une autre affaire que de prendre une libellule au filet ou une truite à l'épuisette.

À force d'investigations, Arnould apprit toutefois qu'un notable florentin, Brunetto Latini, avait jadis importé un couple de caméléons en terre de France. Il s'agissait pour ce naturaliste de documenter son bestiaire avec des observations de première main.

Contre toute attente, les reptiles s'étaient accommodés du climat chagrin d'Arras : des œufs avaient même éclos, fondement d'une nombreuse postérité. Deux siècles plus tard, c'étaient des caméléons par centaines qui déambulaient dans les jardins ou nichaient sous les tapisseries de la fameuse cité. Les habitants portaient beaucoup d'affection à ces créatures, en sorte qu'ils refusèrent d'abord de livrer les spécimens réclamés par le teinturier.

« Pour rien au monde ! » protestèrent les bourgeois.

Il fallut l'entremise patiente d'Arnould, et son engagement écrit que le fruit des recherches serait publié au profit de l'artisanat local, pour vaincre cette réticence.

Propriétaire de six caméléons, le premier soin du compagnon fut d'éprouver leur aptitude légendaire à l'imitation des couleurs. Des toiles de nuances différentes furent déroulées sur la table de coupe. Chacune reçut un animal.

« Soyez de bons élèves ! » les encouragea Simon.

Émus par la nouveauté de leur univers, les reptiles n'exprimèrent d'abord qu'un gris confus qui se propagea lentement sous leur manteau d'écailles. Ils hochaient peureusement la tête, l'inclinaient sur des angles curieux en laissant leur patte ridée suspendue en l'air. Deux sabliers s'écoulèrent sans offrir mieux que ces danses bizarres, dont Simon le premier témoigna son ennui :

« Malepeste ! Vont-ils s'habiller, à la fin ? Ou avons-nous payé pour ce ballet de fantômes ? »

La grogne du compagnon ne fit rien pour hâter les reptiles. Pourtant, lorsque ayant perdu toute patience Simon empoigna le plus proche pour le jeter à la rivière, un remous de sang se fit sous la peau du monstre, dont le teint vira rapidement à l'azur. L'instant d'après, par la contagion de la peur, tous les caméléons s'engageaient en couleur. On les vit rougir, verdir, jaunir ou noircir, au grand soulagement d'Arnould qui lança des vivats enthousiastes.

« Admirez, Simon ! Les yeux me vrillent de voir telle merveille ! »

La curiosité était que les reptiles semblaient témoigner d'une préférence pour certaines couleurs. Le caméléon qu'on avait installé sur le rouge, par exemple, l'avait bientôt déserté pour le vert ; pareillement l'hôte du brun avait rallié le jaune. Seul l'azur semblait faire l'unanimité des sauriens : quand les caméléons eurent longtemps déambulé de toile en toile, leurs pas convergèrent vers le bleu.

Sur le masque triangulaire qui tenait lieu de face à ces créatures, on pouvait lire la jubilation d'un lézard exposé au soleil.

« Vous les avez bien choisis ! s'exclama Arnould. Ces animaux prisent le bleu. »

Simon n'était pas moins content que son bienfaiteur à qui, d'amitié, il donna l'accolade.

De la seconde épreuve, les caméléons s'acquittèrent non moins brillamment.

L'objet était de confronter les reptiles à la madone, pour voir quelle interprétation donneraient leurs sensibles écailles du bleu du manteau. Si la couleur passait du bois à la peau, on jetterait les caméléons au bain : l'azur, prévoyait le compagnon, imprégnerait le bouillon en créant la plus rare des teintures.

On confectionna donc une grande cage, à l'intérieur de laquelle les reptiles furent transportés jusqu'à l'oratoire. Dans le même convoi roulaient un grand vaisseau de cuivre, des barriques d'eau et des mulets chargés de bois pour l'entretien d'un feu.

« Libérez-les ! » commanda Simon quand le groupe fut réuni dans la chapelle.

La cage était tournée de manière à n'offrir qu'une issue aux reptiles : la robe de la madone. Restait à les convaincre que cette fenêtre étrange, ouvrant sur un monde inconnu et rempli de périls, valait mieux que la paille douillette de leur prison... On n'y réussit qu'en dardant des torches allumées sur leur derrière.

« La fièvre soit des fainéants ! » pesta Simon.

Cependant les caméléons avaient commencé l'escalade de la statue. La vision qui s'offrait aux yeux de l'assistance était propre à troubler les âmes les plus endurcies : c'était la Vierge disparaissant sous l'agglutination de six monstres rampants, cornus et crêtés, dont les griffes se plantaient sans pitié dans ses flancs et les langues balayaient son visage sacré d'une spatule humide.

« Finissez-en, par pitié ! » geignit le prêtre.

Fort heureusement, le bleu magnifique ne tarda pas à se propager sous les écailles des caméléons. C'était une si belle chose qu'un murmure de ravissement courut l'assistance.

« Ils seront bientôt mûrs », confia Simon en activant le feu sous la cuve.

Quand le bleu lui parut bien à point sur le dos des sauriens, le compagnon assomma chacun d'un geste rapide avant de le précipiter dans l'eau chaude. Des bouillons de sorcière montèrent de la marmite qui répandit aussi une pestilence insupportable.

« Dans un moment, nos efforts recevront leur salaire », fit Arnould penché sur le chaudron.

Hélas ! Les caméléons se montrèrent aussi mauvais teinturiers qu'ils avaient été bons coloristes. Rapidement chassé de leurs flancs noircis, l'azur s'éteignit dans le bain sans rien lui transmettre...

Tout le fruit de cette expérience fut un ragoût de caméléons, dont personne n'eut faim et Simon moins que quiconque.

XVIII

L'échec de la teinture au caméléon porta un coup fatal à l'entreprise d'Arnould et de Simon. Ils coururent d'autres mirages, comme d'aspirer l'azur du ciel ou de filtrer l'eau de la mer — mais le cœur n'y était plus... Résignés, le compagnon et le bourgeois reprirent leurs occupations respectives.

Simon retrouva avec amertume les cuves à teindre et le métier des couleurs. Renoncer à l'azur était une humiliation publique autant qu'une épreuve intime : on ne visitait plus le compagnon pour implorer une grâce ou confier un malheur, mais pour passer commande, comme à un quelconque faiseur de bleu. Les pèlerins de la veille se muaient en simples clients qui n'attendaient de sa teinture aucun bénéfice spirituel.

Cette éclipse amena un changement dans la disposition d'esprit du compagnon : de même qu'une fleur s'épanouit au jour et se ferme à la nuit, Simon, naguère radieux, s'intériorisa. Sa dévotion à la Vierge déclina comme avait décliné sa popularité parmi les villageois. Dans ses prières, d'ailleurs écourtées, il adopta le vouvoiement et ne fut plus qu'un visiteur occasionnel de la chapelle à la madone.

« Notre Dame est une ingrate, lançait d'un ton provocant le teinturier. M'a-t-elle payé de ma fidélité ? Il me semble, à moi, que je ne l'ai priée que pour mon malheur. »

Mais aussitôt, honteux de ses propres paroles, il se mordait la langue et s'enfermait dans un silence coupable.

L'idéal du bleu fit place à des tourments plus humains, ceux de n'importe quel père. Simon reconnut qu'il avait délaissé Clément pendant ses expériences : ses soins n'en devinrent que plus attentifs et sa présence, plus assidue. La nourrice qui auparavant veillait sur l'enfant des journées entières, s'en chargea désormais une poignée d'heures, quand le teinturier ne pouvait faire autrement que d'être aux cuves. Le reste du temps, Simon demeurait auprès de son fils.

Cinq ans avaient passé depuis la rencontre de Maguelonne, et c'était une personne toute neuve qu'était devenue Clément : il parlait à présent, il se tenait sur ses deux jambes aussi fermement qu'un piquet planté en terre. Tout dans ce petit être respirait la vie en éveil, la vie qui coule lumineusement au sortir du rocher, sans rien connaître encore des souillures du monde.

Le teinturier ne laissait pas de contempler son fils : merveille que ces ongles à la fraîcheur ingénue d'amande, merveille que ce cou aux plis souriants ; que cette bouche en bouton de fleur, que ces mains !

Même la tache rouge, scandale de ce visage d'ange, possédait un éclat propre à la faire aimer. Ainsi certains parchemins sont-ils embellis d'une rature écarlate, et l'azur d'un nuage solitaire.

En somme, Simon eût été comblé sans l'ombre qui hantait son fils. Cette ombre avait pour nom : Maguelonne. Longtemps, l'enfant avait réclamé sa mère. C'était pire depuis qu'il ne la demandait plus, et que la douleur restait prisonnière de ses lèvres comme d'un coffre à serrure.

« Ah ! que n'a-t-elle écrit ! » se plaignait parfois Simon, plein de ressentiment contre le silence de Maguelonne.

Or, vers le milieu de l'été 1449, il advint que Simon en visite à la chapelle découvrit un billet glissé sous la statue.

En s'approchant, le compagnon fut surpris d'y lire son nom. Mais ce qui le frappa davantage fut le ruban dont s'entourait le rouleau de parchemin, un ruban qu'il avait vu maintes fois jouant dans les cheveux de Maguelonne...

Simon déplia le billet, et lut.

« Au nom de Dieu en Castelviel,
le 8 d'août 1449,

Simon cher à mon cœur,

Fressard voyage pour l'intérêt de ses affaires. Il est depuis juillet en pays d'Italie, où il traitera jusqu'à septembre. Je n'ai pu vous écrire ni vous visiter tout le temps qu'il fut là, car ma porte est surveillée et mes déplacements suivis.

Par la grâce de Dieu, la méchante femme qui avait ici l'office de chambrière a demandé ses gages. Celle qui la remplace compatit à mon sort, je l'ai donc envoyée porter cette lettre.

Oh! comme je me languis de vous, et de Clément! Mon vœu le plus cher est d'échapper de cette prison pour vous revoir. Je le tenterai bientôt... Mais il m'est impossible de faire la longue chevauchée jusqu'à Marssac. Si vous le voulez, nous nous rencontrerons dans ce moulin où Fressard vous montra la façon du pastel. Voilà le lieu, et le jour sera le quinzième d'août, qui est la fête de l'Assomption de la Vierge. J'ai bon espoir que ce jour-là, les hommes de Fressard suivront la procession de Sainte-Cécile.

Ne vous souciez pas de me répondre. Soyez seulement le quinzième d'août, à complies, près de la meule du moulin que j'ai dit...

Je prie pour Clément et pour vous!

Maguelonne. »

À peine avait-il lu le dernier mot que Simon s'élançait à jambes folles vers le village. Ce fut une bourrasque qui entra dans la maison de la nourrice pour enlever Clément endormi. Juché sur les épaules de son père, l'enfant connut le réveil cahotant des soldats à cheval.

« Tu vas voir maman ! » lança le compagnon dans un éclat de rire.

Le reste fut détaillé et savouré dans l'atelier de teinture, au milieu des chaudrons recouverts. Mais l'enjouement qu'espérait Simon tardait à venir : trop d'émotion habitait Clément pour qu'il fît fête à l'étonnante nouvelle. Son maigre sourire peinait à endiguer le cours démonté des larmes. Le teinturier le comprit, qui reçut tendrement l'enfant dans ses bras.

« Pleure, Clément, pleure... Comme l'eau est nécessaire au bain de couleur, le cœur des hommes a besoin de larmes. »

Quand l'embellie se fit enfin sur le petit visage, l'inspiration vint au père de paroles consolantes :

« Nous te ferons tailler un habit, Clément, un vrai petit habit de gentilhomme, avec des manches doublées de soie et des boutons à initiales. Tu monteras un poulain dont tu tiendras la bride. Es-tu d'accord ? »

Clément fit oui de la tête.

« Tu porteras aussi un bonnet avec une plume d'autruche, un bonnet que tu teindras toi-même, dans un baquet, avec un peu d'agranat. Il est temps pour toi de savoir les couleurs ! »

L'enfant approuva en reniflant. Souriant, le compagnon prit Clément par la main et l'entraîna vers le réduit, derrière les cuves, où s'entassaient les balles de pastel.

À la gueule d'un des sacs, la couleur apparut — farouche, éclatante.

« Bleu, le monde au commencement des âges », fit Simon en guidant les doigts de son fils vers l'azur.

Six jours ne furent pas de trop pour remplir les promesses de Simon, promesses dont l'enfant tenait lui-même un registre vétilleux. Il n'était pas question de boutons nus au lieu de boutons à initiales — qui coûtaient une fortune — ni d'une plume de paon au lieu d'une plume d'autruche — bien que cette dernière fût l'ornement des princes.

Clément fut intraitable sur chaque article de l'offre paternelle, et ne renonça à la bride de soie, dont aucun marchand n'avait le modèle, qu'à la condition d'un dédommagement : l'indemnité prit la forme d'une paire d'escarpins à boucle dorée, qui firent Simon traiter le boutiquier de « gauleur d'escarcelles ».

Ces atours de prince asséchèrent complètement les fonds du teinturier. Lui-même en fut réduit à se vêtir de la défroque qu'il portait aux cuves, à peine améliorée d'une cape déteinte dont l'ampleur cachait opportunément la misère de son costume.

« Grâce à Dieu, notre rendez-vous est à nuit close », soupirait le compagnon.

Ce fut ainsi qu'au jour de l'Assomption, les Marssacois virent s'avancer dans les rues du village ce couple étrange : un homme vêtu de hardes ouvrant la marche d'un chérubin étincelant. Beaucoup se figurèrent un jeune seigneur conduit en promenade par le valet de maison.

« Allons, tiens la bride, ton poulain marche vers les ronces ! » répétait Simon pour se donner une contenance.

Le chemin jusqu'au moulin n'était que d'une lieue, mais se déroulait dans une forêt aux ombres intimidantes. Dès la sortie du bourg, Simon prit les rênes des mains de Clément, qui protesta :

« Papa, tu as promis que je tiendrais la bride !

— Par prudence, mon fils ! On ne voit pas le cap de son nez. »

La rumeur familière des maisons s'éteignit au premier tournant. Des fourrés alentour montaient mille bruits étranges, où se métissaient curieusement cris d'animaux, grincements de troncs et froissements de feuillages. Cela semblait s'approcher...

Clément eut un frisson si fort que son père le sentit par le relais de la bride.

« Allons, donne des étriers, nous tardons ! »

C'était une nuit sans lune, et la route devenait chaque instant moins lisible, sillage douteux que revendiquait tantôt l'envol d'un oiseau blanc, tantôt le cours moiré d'une rivière. À mesure qu'ils entraient plus avant dans la forêt, les arbres autour d'eux semblaient grandir. Une haleine froide soufflait sur le chemin, dont les feuillages chuchotants portaient l'étrange mélopée.

Près d'un calvaire, Simon alluma une torche qui crépita dans l'air humide. Il surprit les larmes silencieuses de son fils.

« Pourquoi pleures-tu ? fit le compagnon d'un ton enjoué. Tu n'as rien à craindre, je suis à tes côtés ! »

Et le teinturier d'ouvrir la main qui tenait les rênes du poulain, comme pour établir sa maîtrise de l'aventure. Ils reprirent la marche.

Cependant Simon ne pouvait se défendre d'un pincement d'angoisse, à la pensée de leur solitude sur cette route déserte, dans ces ténèbres péniblement creusées par la torche fumeuse. N'était-ce pas dans les mêmes circonstances, et peut-être au même endroit, que Boniface avait croisé le chemin de ses bourreaux ?

« Avance ! » prononça d'une voix forte le teinturier qui sentait les rênes du poulain se tendre vers l'arrière.

Des sanglots étouffés furent seuls à lui répondre. Cette lamentation produisait dans la nuit un effet lugubre : ainsi parle, au fond des cavernes, l'eau dégouttant des concrétions de pierre. Le compagnon serra les jambes pour sentir la présence apaisante de son cheval.

Ce fut alors qu'apparut, loin devant sur le chemin, un essaim de clartés minuscules, comme un semis de lumière le long des frondaisons.

Plus près, le père et le fils entendirent une rumeur, qui prit corps dans un chant. Le vent joueur tantôt le rabattait vers eux, tantôt l'emportait là-haut, au-dessus des arbres. À une portée d'arc, des paroles se détachèrent : c'était un cantique.

« Une procession ! s'écria le teinturier. Une procession à la Vierge. C'est aujourd'hui l'Assomption ! »

Un rire lumineux enfla la gorge du compagnon qui se tourna vers son fils. Droit sur son poulain, Clément suivait avec émerveillement l'approche des lumignons.

« Comme cela brille, papa !

— Oui, et vois-tu cette croix d'argent que brandit le curé en tête du cortège ? C'est celle de l'église de Marssac ! Tu n'étais qu'un bébé lorsque je l'ai vue aux mains du vicaire, dans la chapelle à la madone. Je suis bien aise de la retrouver. Mais Dieu m'envoie la fièvre si je sais où marche cette procession, à pareille heure et en pareil endroit !

— Oh ! papa ! Je veux voir ! Laisse-moi tenir la bride !

— Comme tu voudras, fit Simon en laissant les rênes à son fils. Mais sois prudent, n'est-ce pas ? Les petits chevaux sont capricieux. »

À peine Simon avait-il lancé cet avertissement que le poulain, surpris d'un coup d'étrier donné étourdiment par l'enfant, fit un écart et partit d'un trot rapide dans la direction du cortège.

« Serre la bride, Clément ! » s'écria le teinturier.

Mais l'animal, heureux d'être affranchi de la main du père, semblait n'en vouloir faire qu'à sa tête : il descendit dans le fossé prendre le goût de l'herbe, caracola, revint sur ses traces, rua gentiment, puis de nouveau s'élança à toutes jambes vers la procession aux mille lumières.

Statufié de peur et ayant d'ailleurs perdu les guides, l'enfant rebondissait sur la selle comme un sac d'endives, s'y cramponnait en vidant toutes les larmes de son corps.

« Clément ! Les rênes ! » hurla Simon en élevant la torche pour éclairer plus loin.

Le poulain était déjà hors de vue. Un bruit de trot, nerveux et saccadé comme celui des bêtes hors de l'enclos, s'éloignait dans la nuit... Simon prit peur. D'une poussée fougueuse de tout son corps, il lança son cheval au galop sur le chemin. L'élan fut si brusque qu'il souffla le flambeau à son poing. Le compagnon le jeta peu après dans les broussailles.

« Clément ! Clément ! » appelait la voix déchirée du teinturier.

Le cheval remontait à pleine vitesse la route poussiéreuse. Debout sur les étriers, Simon guettait l'obscurité de droite et de gauche, à l'affût d'un signe clair qui fût son fils.

« Je donnerai le fouet à cette maudite bête ! » rugit le compagnon.

La procession n'était plus qu'à un jet de pierre et pas de poulain en vue... Était-il entré sous les arbres ? Avait-il remonté le fossé ?

Comme Simon agitait ces questions dans son esprit, un cri strident se fit entendre. Redressant brusquement la tête, le compagnon découvrit le poulain qui galopait au front du cortège — se cabrait, donnait du sabot, sautait de-ci, de-là pour échapper aux villageois lancés à sa poursuite. Les étriers dansaient sur ses flancs comme des poissons à l'agonie. La selle était vide.

Les mains de Simon se pressèrent contre sa bouche dans une grimace d'épouvante. En un instant, il fut sur les lieux.

Clément gisait à terre, entouré du prêtre et de plusieurs villageois. Son visage encore mouillé de pleurs était sali sur un côté par la boue dans laquelle il avait roulé. Des bulles de sang bouillonnaient au fond de ses narines.

« Mon Dieu ! » hurla le compagnon en tombant de cheval.

Il se précipita sur le petit corps qu'il saisit fiévreusement dans ses bras. Ses gestes s'égaraient : il pressait la tête pantelante, frictionnait les courtes épaules, empoignait les cheveux grisés de terre, baisait à pleine bouche les lèvres molles d'où filait un trait de sang.

La panique du père était si ardente, et si désarmée à la fois, que de bonnes âmes voulurent le détacher de l'enfant. Simon les repoussa furieusement :

« Allez-vous-en ! Qu'un seul approche, et je l'égorge ! Même vous, prêtre ! »

Le clerc s'avança en joignant les mains. Il portait la grande croix d'argent dont l'ombre, à cet instant, passa sur le visage de Clément. La foule eut un frisson. Simon, lui, bondit sur ses pieds et tira une dague.

« Éloignez cette croix ou, foi de teinturier, je vous porte mon dard au nœud de la poitrine !

— Ne privez pas cet enfant du dernier sacrement de l'Église, repartit le prêtre d'une voix tremblante. Vous jouez le salut de son âme.

— C'est mon fils ! tonna Simon.

— C'est une créature de Dieu. »

Un fouettement de la dague brisa soudain le cercle des témoins. La bouche grimaçante, les yeux cuisants de haine, le teinturier faisait face au clerc en agitant son arme, aiguë et sinueuse comme une langue reptile.

« Arrière, ou je pique ! » siffla le compagnon.

Au contraire le prêtre fit un pas de mieux, sans quitter du regard la lame qui le provoquait. Des villageois se signèrent.

« Pour l'amour de Notre-Dame ! » cria-t-on dans la foule.

Un râle furieux sortit de la gorge de Simon. La dague se tourna, méchante, vers les processionnaires. Le pouce du teinturier frottait nerveusement le manche de corne.

« Notre-Dame ! Je n'ai que faire de Notre-Dame ! glapit le compagnon. A-t-elle eu soin de mes prières ? De l'enseigne que je lui ai vouée ? »

Un pli douloureux s'était formé entre les sourcils du prêtre. Il cherchait une réponse, mais le compagnon véhément lui souffla la parole :

« Marie m'a abandonné ! cria-t-il d'une voix troublée de sanglots. Par sa faute, j'ai été banni de la corporation de la teinture où mon nom était révéré ! Par sa faute, j'ai connu la prison, l'hospice, une vie de coups et de grimaces ! Maintenant, c'est mon fils qu'elle veut ! Baste ! L'enfant est à moi ! »

Des spasmes déchirants secouaient la poitrine du teinturier. La cape mal nouée avait glissé de ses épaules, révélant la chemise piteuse que la sueur en taches sombres faisait paraître plus misérable encore.

S'approchant, le prêtre baisa la croix d'argent avant de murmurer presque à l'oreille du compagnon :

« Votre fils est l'enfant du Seigneur, l'enfant très aimé que sa Mère appelle contre son sein pour lui prodiguer chaleur et réconfort. Ne le retenez pas ! Elle vous aimera d'offrir votre fils, comme elle vous a aimé, soyez-en sûr, pour vos prières et votre dévotion ! »

Pris de démence, Simon brandit son arme pour porter un coup à la poitrine du prêtre. Ce fut dans cet élan qu'il aperçut, ornant l'une des bannières qui flottaient sur la procession, l'image de la Vierge. Un nimbe d'or détachait son visage serein d'un lit de soie bleue, où s'animait aussi, clair et ondulé, son voile maternel...

Ce face-à-face paralysa le teinturier mieux qu'une flèche au cœur. Il sentit une flamme vive entrer dans sa poitrine, embrasant l'air qu'il respirait. Ses pensées volèrent en bluettes incandescentes.

Alors, la dague lui échappa et roula dans l'herbe.

Cela n'avait duré qu'un instant.

« Mon fils ! » s'exclama le prêtre en recevant dans ses bras Simon qui éclatait en sanglots.

Aussitôt, des villageois se portèrent au secours de Clément dont la bouche rendait un sang épais. Parmi eux se trouvait quelqu'un qui savait un peu de médecine. Son premier geste fut de tâter le pouls de l'enfant en comprimant son poignet.

« Son cœur bat, déclara l'homme. Il vit. »

À moins d'une lieue de là, dans le moulin à pastel, six hommes dont la silhouette s'enveloppait d'une cape noire guettaient d'un air maussade la route du village. Les mains gantées de même couleur éprouvaient le tranchant d'un poignard, ou bien s'appliquaient, par ennui, à en repasser le fil sur la pierre de meule.

« Il ne vient pas... », remarqua l'un des hommes d'une voix lugubre qui inquiéta les tourterelles sous la charpente.

Un autre, le seul assis, réprima d'un claquement de langue ces paroles superflues.

L'attente continua, qui dura jusqu'à l'aube. Tout ce qu'on piqua fut une souris aux moustaches blanches, coupable d'avoir filé entre les jambes du chef pendant son guet.

Au lever du soleil, les hommes reprirent leurs chevaux attachés sous le couvert des arbres.

Leur sombre procession sur le chemin de Castelviel semblait le cortège d'un mort.

Clément était étendu sur le dos : les bras lâchés le long du corps, paumes dessus, les yeux ouverts dans un visage maigri.

Le lit taillé pour un homme le rapetissait, de sorte qu'à première vue, on croyait la place libre. C'était pitié ensuite de découvrir l'enfant si menu sous la couverture, n'atteignant pas, en croix, les deux bords de la couche, et hors de portée des infirmiers s'il roulait au centre. On eût dit un moucheron tombé dans un bol de crème.

Le père ne semblait guère plus vaillant que le fils. Ces deux-là auraient pu échanger leur place, tant le chagrin de l'un reflétait les tourments de l'autre, et l'angoisse de celui-ci puisait au malaise de celui-là. Simon n'avait pas pris de sommeil depuis l'alitement de Clément, et ne mangeait guère qu'en entamant l'écuelle du malade, pour donner l'exemple.

Le premier jour amena un défilé d'infirmiers qui firent la toilette de l'enfant et pansèrent la plaie qu'il avait à la tête. Un barbier pratiqua un examen du crâne, plein de palpations savantes et de commentaires latins, dont ressortit qu'en telle conjoncture, on ne pouvait rien dire... Les blessures au front donnaient le pire comme le passable mais, de toute manière, devaient être surveillées.

Ce diagnostic incertain ne fit qu'aggraver les alarmes du compagnon. Il ne posa aucune question, mais se pencha avec émotion vers le garçonnet qui prenait un remède à petites cuillerées.

« Tu guériras, Clément. J'en fais serment ! »

Le barbier croyait n'avoir jamais rien vu de si attendrissant que ce père au chevet de son fils. Simon avait glissé sa main sous la tête pantelante, et la tenait écartée de l'oreiller mouillé de sueur, répétant des mots doux qui terminaient en caresses sur la vague des cheveux bruns.

« Comment est-ce arrivé ? demanda l'homme de l'art.

— Nous étions sur le chemin de Terssac, commença Simon d'une voix faible. Clément montait un poulain que... »

Il fut interrompu par les volets de bois qu'un infirmier étourdi venait de décrocher. Une lumière crue déferla dans la salle, succédant douloureusement à la pénombre des bougies. Les deux hommes réagirent d'un même clignement d'yeux sous leur main montée en visière.

Seul Clément n'avait pas cillé.

« Remettez ces volets ! Sur-le-champ ! » ordonna le barbier.

Il se tourna vers Simon pour reprendre la conversation. Cependant le compagnon avait surpris les yeux ouverts de son fils dans cette clarté éblouissante et sentait naître en lui une nouvelle appréhension. Le regard de l'homme aux gants rouges trouva le sien.

« Eh bien ? » hésita le barbier.

Saisi d'angoisse, Simon battit difficilement le rappel de ses pensées. Il regarda le médecin, regarda Clément dont les prunelles restaient béantes malgré la forte lumière, et dont la tête — il s'en avisait à présent — n'était pas rigoureusement tournée vers eux, mais orientée vers un point de l'espace plus à gauche — un angle où n'était personne. La peur se ramifia dans tout son être.

« Ses yeux ! » glapit le teinturier en agrippant la manche du médecin.

Le visage du compagnon était si tourmenté, et sa main si fébrile sur son bras, que le barbier fut pris de pitié. Comprenant que Simon plaçait en lui une sorte d'espérance, il fit à son adresse le signe grave et protecteur du curé en visite.

« Le sang sur ses paupières a pu gâter la vue. Au tournoi, on voit des jouteurs aveuglés d'un jet de poussière. Nous aviserons demain. »

XIX

Tandis que Simon veillait plein d'angoisse au chevet de Clément, c'étaient d'autres tourments que vivait Lucas devant les cuves de Signac.

L'ancien teinturier de rouge, converti de force à la pratique du bleu, avait pris son nouveau service aussi activement qu'il était possible à un homme issu de prison, et qui, de surcroît, ignorait tout des recettes de l'azur. Fressard attachait une attention particulière à maintenir l'offre des tissus à la Vierge sans carence de succession. Aussi exigea-t-il une livraison de bleu dès le troisième jour, et la semaine suivante des sorties identiques à celles du compagnon.

Les conditions posées au fils le furent au père : même logement, même salaire, même train de teinture qui laissait le vieil homme fourbu, bien que par fierté il n'en laissât rien voir. Ce qu'il pensait du régime de la maison, et qui se fût traduit chez d'autres par des grimaces et des protestations, demeurait chez Lucas tout intérieur. Fressard du reste n'avait pas l'esprit à torturer son ancien rival, préférant investir sa malveillance dans les affaires.

Or, précisément, les affaires montraient depuis l'arrivée de Lucas une tournure qui n'était guère au goût du baron, coutumier des sourires de la fortune. Il ne s'agissait pas encore de perte, mais déjà d'équilibre — sanction intolérable pour le promoteur des tissus à la Vierge. La responsabilité n'était pas à chercher loin : l'azur de Lucas, très inférieur à celui de Simon, se vendait mal. La teinture du père Terrefort était celle d'un compagnon doué plutôt que d'un maître.

« Tâche d'embellir ton bleu, recommandait Fressard en maniant des pièces décevantes. Cinq années que tu teins l'azur pour moi, et il est pire qu'au premier jour !

— Je fais mon possible, disait le teinturier.

— Ton possible n'est pas assez. Veux-tu qu'on nous moque sur tous les marchés de France et d'Espagne ? Qu'on raille notre bleu comme hier ton rouge ? Allons, efforce-toi ! »

Préoccupante tant qu'elle affectait la balance commerciale, la mauvaise qualité du bleu devint alarmante lorsqu'elle exposa les espoirs du baron.

En août 1449, ces espoirs entouraient le jubilé qui se préparait à Rome pour l'année suivante : une fête majeure de toute la chrétienté, à l'occasion de laquelle les marchands de pierreries, de draps fins, de cierges et d'idoles religieuses pourraient conclure de juteuses affaires.

Fressard était du nombre, qui spéculait sur des profits records pour son bleu.

« J'en vendrai par balles, par quintaux, par charrois et par navires ! » exultait le baron.

À l'opportunité de belles ventes s'ajoutait l'espoir d'une grande renommée. En effet, un concours avait été lancé par la corporation de teinture : teindre le manteau de la Vierge. Les maîtres étaient conviés à bleuir une pièce de soie. La plus belle couvrirait les épaules d'une madone envoyée à Rome.

Le baron de Fressard se trouva le premier au fait de ce concours ; le second fut son teinturier de bleu.

« Lucas, j'ai une grande nouvelle à t'apprendre ! »

Le maître s'accouda au rebord d'une cuve fumante.

« Laisse sur-le-champ tes commandes ! Oublie chausses, braguettes et uniformes ! C'est une œuvre plus haute que tu vas servir... Le manteau de la Vierge ! La corporation invite tous les teinturiers à produire leur meilleur azur. Celui qui plaira aux jurés sera montré à Rome ! »

Sur quoi, oubliant qui l'écoutait, Fressard développa longuement l'intérêt du pari : le vainqueur s'ouvrirait la clientèle d'Outremont, fine et dépensière, mais surtout aurait l'œil du pape, dont une seule bulle portant privilège de teindre était un filon d'or. « Le pontife ! s'animait le pastelier. Qui ne rêverait d'avoir celui-ci ? »

Et Joachim de broder son rêve : l'Église lui passait commande de traînes et de manteaux pour toutes les Vierges d'Occident ; on décrétait son bleu couleur distinctive des prélats catholiques, dont il fallait incontinent renouveler la garde-robe.

Un soupir de Lucas fit éclater la bulle.

« Oui, tu soupires ! explosa Fressard en donnant du poing sur la cuve. Je t'ennuie, sans doute ! »

Un instant, Lucas vit s'allumer dans les yeux du pastelier une lueur de meurtre. Il recula, certain que la grosse pelle dont Fressard venait d'empoigner le manche allait s'abattre sur son crâne. Or, il n'en fut rien : sans doute le baron avait-il pesé intérieurement les suites d'un crime, et conclu qu'il y avait plus à perdre qu'à gagner.

« Au travail ! fit Fressard d'une voix glaciale. De ce moment tu n'auras de repos, de pain ni de salaire avant d'avoir teint le manteau de la Vierge. La toile te sera livrée d'ici la nuit. Parole de gentilhomme, je te ferai donner le fouet si tu dors d'un seul œil ! »

Lucas n'eut d'autre choix que d'obéir. Cependant le bleu continua de lui échapper : médiocre dans la teinture des petites pièces, le maître s'avéra pitoyable dans celle d'une grande, qui exigeait d'autres soins et une autre méthode.

Fressard le comprit avant même d'avoir manié la toile : l'aspect du bain parlait seul.

« Tu chiffonnes, vieil homme... Le diable me cuise si j'ai vu de ma vie pareille eau de couleur ! Une bouillie de vilain ! Peuh ! Retourne à la petite teinture, j'embaucherai meilleur que toi ! »

Rien n'était moins sûr. Car enfin, comment trouver le remplaçant de Lucas à quelques mois du concours ? S'agissant d'Albigeois, il n'y fallait pas songer : tout ce que la cité comptait de manieurs de bleu était déjà aux cuves, œuvrant pour son compte. Ferait-il venir quelqu'un de Toulouse? Non, le temps manquait de le chercher comme de l'inviter...

« Ah! si ce fils Terrefort était encore à mon service! »

Cette pensée, livrée à voix haute, fit le baron s'arrêter au milieu d'un couloir. Il roula entre deux ongles son beau pendant d'oreille. Simon? Pourquoi pas? Ce garçon, au moins, lui ferait un beau bleu!

Un sourire monta sur le visage vipérin de Fressard, pour se réduire aussitôt en une moue perplexe.

Le choix de Simon semblait naturel et, cependant, hérissé de tant d'objections, frappé de tels empêchements! Comment disposer d'un homme qu'on a éloigné de sa famille, tenu des années en servitude et pour toute reconnaissance, livré à une foule fanatique? Comment utiliser un fils dont on humilie le père?

Un instant, le pastelier se prit à regretter le mouvement d'orgueil qui l'avait porté à exercer sur le compagnon une vengeance commune et dérisoire. Il avait voulu le faire assassiner dans le moulin à pastel, tel un vulgaire garçon de troupe rachetant une insulte. S'en blâmait-il à présent!

« Il faudra bien pourtant que ce vaurien me suive, car l'enjeu est de taille. »

Cette nuit-là, Joachim de Fressard refusa de dormir. Fouetté d'un vin sucré qui lui briquait les joues, le baron méditait les plans les plus hardis pour s'assurer le concours de Simon Terrefort.

L'aube le trouva comme l'avait laissé le crépuscule : assis à sa table de travail, ses doigts maigres repliés comme des pattes d'araignée sur son front pâle.

Enfin, avec les premiers rayons du jour, cette statue de veilleur parut s'animer. Le pastelier se redressa, fit jouer les articulations de ses mains, forma un long bâillement, ouvert et impudique. Son visage rayonnait.

« Quel trait de génie ! » s'exclama Fressard dans un éclat d'amour-propre.

Allègre, il donna une chiquenaude à son pendant d'oreille qui brimbala de façon amusante. Ce fut pourvu de cet étrange pendule qu'il se montra peu après à Maguelonne, dont il avait poussé la porte sans s'annoncer.

« Madame, j'ai à vous commander de nouveaux travaux d'écriture. Tâchez que cette lettre nous serve mieux que la première, sinon...

— Sinon ? risqua Maguelonne.

— Tant pis pour votre fils ! »

Les yeux humides, Maguelonne prit place à la table où l'attendaient papier, plumes et encre.

Dans la salle commune de l'hospice Saint-Jean, le lit le plus entouré, tant des infirmiers que des visiteurs, était celui du garçonnet tombé de cheval.

L'examen du barbier avait décelé une vue très diminuée. C'était évidemment à la blessure du crâne qu'il fallait imputer cette séquelle. Elle laissait Clément presque aveugle. Pour lui, le monde nageait dans une eau trouble d'où n'émergeaient que les objets rapprochés à quelques pouces de son œil gauche. Encore n'en recevait-il qu'une impression brouillée : des formes au contour hésitant, à la matière flottante, sur lesquelles l'enfant peinait à poser un nom. L'œil droit ne s'éveillait même pas d'une bougie, pour ainsi dire il était mort...

Clément ne gardait des couleurs qu'un sens grossier. À peine pouvait-il arbitrer les plus franches d'après la piqûre plus ou moins vive qu'elles causaient à son œil valide : le bleu était toléré parce que apaisant et sans violence ; mais l'orangé, le jaune et surtout le rouge redoutés de sa pupille comme une flamme de la peau. Désormais, pour Clément, couleur égalait douleur.

Comme de raison, l'infirmité du fils creusait le chagrin du père. Simon souffrait de savoir Clément aveugle, il était peiné aussi de comprendre que son fils ne serait jamais teinturier. Cette double morsure, l'une au cœur, l'autre à l'âme, fit ces jours-là le compagnon plus amer qu'il ne l'avait jamais été. La vie s'écoulait presque visiblement de ses membres, si bien que les infirmiers, sans consigne de personne, commencèrent à répartir leurs soins entre le fils et le père. On voulut étendre Simon près de l'enfant, dans ce même lit où la place était suffisante pour plusieurs. Mais le compagnon fit tant d'embarras aux soignants chargés de le coucher qu'ils renoncèrent.

Le teinturier garda son fauteuil, dans lequel il restait jour et nuit à veiller le petit aveugle.

« Vous devez prendre du repos, insistait le barbier en visite. À quoi bon vous soucier ? Votre fils n'en ira pas mieux.

— Toute la faute est sur moi ! disait Simon comme en songe. Si je n'avais pas lâché la bride, rien ne serait arrivé. Clément aurait sauvé ses yeux, si utiles à l'art de teindre ! »

La main du barbier chauffait paternellement l'épaule du compagnon.

« Il est d'autres métiers que celui des couleurs. Clément pourrait apprendre la médecine, s'établir juriste ou avocat... Pour l'honneur de votre père vous formez les lettres, instruisez-le dans ce savoir. Les plus hautes carrières lui seront ouvertes.

— Hélas ! Écrire quand on est aveugle ! se lamentait Simon en mouchant ses larmes. D'ailleurs, vous ne connaissez pas l'amour de teindre. Nous autres Terrefort l'avons dans le sang. Perdre la couleur, c'est vider nos veines. »

Le barbier ne désarmait pas.

« Soit, on peut teindre sans voir ! Si j'en crois la rumeur d'Albi, Maître Boniface chauffe toujours ses cuves. Il réussirait même, aveugle, des rouges dont les voyants sont incapables...

— Ah ! Boniface ! s'écriait Simon dans un sanglot. D'autres yeux éteints pour toujours ! Quelle malédiction frappe la teinture ? Qui vaincra jamais la méchanceté du monde ? »

Comprenant que son discours ne servait de rien, le barbier prenait congé avec des mots de réconfort.

Les mois d'août et de septembre s'écoulèrent sans amener aucun progrès dans la santé de Clément. Au contraire, la sensibilité qui restait à son œil gauche parut s'évanouir tout à fait, laissant le pauvre enfant dans une nuit opaque dont il prit beaucoup d'effroi.

Simon était au désespoir. Muré dans son malheur, le compagnon semblait chaque jour plus absent au monde, plus étranger aux villageois qui venaient nombreux lui témoigner leur attachement. L'épisode de la procession n'avait pas entamé leur estime pour le teinturier, mais rappelé, au contraire, le prestige éventé de l'ermite à la madone. Cette veillée d'un père auprès de son fils évoquait pour beaucoup une lamentation sacrée.

Simon n'aimait pas ce mouvement autour de lui, autour de Clément qu'on dérangeait. Bientôt, la consigne fut passée aux infirmiers de refuser quiconque s'annoncerait pour monsieur Terrefort : à l'empressement des villageois, le teinturier préférait la solitude et le sobre silence.

Un jour, pourtant, un visiteur se présenta que Simon accepta de recevoir. Mieux que son nom, dont il doutait, mieux que sa face, toujours ennemie, ce fut un rouleau de parchemin qui le fit admettre. Ce sésame portait le sceau de Maguelonne.

« Comment m'avez-vous trouvé ? » demanda le compagnon.

Noël fit la réponse qu'on lui avait dictée :

« Madame a pris beaucoup de souci de votre absence au moulin de pastel, le quinzième d'août. Selon son vœu, j'ai mené une enquête.

— Donnez ! » fit Simon en tendant la main.

Noël remit le rouleau cacheté de cire. Le compagnon en prit connaissance :

« Au nom de Dieu en Castelviel,
le 29 de septembre 1449,

Simon cher à mon cœur,

Dans ma lettre de tantôt, un rendez-vous était pris que vous avez manqué.

Tant d'années se sont écoulées depuis notre rencontre, qu'on pouvait donner cent raisons de votre absence : vous aviez fui l'Albigeois ; vous ne fréquentiez plus l'oratoire ; vous boudiez nos retrouvailles...

Grâce à Dieu, Noël envoyé aux nouvelles m'a appris qu'il n'en était rien. Je suis heureuse de vous retrouver, même si c'est à l'hospice, au chevet de Clément dont l'accident est pour moi une cruelle épreuve. Je vous prie de m'écrire s'il se porte bien, si les médecins ont soin de lui.

L'occasion nous sera bientôt donnée de nous revoir. En effet, la corporation de teinture ouvre un concours pour le jubilé. Les maîtres sont invités à bleuir une grande pièce d'étoffe qui deviendra le manteau d'une madone. Un jury se réunira le sixième de février pour désigner la plus belle. Si Dieu le veut, la statue prendra ensuite le chemin de Rome et sera présentée au pape.

Je sais le mépris dans lequel vous tenez la teinture albigeoise, depuis l'incident des Brassières. Si vous prenez part au concours, ce ne sera pas, bien sûr, pour vous concilier les maîtres, ni mendier le pardon de vos ennemis d'hier.

Seulement, le hasard veut que Joachim de Fressard, qui tant d'années m'a gardée recluse dans une chambre, ce jour-là m'en ouvrira la porte. Il demande que j'assiste au triomphe de son bleu. Lui-même et sa suite seront à la maison collégiale pour accompagner la pièce qu'il soumet aux jurés.

Oh ! Simon ! Ne boudons pas cette chance ! Ce sera la dernière, sans doute, car le baron ne quitte plus guère son hôtel. Je veux fuir pendant qu'il est temps... fuir avec vous en pays d'Italie, sous un soleil, dit-on, plus aimable aux teinturiers !

Simon, faites-le pour moi, pour nous : remportez ce concours ! Nous marcherons ensemble vers Rome, derrière la madone à vos couleurs.

Je vous attendrai sur la route de Marssac le sixième de février, avant la nuit.

Je prie pour notre bonheur.

Maguelonne. »

Simon s'attardait à lire et relire certaines phrases, dont la fraîcheur ranimait en lui des espoirs oubliés.

« De bonnes nouvelles, messire ?

— Fameuses, en vérité, fit le compagnon souriant.

— Madame m'a chargé de ceci pour vous. »

Le messager tendit à Simon une bourse de cuir.

« Je l'accepte volontiers et te prie d'en remercier ta maîtresse. Elle sera utile à mon œuvre de teinture. Prends cette pièce pour toi, tu nous sers bien. »

Noël reçut gracieusement le rond d'argent qui rejoignit une provision secrète dans la poche de son manteau. Il salua Simon et s'en fut.

Le soir même, comme Noël rentré de course bouchonnait son cheval, Joachim de Fressard passa la porte de l'écurie.

« Quelles nouvelles ? s'enquit le baron.

— Les meilleures, messire. J'ai apporté la lettre, dont Simon a montré beaucoup d'aise. Un sourire a même brillé sur son visage, d'abord tout assombri de pleurs. Le pauvre homme est bien malheureux, avec son fils aveugle !

— Clément aveugle après Boniface, voilà qui berce nos affaires ! Dieu fait justice au prévôt, dira le peuple. Le petit-fils paye pour le crime du grand-père ! »

Noël approuva d'un rire lâche.

« Et qu'a dit Simon du concours ? reprit Fressard dont le regard inspectait la livrée bleue du palefrenier.

— Le concours ? glousse Noël en frottant sa manche poussiéreuse.

— Oui, l'épreuve du jubilé ! Le manteau de la Vierge ! »

Une chaleur coupable rougit les joues du palefrenier. Le baron eut un long soupir qui fit sur Noël l'impression d'une faux qu'on aiguise.

« Tant pis, nous saurons bien assez tôt. D'ailleurs, je ne doute pas que Simon relève le défi ! Avant six mois, les cuves de Marssac s'empliront d'un bleu profond. Toute notre peine sera alors de cueillir le fruit venu à maturité. »

Content d'échapper aux remontrances, le garçon d'écurie félicita son maître.

« Trêve de paroles ! l'interrompit Fressard. Ce n'est pas d'éloges que je pave mon chemin ! Prends demain ton poste devant la maison du rougeaud. Rapporte-moi ce qu'il fait, ce qu'il teint. Bientôt une pièce de soie bleue quittera l'atelier : je veux être averti. Des hommes seront ici, prêts à agir. Compris ?

— Compris ! » assura Noël.

L'instant d'après, la porte était vide.

Quand Clément eut recouvré un peu de force, autour de la Saint-Crépin, Simon quitta secrètement l'hospice pour son atelier de teinture.

Cela fut fait à nuit close et à musse-pot : les infirmiers n'avaient pas vu le compagnon se glisser sous la bâche d'une charrette qui partait aux provisions, les Marssacois ne le virent pas davantage se faufiler dans l'atelier par le côté du fleuve, après avoir longtemps remonté la berge en portant Clément sur ses épaules.

Puis, sans s'être montré à personne, le teinturier choisit dans sa réserve quelques sacs de pastel et remit ses cuves en train.

Pendant tout l'automne, rien ne parut de l'ouvrage de Simon qu'un plumet de fumée qui coiffait de temps à autre la cheminée de la maison, des écoulements de couleur dans la rigole publique, et d'abord la puanteur des bains, cette fidèle passagère du vent d'est, à laquelle les tourbillons du Tarn donnaient de singuliers accents de corruption marine.

La porte sur rue demeurait close. Seul le talus descendant vers le fleuve, où Simon avait dressé ses moulinets à essorer la laine, recevait parfois la visite du teinturier, venu prendre l'avis du soleil sur l'endurance de sa couleur. Depuis l'autre rive, les paysans aux vendanges surprenaient une flamme bleue aux mains du compagnon : c'était l'azur sorti des cuves — l'azur poussé à perfection par le génie de Simon.

« Vrai Dieu ! On dirait qu'il pétrit le ciel ! » s'exclamaient les cueilleurs par-dessus la vigne.

Les mains venaient au renfort de la hotte pesante, pour admirer plus commodément cette chose merveilleuse. Ceux des vignerons qui avaient suivi le cheminement du bleu, ses progrès de pièce en pièce, croyaient voir la couleur aboutie. Certainement, on ne ferait pas mieux que cet azur intense, auprès duquel le firmament et son reflet foncé dans la laque du fleuve paraissaient blêmes et délavés.

Telle ne semblait pas pourtant l'opinion de Simon : couramment, il se débarrassait de l'échantillon dans un buisson, à moins qu'un pêcheur jetant ses filets aux environs ne le relevât au fil du Tarn.

Bientôt les vendanges furent terminées. Des nuages aux flancs d'ardoise roulèrent sur les vignes qu'ils arrosèrent de pluies troubles. Le vin depuis longtemps remplissait les barriques, elles-mêmes de longtemps débondées. Il ne venait plus de paysans aux champs, ni guère de pêcheurs sur les eaux ralenties du fleuve, mortelles pour une barque chavirée.

Ce fut donc sans témoins qu'au jour de l'Épiphanie, le cinquième de janvier 1450, Simon qui venait d'examiner son échantillon de bleu eut un bref hochement de tête.

Le fleuve était trop large pour que quiconque, installé sur l'autre rive, pût surprendre les mains gonflées de froid qui se joignaient en prière. Il n'eût échappé à personne, en revanche, que la nouvelle pièce fut épargnée : au lieu de s'en défaire comme des précédentes, le teinturier la replia et l'emporta chez lui.

Dans les jours qui suivirent, l'atelier reçut une grosse livraison de tissu. C'était une seule pièce de soie miroitante, assez grande pour couvrir un cheval du toupet aux sabots, et si précieuse qu'on l'avait garnie de fourrures pendant son voyage. L'auteur de ce chef-d'œuvre, un tisserand toulousain, ne voulait pour salaire que le prix du fil.

« Je serais mécréant d'être payé pour habiller la Vierge », expliqua-t-il.

Appelé en renfort pour couvrir la dépense, Arnould lui sut gré de cette économie.

« Voilà un honnête homme. Ah ! s'il s'en trouvait de tels pour lever la gabelle ! »

La teinture du manteau de la Vierge dura sept jours et six nuits. Sûr de sa couleur, le compagnon avait jugé inutile une pièce de rechange, et pareillement superflu l'essai du bain sur les échantillons de soie fournis par le tisserand. Au contraire, il trempa la pièce entière dès sa livraison, au grand effroi d'Arnould qui croyait voir dissoudre ses deniers dans l'eau du mordançage. Attaquée par l'alun, la soie rendait une écume jaune qu'il crut de mauvais augure.

« La soie bave ! s'écria le bourgeois terrassé.

— Elle n'en sera que plus lisse et plus coulante », répondit le teinturier sans perdre son assurance.

L'étoffe fut repêchée au soir du septième jour. Arnould, en mal de sommeil, guettait le virage du bleu avec les yeux d'un supplicié. Simon au contraire semblait serein.

Or, ce fut à l'homme de l'art que la couleur donna raison : mûri pendant trois sabliers — quand une couleur ordinaire venait en un seul —, l'azur du compagnon se révéla d'une grande beauté.

« Vous faites des miracles ! s'exclama Arnould essoufflé de joie.

— Hélas ! ce n'est pas le bleu suprême que nous avons cherché, mais il est suffisant pour les jurés de la corporation. Leurs yeux sont humains, comme les nôtres.

— Les vôtres sont d'un ange, cher Simon. »

La pièce splendide fut mise à sécher dans un champ, sous la surveillance des femmes : ce bleu d'une rare pureté ne devait connaître ni l'ombre du nuage, ni le pas de l'oiseau, ni même la feuille qui tombe et laisse son empreinte sur le tissu humide.

« Faites-lui bonne garde ! leur demanda Simon. Je n'ai rien de plus cher après mon fils. »

Et cependant, le premier geste du teinturier retourné aux cuves fut de vider son bain dans le fleuve.

Au sixième de février 1450, la corporation des teinturiers d'Albi, réunie en conseil extraordinaire, eut charge d'examiner six pièces de soie bleue, œuvres des maîtres les plus estimables de la cité. Les candidats se nommaient : Maître Albert, Maître Roland, Maître Agrippa, Maître Lucas, Maître Bernard... et un confrère venu d'Outremont, dont l'atelier de teinture venait d'ouvrir du côté de Marssac, et qui répondait au nom empanaché de *Messire Simonaldi.*

Les jurés n'avaient pas montré beaucoup d'élan à ratifier la candidature de cet inconnu, étranger de surcroît, dont la signature ne figurait dans aucun registre ni la valeur dans aucune mémoire.

Qu'il déléguât son homme de confiance — *signore Arnould* — plutôt que de se présenter lui-même était apparu comme une circonstance aggravante : à ce moment le prévôt, et plusieurs jurés à sa suite, avaient déclaré la postulation irrecevable. Que penseraient les Italiens de la teinture albigeoise, si c'était un des leurs qu'on envoyait la défendre ?

Le débat fut vif, équilibré, et sembla longtemps ne pouvoir trouver d'issue naturelle. Ce fut alors qu'à l'appui de sa cause, signore Arnould sortit de son aumônière quelques bandes d'étoffe teintes le matin même par son maître. Les échantillons épousaient tout le spectre des bleus à travers cinq des nuances les plus difficiles, dont l'illustre *aldego* aux dosages minutieux.

La virtuosité de cette teinture était incontestable. Reconnaissant qu'au nom de l'art ils ne pouvaient ignorer une telle science, les jurés confirmèrent la candidature de Messire Simonaldi au teint du manteau de la Vierge.

Le jour prévu pour la réception des pièces, trois des maîtres présentèrent leur œuvre dès l'ouverture de la séance. Le quatrième, qui était Maître Lucas, tardait à montrer la sienne. Joachim de Fressard fit porter un message expliquant que l'étoffe était encore à sécher et ne serait livrée qu'au couchant du soleil. Quant au teinturier italien, on n'avait pas de nouvelles...

Vers none, les jurés montrèrent de premiers signes d'impatience. Ils avaient longuement discuté les pièces présentes et s'étaient accordés sur l'étoffe de Maître Roland qui, de l'avis commun, ferait une parure très honorable à la statue de la Vierge. Pourquoi attendre les livraisons restantes ?

« Cet Italien nous ridiculise ! aboyait Maître Charles. Et Fressard n'est pas mieux. Si vous m'en croyez, levons céans l'épreuve.

— Bien parlé ! » approuvèrent de concert les jurés.

Personne pourtant n'osa offrir sa signature au sacre de Maître Roland. Le jugement circula de main en main sans recueillir aucun trait de plume. On consentit à différer la sentence « jusqu'à vêpres », pour faire profit des derniers rayons du jour. Ensuite, les candidats pourraient bien produire la plus belle pièce qui fût au monde, ils trouveraient porte close. Comment juger d'un bleu à la lumière des torches ? Déjà le soleil peu vaillant touchait les collines, avant peu régnerait dans la salle une pénombre d'église !

« C'en est assez ! trancha subitement le prévôt. Donnez-moi une plume. »

Il semblait si résolu que les autres jurés, dont plusieurs en bâillant, trempèrent la leur dans l'encrier. Or, fait prodigieux, un caillot s'était formé au bout de l'instrument de Maître Charles. Le parchemin reçut la goutte entière, mais au lieu de signature, une griffe incolore.

Personne ne fut assez hardi pour défier ce trait du sort : on moucha les plumes déjà encrées avec l'air d'écoliers pris en délit de copiage. Deux sabliers s'écoulèrent.

La tablée silencieuse guettait la porte entrebâillée. Un vent ronflant d'orage s'était levé, dardant ses flèches humides contre la haute façade de la maison collégiale.

Enfin, au moment même où Maître Charles donnait la flamme aux chandeliers de la salle, un tourbillon de terre enfla sur le chemin. Il n'était pas de ceux, brefs et légers, que souffle la bourrasque mais plutôt de ces autres qu'enlève le pas des animaux.

De fait, le point tremblant qui formait le chef de ce monstrueux corps de poussière prit bientôt les contours de plusieurs silhouettes en marche : celles de six hommes à cheval, celle d'un petit char qui roulait entre eux.

Rassemblés sur le seuil, les jurés assistaient à l'approche du convoi. La poussière se plaisait à farder les visages des six cavaliers, pour cette raison méconnaissables. On n'apprit rien d'eux avant que le secrétaire de la corporation, un compagnon dont la vue n'avait pas encore durci au service des cuves, remarquât la flèche d'argent qui dansait à l'oreille d'un des hommes.

« Fressard... » déclara le prévôt derrière un long soupir.

Le mystère levé, les jurés reprirent leurs sièges autour de la table. Seul le secrétaire, comme plongé en hypnose, gardait les yeux sur l'étrange pendule qui tournait sous le chapeau du pastelier. Ce fut lui qui salua Fressard au seuil de la maison.

Le baron, avancé d'un pas à l'intérieur, ébroua ses épaules couvertes sur deux épaisseurs d'une cape fourrée. La poussière s'en détacha en coulant par les rigoles du tissu.

« Messires jurés, je suis votre serviteur... »

Une main portée à la poitrine fut toute sa révérence.

Alors les suivants, concertés d'un rapide regard, chargèrent d'un coup de botte la pièce qu'ils avaient déposée au milieu de la salle. Une langue d'un bleu vif se déroula sur les dalles.

« Vierge Marie ! s'exclama le prévôt des teinturiers.

— Que mes yeux se vrillent ! » appuya un autre juré.

Tous se rassemblèrent autour de la pièce, le visage étiré d'admiration.

Le bleu de Fressard fut applaudi dans un tel unisson qu'on jugea superflu d'attendre la livraison de Messire Simonaldi. On ne fit pas non plus l'inspection de la pièce, dont un pli très secret gardait pourtant, fraîche encore et pointue comme une larme, une goutte de sang rouge...

Quelque part sur le chemin de Marssac, un berger nommé Jean fit une affreuse découverte.

Il n'allait pas seul, mais derrière ses moutons dont les rangs se tassèrent à l'obstacle, répercutant dans tout le troupeau une sorte de frisson. Le chien lui-même jappait de la plus étrange façon, avec des allongements sinistres qui rappelaient le hurlement à la mort.

Ce que Jean vit d'abord fut la charrette éventrée. Son fardeau semblait avoir roulé de côté, brisant dans l'élan la fragile ridelle de bois blanc. Les brancards étaient vides, la bête avait dû s'échapper. Rien ne restait du chargement de la carriole — à la réserve d'un seau, un simple seau de bois pendu par son anse à un crochet, entre les brancards. Jean pensa d'abord qu'il s'agissait d'une provision d'avoine pour les haltes de l'attelage, mais le contenu du récipient le détrompa : ce qui formait croissant au fond du seau était une eau de couleur.

« Quel joli bleu ! » apprécia le berger en trempant ses doigts dans la flaque.

Ses ongles gardèrent l'empreinte de l'azur.

Repoussant son chien ému comme à la chasse, le bâton de Jean mit au jour un cadavre. Gisait là, dur et froid comme un galet de rivière, un homme dans les quarante ans, qu'une épée traversait de la gorge au bas-ventre. Jean avait déjà vu des victimes d'embuscade, mais jamais de telles à qui on avait laissé l'arme dans le corps, et sur la tête un chaperon fourré de zibeline...

À quelques pas de là, le berger dégagea encore la forme d'un jeune homme. Sur celui-ci les assassins semblaient avoir donné plusieurs fois, piquant le cou, la poitrine, toute partie vulnérable, comme pour s'assurer qu'aucune vie n'y restait. Le sang avait tellement coulé qu'on ne distinguait plus la couleur de la chemise ni précisément l'endroit où l'étoffe passait sur la chair. Singulièrement, le visage était indemne... Jean n'osa pas vérifier si la tache rouge sur cette figure provenait d'une blessure ou de quelque disgrâce.

Ayant traîné la carriole et les deux corps sur le bord du chemin, le berger rappela son chien et fit l'union du troupeau pour retourner au village. Ce fut alors qu'un bruit de sanglots parvint à ses oreilles.

« Qui va là ? » fit-il nerveusement, le poing serré autour du bâton.

Son regard s'était d'abord porté à hauteur d'homme, mais s'abaissa à hauteur d'enfant. Un garçonnet sortait du tronc qui l'avait caché. Le berger tendit les bras vers Clément.

« Pauvre petit, c'est ton père sans doute que j'ai ramassé ! »

Guidé par la voix, l'enfant fit quelques pas titubants en direction de Jean. Son élan était des plus maladroits, arrêté chaque instant par une pierre fuyante, un crochet de racines. Il semblait douter du chemin à prendre.

Le berger crut à de l'émotion, ou peut-être à ceci que l'enfant ne cessait de frotter ses paupières trempées de pleurs. Quand Clément fut près de lui, il lui écarta gentiment les bras pour voir ses yeux.

Ce qui apparut à Jean fut un regard d'un bleu pur, un regard dont la couleur rappelait celle déposée au fond du seau. Mais ce regard était sans profondeur, à l'image d'un miroir dont la surface jamais ne se creuse. Jean comprit que Clément était aveugle.

Comme la nuit tombait, le berger prit l'enfant sur ses épaules et retourna au village.

XX

La procession de la « madone des teinturiers », ainsi qu'on baptisa la Vierge au manteau bleu, fut la plus importante jamais consignée dans les annales de la ville.

C'était par milliers que les Albigeois avaient rallié le cortège, ne laissant à l'intérieur des remparts, eux-mêmes dégarnis de leurs soldats, qu'un petit nombre de vieillards et d'impotents. On avait fermé l'école et vidé les églises. Maintes boutiques portaient l'écriteau : « N'est pas au logis. » En somme, il aurait suffi à l'Anglais de passer les portes pour occuper Albi.

Faute d'un chemin assez large, la multitude sortie de l'enceinte foulait librement les champs. Les processionnaires se groupaient par familles et, de cette manière, recréaient hors des murs quartiers et maisonnées. Certains portaient l'habit de ville, qui ne marcheraient pas plus loin que Canavières ; d'autres, décidés à faire le chemin jusqu'à Rome, s'étaient munis de sandales et d'un bâton de pèlerin. Tous chantaient les louanges de Marie.

En tête du cortège s'avançait Joachim de Fressard. Monté sur un grand cheval et sur une selle double, le baron dominait toute la procession. Comme aussi la housse de sa monture se parait des couleurs les plus flamboyantes, beaucoup voyaient en lui un meneur : « Il nous conduira à Rome ! » s'exaltaient les bourgeois. Par suite, on tenait le gouverneur, le bailli et l'évêque, venus derrière, pour des suivants de moindre rang.

Rien n'était plus plaisant à voir que Fressard dans ce premier rôle. Debout sur les étriers, le regard tendu vers les lointains où moutonnait la foule, il semblait toiser une armée à ses ordres. Des commandements fusaient :

« Boniface, gardez le rang ! Où croyez-vous aller dans ce champ de betteraves ? Noël, à ma droite ! Vous portez mon chapeau ! Allons, les teinturiers ! Alignez-vous ! Quel est ce troupeau ? »

Si donc les ordres pleuvaient sur tous, c'était aux gens de sa maison que Fressard destinait les plus durs. Les employés du baron se reconnaissaient à l'écu — d'azur au lion couronné — brodé sur leur livrée, comme aussi sur la cape volante du pastelier. Tel insigne avait échu à Marine, à Lucas, à Éléonore et même à Maguelonne : le titre d'épouse n'accordait pas de dispense, mais le droit de monter un cheval quand les autres allaient à pied.

Pour connaître l'humeur de la maison, il n'était que de lire les physionomies des porteurs de livrée. Les visages étaient maussades, marqués du pli amer du renoncement. Lucas avait gagné tant de rides et perdu tant de barbe qu'on hésitait à le nommer. L'ancien maître de rouge recevait sans comprendre, l'air égaré, les compliments de ceux qui croyaient son œuvre le manteau de soie bleue. Maguelonne était d'une pâleur affligeante, prononcée encore par le sillon des larmes sous ses yeux. Enfin Éléonore, qui ne parlait plus depuis son entrée au Castelviel, marchait en somnambule derrière les autres.

Ce tableau n'éveillait guère la compassion du pastelier. Disposant de ses gens comme de chiens au sifflet, il les appelait à tour de rôle pour de menus services. Tantôt il mandait Lucas auprès de l'évêque qui voulait connaître les secrets du bleu — et, devant le silence du teinturier, répondait à sa place ; tantôt il envoyait Maguelonne désennuyer le gouverneur ; tantôt encore, il chargeait Éléonore de la distribution des cierges, tâche ingrate dont Noël ne voulait pas s'acquitter. Son devoir accompli, chacun réintégrait les rangs.

Une consolation existait toutefois pour les employés du baron. C'était la madone dont Fressard leur avait confié la garde, craignant de voir les teinturiers approcher trop près le manteau de soie bleue. Ainsi Lucas et d'autres domestiques tenaient-ils les brancards du trône de la Vierge, tandis qu'Éléonore et Maguelonne à cheval semaient derrière eux des pétales de roses. Les uns et les autres servaient Marie avec une grande ferveur, en louant souvent la Mère de Dieu et sa statue.

De fait, sculptée tout entière dans un bois clair, la « madone des teinturiers » n'avait rien à envier à son modèle, une bergère de Mazicou. Ses mains étaient d'une finesse exquise ; son visage, d'un ovale très doux que reprenaient joliment le front galbé et l'arc des sourcils. Sur son diadème brillaient des pierres : chaque apparition du soleil faisait resplendir la Vierge de l'éclat croisé de grenats, de lapis et de tourmalines.

Pourtant, ce qui attachait les regards de la multitude n'était pas le joli visage, ni les joyaux aux mille feux, mais le manteau bleu sur les épaules de la statue.

Splendeur que ce manteau ! Merveille que cette couleur !

La soie d'abord était magnifique : ensemble coulante, pour mouler les doux bras de Marie, et roide, pour casser majestueusement autour de la Vierge assise. Les plis empesés imitaient la forme d'un nuage.

Cependant, mieux que l'étoffe, c'était son teint qu'on admirait : un bleu vivant, animé, magnétique, plus riche en nuances qu'un diamant taillé. En plein jour, la soie se teintait de pervenche, ce bleu clair et vitreux des crevasses alpines ; sous un soleil voilé, c'était la turquoise, rappelant l'écaille d'une truite de rivière ; à couvert d'un arbre, le saphir, comme une encre solide — et l'on devinait qu'au profond des forêts, là où nulle clarté ne rayonnait qu'oblique, amincie, émiettée par les feuillages, fleurirait l'outremer, la perse aux traînes somptueuses...

« Il n'y a pas exemple d'un bleu si remarquable, apprécia Maître Charles qui s'était poussé du coude dans les premiers rangs. Certainement le pape louera la teinture albigeoise.

— Compte dessus ! railla Maître Albert. Je crois moi que Fressard s'attribuera tout le mérite ! Vois-tu comme il parade en tête du cortège, droit sur son cheval blanc ?

— Et cependant Lucas a bien du talent. Sait-on un maître de rouge qui s'éprenne si fort du bleu, jusqu'à faire avec la couleur nouvelle mieux qu'avec l'ancienne ? »

Maître Albert hocha la tête, incrédule.

« Cet azur est vraiment de Lucas ?

— Et de qui d'autre ?

— Dame ! Les cuves du père Terrefort n'ont jamais donné qu'un bleu de lessive ! »

Maître Boniface s'avança au bras d'un compagnon.

« La Vierge l'aura inspiré !

— ... ou le diable, frissonna Maître Albert. N'est-ce pas que les nouvelles sont curieuses, du côté de Castelviel ? Le fils qu'on cache, l'épouse qu'on emmure, l'associé qu'on égorge !

— Comment ? Simon Terrefort ? fit l'aveugle troublé.

— Vous ne savez pas ? Une embuscade, avant-hier. »

La conversation s'interrompit à l'aspect d'une épée flamboyante brandie au-dessus des têtes. Par ce geste, Joachim de Fressard imposa le silence au cortège.

« Procession, en marche ! s'écria le pastelier du haut de son cheval.

— En avant ! » bissa le gouverneur pour n'être pas en reste.

L'évêque approuva d'un geste bénisseur. La procession s'ébranla dans un lit de poussière.

Dans la chapelle régnait un doux silence. Par moments, un chant d'oiseau tombait des arbres en gouttes frêles, bues aussitôt par les fougères. La lumière tardive s'étalait sur le seuil. Les murs cloqués, les bancs gonflés d'humidité, l'autel sous sa croûte de cire semblaient dériver dans l'ombre.

Sur le prie-Dieu de planches, un homme était agenouillé. Sans le bréviaire qu'il feuilletait dans un pieux murmure, on l'eût donné pour un coureur de bois, tant sa barbe était sale et ses dents chevauchées. Des bouts de cire roulaient dans sa poche, moignons de chandeliers qu'il avait garnis de nouveaux cierges blancs. C'est aux bons soins du sacristain que l'oratoire devait aussi son bouquet d'œillets, sa porte graissée et, au faîte du toit, un crucifix d'aplomb. Le sol était balayé, le vitrail éclairci à la mie de pain. Jamais la chapelle n'avait paru si nette.

Sa tâche remplie, le sacristain compta et recompta les huit sous qu'il tenait sous sa chemise, entortillés dans un chiffon. Huit sous, c'était deux fois son salaire : un effort consenti par les Marssacois pour rajeunir le petit oratoire, dont l'entretien modeste était laissé ordinairement aux pèlerins. « C'est pour le bien d'un teinturier, mort près d'ici, avaient expliqué les villageois. Cette chapelle lui était chère. »

La consigne était d'embellir la madone. Le sacristain s'y était donc appliqué. Deux clous neufs soutenaient la statue. Oint de beurre, le bois véreux luisait comme de la nacre. Surtout, le manteau était peint : un blanc pur couvrait le bleu, dont les écailles légères valsaient sur le sol, dans le courant d'air.

« Tu as belle tournure », fit le sacristain en contemplant son œuvre.

Il voulut la parfaire d'un ruban trouvé derrière la madone, qu'il noua mollement à ses hanches.

« Avec ce galon bleu, te voici reine du ciel ! »

Cependant le jour déclinait, avant peu il ferait nuit. Le temps de dire une prière, et le sacristain rangea son sac pour partir.

Il venait de franchir la porte, quand un loup surgit face à lui de la pénombre du bois. La bête semblait très alarmée — poil hérissé, queue basse — et aussi en grande hâte : arrêtée un instant devant la chapelle, elle grogna faiblement avant de s'esquiver en deux bonds agiles. D'autres loups suivirent le chef de meute.

« Notre-Dame ! Que n'ai-je marché avant la nuit ! » gémit le sacristain dont le cœur battait la chamade.

Néanmoins, courageux, il prit le chemin qui s'enfonçait sous les arbres.

Dix pas plus loin, un craquement de branches ranima ses craintes. Au bruit sec succédèrent d'autres, plus doux — volettements d'oiseaux, froissements de feuillages —, qui jaillissaient au hasard des fourrés. Il semblait qu'une bande nombreuse hantât le bois.

« L'Anglais ! » songea le sacristain qui empoigna son bâton.

Mais peu après un juron en patois, derrière un braiment d'âne, lui donna tort. Ce fut alors qu'émergèrent de la nuit, le long d'une chaîne ardente, lanternes et torches portées par des pèlerins. Le sacristain vit des chevaux, des mulets, des carrioles — et, dominant le convoi, des croix nombreuses qui dansaient comme des mâts de navires. Le front l'atteignait déjà. Il retint par la manche un homme à tonsure :

« Mon frère, quelle procession est-ce là ?

— Celle de la Vierge aux teinturiers, répondit le clerc sans s'arrêter. Nous marchons vers Rome. »

Le sacristain lui emboîta le pas.

« Rome en Italie ? Mais ce n'est pas le chemin ! De ce côté, vous allez en Espagne.

— La forêt de Marssac abrite une chapelle. Nous venons y prier pour le succès du voyage.

— Une chapelle à la Vierge ?

— Oui, mon frère. D'ailleurs, la voici. »

Le sacristain ouvrit de grands yeux. Désert un moment auparavant, le petit oratoire attirait à présent une population considérable. Les fidèles se pressaient en nombre à l'entrée du sanctuaire, tandis que d'autres convoitaient l'unique vitrail. On s'intéressait beaucoup aux efforts de quelques-uns pour engager une statue de la Vierge dans la porte étroite.

« Quelle jolie madone ! admira le sacristain.

— N'est-ce pas ? Son manteau bleu est un chef-d'œuvre. »

À force de poussées et de contorsions, le trône était entré dans la chapelle. Une bousculade s'ensuivit, dont l'enjeu était d'accompagner Marie dans sa demeure. On entendit des jurons, et les grincements de la porte au supplice.

« Eh là ! Doucement ! » fit le sacristain en s'approchant.

Mais la foule était si dense qu'il ne put aller au-delà du seuil, ni voir l'intérieur mieux qu'entre les têtes.

L'oratoire était comble. Gardés contre l'usage, des chapeaux coiffaient les visiteurs du premier rang : une crosse dorée longeait la mitre de l'évêque ; à côté, une aigrette alourdie de joyaux partait d'un bonnet de soie bleue ; enfin, l'homme le plus à droite arborait un pendant d'oreille. La madone, portée à bras longs, trônait au milieu des fidèles.

Ce fut l'homme au bijou qui s'agenouilla le premier, imité aussitôt par les autres. Le sacristain se haussa des talons pour mieux voir.

« Dame très chère, commença Joachim de Fressard, nous voici réunis dans ta demeure, pour recevoir d'un cœur simple ta bénédiction. Tes enfants sont en marche sous l'étendard bleu. »

La prière dura deux sabliers, pendant lesquels

l'homme au bijou ne cessa de parler, les mains unies, la tête inclinée sur la poitrine. En ayant terminé, il se redressa, reçut de ses suivants un grand cierge avec quoi il s'avança vers l'autel.

Or, comme la table sainte était déjà couverte de bougies, sa main les balaya pour faire de la place. Ce geste offensa le sacristain.

« Démon ! Ravager ainsi la table de Notre-Dame ! »

Mais Fressard, pas plus que les processionnaires, ne semblait faire grand cas des bougies roulées à terre. Les bottes du gentilhomme les foulaient sans prendre garde, les écrasaient tels fruits tombés de l'arbre. Celles qui portaient encore une flamme s'éteignaient dans un chuintement misérable.

« Honte ! Honte sur vous, hommes du teint ! » protesta le sacristain, moins blessé de la profanation que du dommage fait à son œuvre.

« Du feu ! » demanda à ce moment le baron qui venait de dresser le cierge sur un chandelier d'argent.

— Tu veux du feu ? En voici ! »

Sans réfléchir, le sacristain arracha une torche des mains de son voisin pour la lancer sur Fressard. Or, il fut maladroit : c'est-à-dire que le flambeau n'atteignit pas sa cible, mais heurta la statue de la madone. Des brandons tombèrent en pluie sur le manteau.

« La peste soit... ! rugit Fressard. De l'eau ! De l'eau pour éteindre ! »

Mais avant qu'on pût rien faire, une grande

flamme partait à l'assaut du manteau de soie bleue. Au milieu des cris et du tumulte, des mains se portèrent au secours de la statue, giflant et tamponnant l'étoffe là où elle brûlait. Des crachats volaient de tous côtés ; on vit même un teinturier dénouer sa braguette, pour uriner peut-être. Hélas ! Ces défenses semblaient dérisoires contre l'élan du feu, porté d'un souffle irrésistible.

« Où est-il, le drôle qui a lancé cette torche ? tonna Fressard. Où est-il, que je l'embroche ? »

Ce disant, le baron dégaina son épée dont il cingla l'épaule d'un homme devant lui.

« Avez-vous perdu le sens ? protesta l'évêque dont l'étole avait reçu du sang.

— J'ai tout mon esprit au contraire ! Quittons ce lieu avant de brûler vifs ! »

De fait, il advint qu'un chapeau, dont son porteur usait pour fouetter la madone, prît feu soudainement. L'homme lâcha le couvre-chef qui rencontra les plumes d'un autre, aussitôt allumées. En peu de temps, par la contagion rapide des flammes, des capes, des manteaux, des cheveux et des barbes s'unirent dans une ceinture ardente.

« Dehors ! Sur-le-champ ! » commanda le baron.

À ce cri, Noël et les domestiques donnèrent du bâton pour frayer un passage. Ils firent si bien que Fressard put sortir dans leurs pas, sans autre dommage qu'une brûlure à la joue. Le bailli, l'évêque et le gouverneur empruntèrent la brèche ainsi ouverte.

Il en fut autrement des processionnaires, trop nombreux pour franchir la porte. Quand ils s'avisèrent du péril, les plus vifs cherchèrent leur salut dans la fuite. Le mouvement vers dehors fut si impétueux qu'il en jeta plusieurs à terre, ralentissant les suivants contraints d'enjamber. De cette chapelle où tous avaient voulu entrer, chacun ne songeait plus qu'à sortir.

« Nous allons mourir ici ! s'écria Maguelonne.

— Hélas ! Voilà toute la reconnaissance de monsieur de Fressard ! enchérit Éléonore avec beaucoup de larmes. Il nous jette au bûcher ! »

Mais une inspiration vint à Lucas. Comme eux tous se trouvaient du côté du vitrail, il le brisa d'un violent coup de poing. Cette nouvelle ouverture enfiévra l'incendie, à cause du courant d'air — néanmoins Maguelonne, Éléonore et le maître lui-même y gagnèrent la vie sauve.

Le dernier regard du teinturier fut pour la Vierge ardente. Un rouge fervent se tressait au bleu du manteau, les deux couleurs unies dans une apothéose.

« Soyez bénie, Sainte Vierge ! fit Lucas ému, les Terrefort sont vengés ! »

Comme il prononçait ces paroles, le bleu de Simon migra vers un vert macabre, puis noircit sous un suaire de fumées. L'étoffe déposa peu à peu en cendre.

ÉPILOGUE

Le refuge pour aveugles des frères cordeliers, au bord du ravin de Verdusse, accueillait Boniface une fois la semaine, mais jusqu'à trois dans la saison d'été, à cause de la chaleur qui tourmentait ses yeux. L'aveugle était si familier du chemin de l'hospice qu'il prétendait s'y rendre seul. Chaque jeudi — le jour de la visite —, Boniface écartait sa femme qui s'offrait de le conduire :

« Madame, je serais honteux de tenir votre bras, qui ne m'est ici d'aucun service. J'ai pris ce chemin si souvent que j'en connais le plus petit caillou, la moindre touffe d'herbe...

— Et cependant, mon mari, le sentier borde un ravin très périlleux.

— L'homme suit par nature un gouffre terrible : la mort. En est-il empêché de rien ?

— Ah ! Je n'aurai de repos que vous preniez mon bras ! insistait l'épouse.

— Si cela est, j'emporterai la clef. Vous serez enfermée ! »

Boniface tenait parole. Cependant, à peine avait-il tourné la clef dans la serrure que sa femme enjambait la fenêtre. Dans le sentier qui gravissait la roche de Saint-Salvi, elle suivait l'aveugle à la distance d'un jet de pierre.

Certes, les cordeliers s'étaient beaucoup étonnés la première fois qu'ils avaient vu venir cette femme, les sabots à la main, derrière Boniface. Il s'en était fallu de peu, alors, qu'ils dénonçassent l'épouse. Mais, ayant appris quelle tendre prévenance inspirait cette ruse, ils gardèrent le secret et, mieux, s'en firent complices.

Ainsi le veilleur de l'hospice laissait-il la porte ouverte derrière l'aveugle, pour faire entrer sa femme. Il en était de même du frère médecin, qui préparait toujours deux chaises avant la visite. L'épouse s'asseyait à l'écart et écoutait.

« Boniface, comment se portent vos yeux ? demandait l'infirmier.

— Fort mal. Cet été, la canicule m'a fait beaucoup souffrir. Mais c'est pire depuis que le froid est tombé sur la campagne : il me semble qu'une cloche bat lourdement sous mes paupières ! »

Ces paroles tourmentaient grandement l'épouse qui se mordait la lèvre pour garder le silence.

« On m'a pourtant vanté votre zèle à teindre ! » reprenait l'infirmier.

Flatté, Boniface aspirait suavement ses joues.

« On a dit cela ? Eh bien, certes... Mes bains ne refroidissent guère. Il faut dire qu'avec le départ du baron, retourné à Orthez, et la conversion de Maître Lucas, revenu au rouge, il n'est plus guère de cuves pour faire le bleu.

— Vous faites le bleu ! s'étonnait l'infirmier en pilonnant des plantes dans un mortier. N'êtes-vous pas teinturier de rouge ?

— Pardi ! Je teins ce qu'on demande ! Croyez-m'en, les querelles de couleurs sont d'un autre temps ! Fressard nous a appris cela : le client est roi. Il disait que l'œil du chaland prime sur l'œil du métier... »

Le religieux bénit ces paroles d'expérience.

« Ainsi donc, le baron a vendu son affaire ?

— Avec bénéfice ! Le convoi parti de Castelviel comptait plus de vingt chariots ! En tête venaient Noël, l'ancien valet dont le baron a fait son homme de confiance, puis Maguelonne... Une jolie femme, dit-on. »

Un craquement se fit entendre. L'épouse trépignait sur son tabouret. Le cordelier fit diversion :

« Tout de même, ce n'est pas un pigeonnier que Fressard laisse en terre d'Albigeois ! Son hôtel de Castelviel, son château de Rayssac, ses ateliers de teinture... A-t-il rien conservé ?

— Non, il a cédé le lot. Je crois qu'il tardait au baron de quitter nos terres. Fressard est parti sans saluer personne, en vendant ses maisons sous le prix. La corporation a repris l'atelier de Signac et le moulin de Figues. »

L'aveugle s'interrompit pendant qu'on oignait ses yeux.

« Le moulin est loué à Maître Lucas, son ancien propriétaire. Quant à l'atelier, on parle d'y établir un compagnon.

— Belle idée ! approuva l'infirmier. Le compagnon est-il choisi ?

— Hélas ! soupira l'aveugle en essuyant une coulure de pommade sur sa joue. Ce n'est pas de le choisir, mais de le trouver. Depuis l'aventure du bleu à la Vierge, nos fils apprennent le négoce plutôt que la teinture. On ne voit plus de francs gaillards aux doigts tachés de rouge, mais des clercs à besicles qui secouent des bouliers ! »

L'infirmier partagea le rire de l'aveugle, dont l'épouse s'égaya aussi.

« Allons, Boniface ! Bien sûr qu'il reste des jeunes pour aimer le teint !

— Présentez-m'en un seul, je lui serrerai la main !

— Si fait, teinturier ! Aujourd'hui même ! Pour tout dire, nous avons ici un garçon épris de couleurs. »

Le cordelier cligna de l'œil à l'attention de la visiteuse. Mais Boniface croisa les bras d'un air renfrogné.

« Dites plutôt qu'il prise les beaux habits et les riches étoffes ! Je n'appelle pas goûter les couleurs de les porter. Aimer le teint, c'est aimer teindre !

— Il s'agit bien de cela ! Le garçon dont je parle chauffe des bains et broie des racines ! Les marmites du réfectoire lui font des cuves, et c'est avec une louche à potage qu'il brasse ses mixtures. Grâce à lui, notre autel s'est enrichi d'une belle nappe bleue. »

La figure de l'aveugle s'arrondit de plaisir.

« La bonne nouvelle ! Mais dites-moi, ce jeune homme suit-il l'enseignement d'un maître ?

— Non, Boniface... La raison en est qu'il a peu d'années, mais surtout qu'il est infirme.

— Hélas ! soupira le maître. On n'emploie guère de pieds-bots dans les maisons de teinture ! Et quelle disgrâce frappe ce garçon ?

— Clément est aveugle. »

Un long silence suivit la confidence du cordelier. Les yeux de Boniface étaient humides. Une grande émotion venait aussi à son épouse : puisqu'elle ne pouvait prendre la main de son mari, elle en caressait l'ombre sur le mur.

« Je veux connaître cet enfant ! » annonça le maître.

L'infirmier aida l'aveugle à se relever. Boniface ne fut pas surpris d'avoir le soutien d'un autre bras, qu'il croyait celui d'un frère. Conduit de cette façon — sa femme d'un côté, le religieux de l'autre —, le teinturier quitta la pièce.

Ils furent bientôt dans la cellule où logeait Clément. L'intérieur était pauvre, avec seulement le nécessaire — une paillasse, une cuvette et un cruchon. Mais Boniface ne fut pas long à flairer cette odeur un peu aigre qui trahit l'œuvre de teinture.

« Garçon, tu as un bain en train ! Approche. »

Celui qu'on appelait vint à la rencontre du maître. Malgré ses pauvres vêtements, il émanait de lui beaucoup de présence. En particulier ses yeux, deux pépites bleues dans le visage, rayonnaient d'intelligence. L'épouse échangea un regard ému avec l'infirmier.

« C'est un bain de garance ! annonça l'enfant d'une voix sûre.

— Montre ! » fit le maître.

La main de l'enfant toucha le mur qu'elle suivit sur toute sa longueur. Au bout de la cellule, il s'inclina sur une marmite couverte d'un torchon. Boniface le rejoignit au bras de l'infirmier.

« Nous saurons bientôt si tu es teinturier », fit en souriant l'aveugle.

Et, sans attendre, Boniface plongea deux doigts dans la mixture. Un moment plus tard, les doigts rougis passèrent sous son nez, puis entrèrent dans sa bouche. Il les suça longuement. L'infirmier regardait la scène avec curiosité.

« Ce n'est pas mal, admit le teinturier, ton rouge est loyal ! Qui t'a appris ?

— Mon père, répondit l'enfant.

— Comment t'appelles-tu ?

— Clément.

— Mais ton nom ?

— Je ne sais pas.

— Un berger nous l'a confié, expliqua le religieux. Son père est mort dans une embuscade. »

Boniface opina gravement. Puis, inspiré soudain, il se pencha sur le garçon et prit ses poignets.

« Clément, veux-tu être mon apprenti ?

— Oh ! J'en serais heureux ! répondit l'enfant. Seulement, mes yeux ne voient pas...

— Les miens non plus ! sourit l'aveugle. Pour

cette raison, je suis le professeur qui te convient, et tu es l'élève à mon goût ! Moi seul peux t'instruire dans la saveur des bains, dans leur fumet... Les autres maîtres n'en connaissent rien. S'ils teignent avec leurs yeux, nous teindrons avec notre langue !

— Maître, engagez-moi ! »

Clément chercha les bras de Boniface. Ces deux-là s'étreignirent bien fort, à mi-chemin du rire et des larmes. L'infirmier et l'épouse reniflaient d'émotion.

« À propos, reprit le maître d'une voix sérieuse, teins-tu le bleu ou le rouge ?

— Les deux pareillement !

— Comment donc ?

— Mon père goûtait le bleu, qu'il m'enseigna d'abord. Mais comme j'étais curieux du rouge, il me l'apprit aussi.

— À n'en pas douter ton père savait la teinture, pour maîtriser deux arts si dissemblables ! Et c'était aussi un homme sage, il t'a laissé choisir !

— Maître ! Je brûle de teindre !

— Tu as raison, il est tard ! Allons, rassemble tes bagages et salue les moines, tu quittes cette maison ! »

Suivirent à l'adresse du cordelier des paroles solennelles par lesquelles Boniface s'engageait à prendre Clément chez lui, au régime du pain et du pot, et à l'instruire dans l'art de teindre. L'enfant serait inscrit comme « apprenti » au registre de la corporation, et recevrait pour salaire dix sous la semaine.

« Qui sait ? termina l'aveugle. Peut-être le compagnon Clément chauffera-t-il un jour les cuves de Signac ? »

Sur ces mots, le maître et le disciple partirent au bras l'un de l'autre, veillés discrètement par l'épouse qui, pressant le pas, arriva la première et fit chauffer la soupe. Les trois s'attablèrent devant des écuelles fumantes.

À la fin du repas, le maître alla chercher un tablier qu'il tendit à l'enfant.

« Clément, ne laissons pas fuir le sablier : tu as beaucoup à apprendre. Noue ce cuir et suis-moi près des cuves. »

Un sourire éclata sur le visage du garçon.

« Pleuve grêle, souffle tempête, frappe foudre sur ma tête creuse ! Tant que je ferai la couleur, je serai homme debout en ce monde ! »

COLLECTION FOLIO

Dernières parutions

3460.	J.M.G. Le Clézio	*Hasard* suivi de *Angoli Mala.*
3461.	Joëlle Miquel	*Mal-aimés.*
3462.	Pierre Pelot	*Debout dans le ventre blanc du silence.*
3463.	J.-B. Pontalis	*L'enfant des limbes.*
3464.	Jean-Noël Schifano	*La danse des ardents.*
3465.	Bruno Tessarech	*La machine à écrire.*
3466.	Sophie de Vilmorin	*Aimer encore.*
3467.	Hésiode	*Théogonie* et autres poèmes.
3468.	Jacques Bellefroid	*Les étoiles filantes.*
3469.	Tonino Benacquista	*Tout à l'ego.*
3470.	Philippe Delerm	*Mister Mouse.*
3471.	Gérard Delteil	*Bugs.*
3472.	Benoît Duteurtre	*Drôle de temps.*
3473.	Philippe Le Guillou	*Les sept noms du peintre.*
3474.	Alice Massat	*Le ministère de l'intérieur.*
3475.	Jean d'Ormesson	*Le rapport Gabriel.*
3476.	Postel & Duchâtel	*Pandore et l'ouvre-boîte.*
3477.	Gilbert Sinoué	*L'enfant de Bruges.*
3478.	Driss Chraïbi	*Vu, lu, entendu.*
3479.	Hitonari Tsuji	*Le Bouddha blanc.*
3480.	Denis Diderot	*Les Deux amis de Bourbonne* (à paraître).
3481.	Daniel Boulanger	*Le miroitier.*
3482.	Nicolas Bréhal	*Le sens de la nuit.*
3483.	Michel del Castillo	*Colette, une certaine France.*
3484.	Michèle Desbordes	*La demande.*
3485.	Joël Egloff	*« Edmond Ganglion & fils ».*
3486.	Françoise Giroud	*Portraits sans retouches (1945-1955).*
3487.	Jean-Marie Laclavetine	*Première ligne.*
3488.	Patrick O'Brian	*Pablo Ruiz Picasso.*
3489.	Ludmila Oulitskaïa	*De joyeuses funérailles.*
3490.	Pierre Pelot	*La piste du Dakota.*

3491.	Nathalie Rheims	*L'un pour l'autre.*
3492	Jean-Christophe Rufin	*Asmara et les causes perdues.*
3493.	Anne Radcliffe	*Les mystères d'Udolphe.*
3494.	Ian McEwan	*Délire d'amour.*
3495.	Joseph Mitchell	*Le secret de Joe Gould.*
3496.	Robert Bober	*Berg et Beck.*
3497.	Michel Braudeau	*Loin des forêts.*
3498.	Michel Braudeau	*Le livre de John.*
3499.	Philippe Caubère	*Les carnets d'un jeune homme.*
3500.	Jerome Charyn	*Frog.*
3501.	Catherine Cusset	*Le problème avec Jane.*
3502.	Catherine Cusset	*En toute innocence.*
3503.	Marguerite Duras	*Yann Andréa Steiner.*
3504.	Leslie Kaplan	*Le psychanalyste.*
3505.	Gabriel Matzneff	*Les lèvres menteuses.*
3506.	Richard Millet	*La chambre d'ivoire...*
3507.	Boualem Sansal	*Le serment des barbares.*
3508.	Martin Amis	*Train de nuit.*
3509.	Andersen	*Contes choisis.*
3510.	Defoe	*Robinson Crusoé.*
3511.	Dumas	*Les Trois Mousquetaires.*
3512.	Flaubert	*Madame Bovary.*
3513.	Hugo	*Quatrevingt-treize.*
3514.	Prévost	*Manon Lescaut.*
3515.	Shakespeare	*Roméo et Juliette.*
3516.	Zola	*La bête humaine.*
3517.	Zola	*Thérèse Raquin.*
3518.	Frédéric Beigbeder	*L'amour dure trois ans.*
3519.	Jacques Bellefroid	*Fille de joie.*
3520.	Emmanuel Carrère	*L'adversaire.*
3521.	Réjean Ducharme	*Gros mots.*
3522.	Timothy Findley	*La fille de l'Homme au piano.*
3523.	Alexandre Jardin	*Autobiographie d'un amour.*
3524.	Frances Mayes	*Bella Italia.*
3525.	Dominique Rolin	*Journal amoureux.*
3526.	Dominique Sampiero	*Le ciel et la terre.*
3527.	Alain Veinstein	*Violante.*
3528.	Lajos Zilahy	*L'Ange de la Colère (Les Dukay tome II).*
3529.	Antoine de Baecque et Serge Toubiana	*François Truffaut.*

3530. Dominique Bona	*Romain Gary.*
3531. Gustave Flaubert	*Les Mémoires d'un fou. Novembre. Pyrénées-Corse. Voyage en Italie.*
3532. Vladimir Nabokov	*Lolita.*
3533. Philip Roth	*Pastorale américaine.*
3534. Pascale Froment	*Roberto Succo.*
3535. Christian Bobin	*Tout le monde est occupé.*
3536. Sébastien Japrisot	*Les mal partis.*
3537. Camille Laurens	*Romance.*
3538. Joseph Marshall III	*L'hiver du fer sacré.*
3540 Bertrand Poirot-Delpech	*Monsieur le Prince.*
3541. Daniel Prévost	*Le passé sous silence.*
3542. Pascal Quignard	*Terrasse à Rome.*
3543. Shan Sa	*Les quatre vies du saule.*
3544. Eric Yung	*La tentation de l'ombre.*
3545. Stephen Marlowe	*Octobre solitaire.*
3546. Albert Memmi	*Le Scorpion.*
3547. Tchékhov	*L'Île de Sakhaline.*
3548. Philippe Beaussant	*Stradella.*
3549. Michel Cyprien	*Le chocolat d'Apolline.*
3550. Naguib Mahfouz	*La Belle du Caire.*
3551. Marie Nimier	*Domino.*
3552. Bernard Pivot	*Le métier de lire.*
3553. Antoine Piazza	*Roman fleuve.*
3554. Serge Doubrovsky	*Fils.*
3555. Serge Doubrovsky	*Un amour de soi.*
3556. Annie Ernaux	*L'événement.*
3557. Annie Ernaux	*La vie extérieure.*
3558. Peter Handke	*Par une nuit obscure, je sortis de ma maison tranquille.*
3559. Angela Huth	*Tendres silences.*
3560. Hervé Jaouen	*Merci de fermer la porte.*
3561. Charles Juliet	*Attente en automne.*
3562. Joseph Kessel	*Contes.*
3563. Jean-Claude Pirotte	*Mont Afrique.*
3564. Lao She	*Quatre générations sous un même toit III.*
3565. Dai Sijie	*Balzac et la Petite Tailleuse chinoise.*

Composé et achevé d'imprimer
par la Société Nouvelle Firmin-Didot
à Mesnil-sur-l'Estrée, le 21 décembre 2001.
Dépôt légal : décembre 2001.
Numéro d'imprimeur : 56727.
ISBN 2-07-042113-9/Imprimé en France.

5659